LETTRES NÉERLANDAISES
série dirigée par Philippe Noble

LES ENDORMEURS

DU MÊME AUTEUR

LE CHEF-D'ŒUVRE, Actes Sud, 1999 ; Babel n° 507.
LE SECRET, Actes Sud, 2001 ; Babel n° 578.
LES PORTEURS DE GLACE, Actes Sud, 2003 ; Babel n° 740.
LA BLESSURE, Actes Sud, 2005 ; Babel n° 851.
LE SAUT, Actes Sud, 2006.
LE RETOUR, Actes Sud, 2007 ; Babel n° 960.
CONTREPOINT, Actes Sud, 2010 ; Babel n° 1223.

Ouvrage publié avec le concours
de la Fondation néerlandaise des lettres

Nederlands
letterenfonds
dutch foundation
for literature

Titre original :
De Verdovers
Éditeur original :
De Arbeiderspers, Amsterdam

ISBN 978-2-330-02683-7

ANNA ENQUIST

Les Endormeurs

roman traduit du néerlandais (Pays-Bas)
par Arlette Ounanian

ACTES SUD

I

EXPOSITION

1

Drik de Jong attend.

Il attend dans sa propre salle d'attente qui n'est pas vraiment une salle d'attente, plutôt un coin sous l'escalier où il n'y a de place que pour une seule chaise. Une photo représentant une rangée d'arbres dans un paysage de polder est accrochée au mur droit.

Drik de Jong attend un nouveau patient. Veut-il savoir ce que l'on ressent quand on attend ici sur cette chaise ? Peu probable. Il est très rare que quelqu'un s'assoie sur cette chaise car Drik de Jong ménage une bonne pause entre ses rendez-vous et il s'arrange pour que ses patients ne se rencontrent pas.

La double porte de son cabinet est ouverte. Bien qu'il ne soit que onze heures du matin, il a allumé la lampe au-dessus de son bureau et celle qui se trouve un peu en biais derrière le fauteuil du thérapeute. Il s'est assis un instant dans ce fauteuil et il a vu les rideaux défraîchis et, derrière, un ciel couvert – on est en octobre et la lumière va disparaître. Mais pas ici, a-t-il pensé, dans cette pièce, il faut une lumière jaune, chaleureuse. Faire une provision de lampes à incandescence pendant qu'il en est encore temps, ces nouvelles ampoules économiques sont horribles. Un éclairage de prison.

Il regarde sa montre. Encore trois minutes. S'il allait pisser ? Vaut mieux pas. Pas prendre le risque que la sonnette retentisse alors qu'on se lave les mains avec le bruit de la chasse d'eau en arrière-fond sonore !

Le patient n'est pas le seul à être nerveux lors d'un premier rendez-vous. C'est aussi un moment relativement crucial pour le thérapeute. Il doit faire toute une série de choses à la fois. Observer, écouter, établir le contact, prendre des décisions, en informer le patient, évaluer, mémoriser. Être très concentré et suffisamment détendu cependant pour se faire une idée de la personne. Drik respire un bon coup.

Cela fait plus de six mois qu'il n'a pas exercé. Il a fermé son cabinet quand la maladie de sa femme s'est aggravée. Il a pu terminer deux analyses, trop brusquement et un peu prématurément, mais ça pouvait passer. Il a adressé un troisième analysant à un collègue ainsi que quelques patients en thérapie. Il n'acceptait plus de nouveaux patients. Du jour au lendemain, ses journées étaient vides et il ne pénétrait plus que rarement dans son cabinet.

Le rez-de-jardin était devenu le centre de la maison. Hanna y attendait la mort, allongée sur un lit d'hôpital beaucoup trop haut. C'est là que bouteilles d'oxygène, pompe à morphine et pieds à perfusion firent leur apparition. Là que les gens s'entassaient – le médecin, les amis, les infirmières, un interne anesthésiste de l'hôpital. Lui-même restait collé au mur, il n'arrivait pas à se frayer un chemin jusqu'à elle. Sa sœur était là, Suzanne.

Il l'avait toujours considérée comme sa petite sœur, de quatre ans sa cadette. Maintenant, c'est elle qui avait pris les choses en main. À sa grande surprise, elle avait réussi à obtenir un congé d'une durée indéterminée. Ça tombait bien, avait-elle dit, la moitié des salles d'opération étaient en réfection et il y avait momentanément des anesthésistes en surnombre. Elle pouvait donc s'absenter sans état d'âme, elle aimait Hanna et elle voulait être un soutien pour Drik. Elle s'était arrangée pour que sa belle-sœur fasse son funeste trajet dans sa propre maison, en ayant vue sur son jardin. Vers la fin, elle restait souvent dormir. Sur le divan des patients.

Ne pas y penser, pas maintenant. Pas à cette triste fin. Ses rapports avec Suzanne, voilà quelque chose à quoi il peut réfléchir. Elle s'était rapprochée de lui, plus qu'autrefois mais différemment, elle avait inversé les rôles. Il n'était plus l'aîné tout à coup, c'est elle qui prenait les initiatives et il dépendait d'elle. En un certain sens, ça n'a pas changé. Au moins trois fois par semaine, il va s'asseoir à sa table et il dîne avec elle et Peter, son mari, qui est aussi le meilleur ami de Drik, et parfois avec Rose, leur fille. Ça lui plaît, il a l'impression de faire partie d'une famille. Il n'a pas envie que ça change. Une régression. Il s'en donne le droit.

Drik se renverse en arrière et appuie sa tête contre le mur. Quelque part, dans la rue, dans une voiture un jeune homme attend qu'il soit onze heures. Peter l'a appelé il y a quelques semaines : "Il ne serait pas temps que tu te bouges un peu ? Je te vois tellement impliqué pendant les soirées d'intervision. Tu devrais peut-être songer à reprendre le boulot. Enfin, c'est mon sentiment."

Bien qu'il ait fermé son cabinet, Drik continuait à se rendre aux soirées d'intervision bihebdomadaires.

Il n'avait évidemment pas de cas à présenter mais il écoutait ses collègues analystes parler de leur pratique. Certains avaient deux ou trois de ses anciens patients en thérapie, il pouvait ainsi suivre leur vie à distance. Quand la maladie d'Hanna s'était aggravée, les récits avaient commencé à glisser sur lui. Il était là parce que les mots prononcés ne concernaient pas Hanna, parce qu'il voulait s'entourer d'amis, qu'il voulait fuir la maison. Mais c'est peut-être aussi parce qu'il n'y était pas question d'Hanna qu'il lui avait semblé que l'amitié se diluait progressivement. Vers la fin, il avait cessé de s'y rendre.

— Tu as quelqu'un à me proposer ? avait-il demandé à Peter. Peter travaille à l'hôpital psychiatrique où il s'occupe de la formation. Les internes doivent obligatoirement faire une analyse didactique pendant un certain temps et Peter coordonne cette partie de la formation. Un étudiant de première année s'était adressé à lui, il songeait sérieusement à faire une thérapie, alors que la plupart de ses condisciples attendaient la troisième ou la quatrième année s'il s'avérait que le traitement serait de longue durée. Celui-ci voulait commencer tout de suite. Peter avait pensé à Drik.

— Dis-lui de me téléphoner. Comment s'appelle-t-il ?

Quand ils sont aussi pressés, c'est qu'il y a anguille sous roche, avait-il considéré. Cela cache un problème, un appel au secours. Du coup, je pourrai commencer tout de suite, sans avoir à gratter et à ramer pendant des semaines pour faire apparaître le refoulé.

Il étire ses jambes. Deux chaussettes identiques, un bon point. Des chaussures pas cirées, hum ! Pas terrible ! Le plancher du couloir brille. Le portemanteau est vide, à l'exception d'un parapluie. Les portes ouvertes du cabinet laissent entrer la lumière. Tout est prêt, se dit-il. Il n'y a plus que moi. Faire connaissance, m'orienter pour savoir quels sont ses souhaits et ses attentes, se mettre d'accord sur les conditions – une heure fixe, quoique, je suis maintenant on ne peut plus flexible, le tarif, les factures mensuelles, la durée approximative de la cure, sa formation prévoit cinquante séances remboursées, les autres seront à ses frais, ce serait bien de l'en informer d'emblée, ne pas se laisser bousculer par le temps, cela vaut mieux, qui va faire la cuisine ce soir, Suzanne ou Peter ? Tout à l'heure, après ce patient, un peu de marche ou de vélo, c'est bon pour le moral. Sauf si on se met à cogiter. Il voit le visage livide d'Hanna en pensée et il est submergé par un vif sentiment d'échec.

Il y avait eu le manque d'enfant, le dévouement un peu excessif à leur travail respectif, les efforts conjugués pour se trouver diverses passions, les promenades en montagne, l'opéra, les amis. Tout cela assombri par l'échec, même s'ils n'en parlaient jamais. Elle avait vraiment aimé son travail, Hanna. Des recherches historiques sur les mentalités au XVIIIe siècle – les Lumières, les sciences, l'évolution du sentiment religieux. Elle donnait des cours passionnants à des étudiants en histoire dont elle pouvait parler avec une véritable sollicitude. Il l'écoutait alors, avec son oreille de psy, en quête de traces d'ambivalence, d'un optimiste trop surfait et trop rigide, de mécanismes de défense. Fous-lui la paix, finissait-il par penser, elle ne feint pas, elle a l'air d'aimer vraiment ce qu'elle fait. Ces gosses s'attachent à elle, elle fonctionne très bien là-bas, tout le monde est content. Arrête donc de chercher la petite bête. Ce qu'elle fait et la façon dont elle le fait ne diffère pas foncièrement de la façon dont je conçois mon travail, qui me semble normale. J'aime mon métier et je le trouve fascinant même si on pourrait tout aussi bien le qualifier d'absurde. Dix ans de formation, après une spécialisation en psychiatrie ou, comme Peter l'a fait, après une formation de psychologue clinicien. Une immersion totale dans une pensée psychanalytique en grande partie dépassée, un assujettissement à un ensemble obsolète de cours, colloques et supervisions, une année entière d'analyse didactique. En tout, cela prenait tellement de temps, d'argent et d'attention qu'on pouvait croire que rien d'autre n'importait sur terre que cette formation. La structure hiérarchique de l'Association de psychanalyse qui s'occupait de la formation avait toutes les caractéristiques d'une communauté religieuse, d'une secte, elle infantilisait les participants. Le cours du soir hebdomadaire réunissait dix étudiants et un prof autour d'une table et chaque étudiant espérait, dans son for intérieur, qu'on ne lui donnerait pas la parole. Ils se sentaient coupables s'ils n'avaient pas lu l'article imposé et ils ricanaient comme des élèves de primaire. Dans la journée, ils faisaient un travail difficile qui comportait de lourdes responsabilités et, le soir, ils endossaient un rôle qui ne correspondait pas à leur âge. Pas désagréable, la plupart du temps. Étrange en tout cas.

Mais il y avait un bon revers à la médaille : il avait beaucoup appris, il avait pu se confronter à différents maîtres, pressentir ce qu'il voulait ou ne voulait pas devenir. Il avait été contraint de réfléchir, de trouver sa propre voie et c'est ce parcours qui avait façonné le thérapeute qu'il était aujourd'hui. Son amitié avec Peter avait été d'une valeur inestimable, ils s'étaient encouragés à se libérer de l'identité analytique prescrite et avaient utilisé avec zèle leur tout nouveau savoir dans la branche où ils travaillaient tous les deux, la formation psychiatrique. Il avait vu Peter réussir, avant lui, à relativiser l'importance de l'Association parce que sa famille avait pris le pas sur toute autre chose. Priorité aux enfants.

Le sentiment d'échec, de ne pas assumer, l'espoir chaque fois désabusé, il avait pu les mettre de côté pendant des années. Il avait pris exemple sur Hanna, sa sérénité ; ils avaient conservé leur secret en silence quand la période des examens de fécondité s'était achevée. Il s'était senti étrangement soulagé à l'époque. Il n'avait plus rien à prouver.

Entre-temps, Rose était née. Drik revoit Hanna tenir le nourrisson dans ses bras, une image hiératique, la clarté d'un Jan Van Eyck, pas de son, des couleurs vives. Il était resté dans l'embrasure de la porte, partagé entre la crainte et l'espoir, écrasé par un sentiment de culpabilité aussi lourd qu'inutile. Elle va s'enfoncer dans une dépression incurable, devenir apathique, me repousser. C'est ce qu'il avait pensé. La petiote avait attrapé le doigt d'Hanna et l'avait porté à sa bouche. Elle s'était mise à le sucer. Hanna avait ri et l'avait regardé. Elle avait l'air heureuse.

Il avait voulu y croire. Ils s'étaient tous deux beaucoup investis dans leur nièce, ils étaient, à côté des parents, devenus des personnes importantes pour Rose. Peter et Suzanne, compréhensifs, les laissaient participer le plus naturellement du monde à toutes les réjouissances familiales. Anniversaires, Saint-Nicolas, vacances.

Toute attache est source de chagrin. La maladie d'Hanna avait déchiré Rose. Au début, elle se refusait à y croire, elle s'entêtait à attendre la guérison. Ensuite, quand il ne lui fut plus possible de nier l'évidence, elle ne supportait qu'à grand-peine d'aller voir sa tante. Lorsqu'elle venait, elle ne disait pas un mot mais ressortait en trombe de la chambre de la malade pour aller pleurer, inconsolable, dans la cuisine. Elle se détournait de sa mère – qui était médecin et incapable de prévenir le désastre. Elle se sentait trahie. Elle avait cherché un logement, en toute hâte, une hantise, il fallait qu'elle parte, qu'elle quitte la maison familiale, et le plus vite possible. Suzanne laissait faire, après tout, Rose était déjà étudiante et elle avait dix-neuf ans. Peter se faisait du souci mais il ne voulait pas retenir sa fille. Il faisait tout son possible pour maintenir le contact avec elle.

Protéger la relation de travail, pense Drik. Il sourit et sent comme les muscles de son visage se sont tendus. La relation de travail a la priorité, il faudra que je m'en souvienne tout à l'heure. Personne n'a intérêt à ce que le patient s'en aille. Et c'est ce qu'il fait si on le confronte à des interprétations qu'il n'est pas prêt à entendre. Donc : ne pas dire tout ce qu'on pense, être sur ses gardes, essayer de comprendre ce dont le patient a besoin à un moment donné.

Il est onze heures et deux minutes. Le patient est en retard ou la montre de Drik avance. Il se lève et fait quelques pas dans le couloir. Ses semelles frappent le bois verni du sol. Sur le seuil de son cabinet, il s'arrête et regarde.

Quel foutoir, en fait ! Ce fauteuil de thérapeute aux bras luisants et à l'appuie-tête huileux ! Le creux, qui trahit vingt ans de position assise. L'usure du tapis à l'endroit où il pose ses pieds et dans les passages vers le siège du patient et le bureau. Le divan et ses coussins, qu'on n'utilise plus depuis des lunes ; la boîte avec les kleenex sur une table minable. La bibliothèque avec les vieux textes fondamentaux de l'analyse : Kohut et Kernberg, Karen Horney, Fenichel, un bon mètre de Freud, l'énigmatique Greenson. Au bas de l'armoire, en désordre, des piles d'articles polycopiés qui datent de l'époque de ses études. Des papiers poussiéreux, en partie déchirés. On dirait la collection de journaux d'un taré dans un taudis. Si les services sociaux venaient jeter un œil chez lui, on l'embarquerait. Dans la voiture bleue, comme on disait autrefois. J'en menaçais Suzanne quand elle ne faisait pas ce que je disais. Pourquoi est-ce que je ne me débarrasse pas de toute cette paperasse? Je pense vraiment fourrer un jour mon nez à nouveau là-dedans?

Les livres plus récents, beaucoup de psychiatrie et de neurosciences, s'alignent sur les étagères au-dessus du bureau. Le plateau du bureau est vide. Tous les anciens dossiers sont rangés dans les tiroirs en dessous. Il n'y a pas de nouveaux dossiers. Ici, on n'écrit pas, on ne lit pas de littérature spécialisée.

Un bloc-notes, pense-t-il. Un stylo. Des lunettes de lecture. Il rassemble ces objets et les place sur le bureau, près de son fauteuil. Il lui faudra bien écrire deux ou trois trucs. Il n'est plus très sûr de sa mémoire tout à coup, de sa capacité à retenir et à ordonner rapidement les nouvelles données et impressions. Un sentiment de dépit mêlé d'irritation le gagne. Avant il savait tout, il était fermement convaincu de pouvoir retenir sans difficulté ce que le patient lui disait durant les cinquante minutes de la séance, de se remémorer comme par magie tous les faits et les émotions qui s'y rapportaient dès qu'il aurait à nouveau le patient devant lui, que ce soit la semaine suivante dans son cabinet ou dix ans plus tard au coin d'une rue. Ça lui revenait d'un coup : les fantasmes de suicide, la vie amoureuse culpabilisante, le caractère de la mère, les causes de la mort du père, le frère haï, les études interrompues.

Il s'enorgueillissait du fonctionnement de sa mémoire et l'appréhendait cependant avec une certaine distance. Il ne fallait surtout pas chercher à comprendre, on risquait d'endommager la magie. Il fallait, en même temps, avoir une oreille extrêmement attentive et être décontracté, à la limite, être assis mollement dans son fauteuil. Ne pas trop s'appliquer. Ne pas laisser son esprit vagabonder. C'est contradictoire. Drik le sait et il ne le sait pas. Comme d'habitude, pense-t-il, tu fais comme tu as toujours fait, tout simplement. Mais le bloc-notes alors ? Ma foi, pour noter l'adresse, le numéro de téléphone, l'âge – et ensuite, poser les mains et écouter. Se mettre à écrire dès que le patient sera parti. Il remarque une légère couche de poussière sur le plateau du bureau.

Drik sursaute quand la sonnette retentit. Un signal court, hésitant et puis un autre, un peu plus long. Il traverse le couloir à pas résolument lents. Il ouvre la porte, tend la main. Il dit son nom.

Le garçon, sur le trottoir, répond à sa poignée de main.

— Je m'appelle Allard Schuurman, dit-il.

2

En manœuvrant pour sortir son vélo de la remise, Suzanne songe à ce premier jour de la semaine. Lundi, un jour que la plupart des gens détestent. Ça la dépasse. Elle vérifie ses pneus puis éteint la lampe de la remise. Un jour sympa, justement, pense-t-elle. Tout recommence, tout se remet à bouger. On a la semaine entière devant soi, pleine d'événements et de surprises. Elle s'immobilise un instant sur le trottoir, ferme son manteau et pose son sac dans le panier à l'avant du vélo. Elle lève la tête et voit, dans la lumière du réverbère, que le platane perd ses feuilles. Le réseau des branches se dessine, noir sur un ciel brouillé. Dans une demi-heure, il fera jour, on sera vraiment lundi.

L'asphalte est mouillé, gris sombre. Elle aspire l'air humide. Par quel miracle la pluie s'arrête-t-elle toujours juste avant qu'elle n'enfourche sa bicyclette? Elle jette un dernier regard à la fenêtre de la cuisine et aperçoit la silhouette de Peter debout près du plan de travail. Les psychologues commencent tard. En anesthésie, on doit être à l'hôpital à sept heures et demie au plus tard pour les transmissions matinales. Même si on est de service à l'hôpital de jour ou si on consacre sa journée à des tâches administratives. Ça ne la dérange pas de commencer tôt. La journée est délicieusement longue et c'est plutôt agréable de voir le soleil se lever, de le précéder.

Feuilles mouillées sur la piste cyclable, bruit de succion des pneus, résistance des pédales. Poussez-vous, me voilà ! Elle prend de la vitesse, zigzague à travers le quartier résidentiel avec ses maisons entourées de grands jardins puis rejoint les autres cyclistes sur la piste qui longe la route. Déjà, elle aperçoit l'hôpital au loin. Aux deux derniers étages, où se trouve le bloc opératoire, de la lumière brille. Machinalement, elle se met à pédaler plus vite. Le cheval sent l'écurie. Elle rit.

Pendant la maladie d'Hanna, sans tergiverser, elle a pris un congé afin de pouvoir coordonner les soins à apporter à sa belle-sœur. Elle n'a pas pensé une seconde que son travail lui manquerait. Ça n'avait pas été le cas, d'ailleurs. C'était un peu bizarre, au début, de ne plus s'arracher au sommeil vers six heures du matin. Dépaysant de s'attarder dans la cuisine avec une tasse de café, de voir Peter partir au travail, et après seulement, de prendre sa douche puis de réfléchir aux tâches de la journée. Graduellement, le programme s'était fait plus chargé, plus fébrile, plus imprévisible. Plus Hanna approchait de la mort, plus longtemps Suzanne demeurait auprès d'elle. Comme si elle habitait dans la maison de son frère. Elle avait accueilli les visiteurs, les avait laissés pénétrer ou pas dans la chambre de la malade, avait fait du café, de la soupe.

Elle se souvient d'avoir eu un choc, le jour où, en début d'après-midi, à l'heure où le temps s'étire, sa propre fille avait sonné à la porte. Elle avait failli ne pas entendre la sonnette, car Rose, dans son agitation, avait appuyé sur celle du cabinet. Était-ce

Drik qu'elle voulait voir ? Suzanne avait entendu un vague vrombissement alors qu'elle s'affairait dans la cuisine et, à tout hasard, elle était allée ouvrir. Rose se tenait devant elle, un pot de narcisses dans les mains. Elle se taisait.

Tout en pédalant, Suzanne secoue les épaules, comme si elle voulait se débarrasser d'un fardeau. Confusion des rôles, maladresse. Là-bas, elle était garde-malade, médecin et avec l'arrivée de Rose, brusquement, elle redevenait mère, du coup, elle avait été mauvaise dans les deux rôles.

— Tu peux aller la voir, tu sais, avait-elle dit, on vient de la laver et de lui injecter sa morphine.

Sa fille l'avait regardée de travers et s'était avancée dans le couloir, avait continué tout droit vers le rez-de-jardin, sans même enlever son manteau. Plus tard, elle était quand même passée à la cuisine, la fermeture éclair de son manteau toujours fermée.

— C'est toi le médecin d'Hanna à présent ?

Suzanne avait réfléchi.

— Non, pas vraiment, c'est son médecin traitant bien sûr. Je me contente d'aider. C'est bien pratique, pour les médicaments. Café ?

— Tu le sais, toi, quand elle va mourir ? Vous allez la tuer, quand ce ne sera plus supportable ?

— Je ne sais pas, Rose. En tout cas, je ne veux pas qu'elle souffre, ni qu'elle s'étouffe.

Appuyée contre le plan de travail, Rose avait bu son café et regardé sa mère d'un air pensif.

— Je trouve ça bizarre. Pourquoi n'est-elle pas à l'hôpital, elle est malade, non ?

Dix-neuf ans, avait pensé Suzanne irritée, ce n'est pas permis d'être encore aussi naïve à cet âge-là. Lis des articles, réfléchis deux secondes – en même temps, elle avait pitié de sa fille, blême, qui allait perdre sa tante chérie, qui allait voir la mort l'emporter petit à petit, non pas dans un sinistre hôpital où l'on s'attend à vivre des choses douloureuses, mais ici, dans la pièce en rez-de-jardin. Elle se sentait mal à l'aise, elle aurait voulu faire quelque chose, mais ne savait pas quoi.

— Comment ça se passe dans ton nouveau logement ?

— Ça va. Je viendrai manger à la maison ce soir. À moins que tu ne restes ici ?

Sensible à cet effort de rapprochement, Suzanne avait promis qu'elle serait chez elle. Rose se dirigeait déjà vers la porte.

La dernière partie du trajet vers l'hôpital passe par un quartier neuf. Les rues portent des noms d'explorateurs : Abel Tasman, Christophe Colomb, James Cook. Ça n'aurait pas été plus sympa que, pour une fois, le conseil municipal tienne compte de l'emplacement du quartier et baptise ces espaces du nom des remèdes miracles qu'on utilise dans sa profession : chemin du Fentanyl, place Propofol, rue du Sévoflurane ! Elle aurait pu leur en dresser toute une liste. Tas de couillons !

Du garage à vélos jusqu'à la porte d'entrée, elle presse le pas. Malgré l'heure matinale, il y a déjà beaucoup de monde. Des employés fument une dernière cigarette avant de prendre leur service, à l'intérieur, le portier est à son poste, les gens affluent dans le hall. Elle monte dans l'ascenseur et s'envole vers les étages. Elle n'a pas besoin de se changer aujourd'hui, en hôpital de jour, il lui suffit de mettre une blouse blanche par-dessus ses vêtements. Elle se rend dans la salle de garde en trottinant. Quelques collègues en tenue d'opération bleue, blouse blanche par-dessus, tête couverte, sont déjà installés à la grande table ovale. Certains portent une charlotte peu seyante, d'autres un petit calot plus sympa, personnalisé visiblement. Quelques-uns ont encore la coiffe obligatoire à la main. Il y a une chaise libre près de Kees, un homme robuste et moustachu qui la salue avec enthousiasme. Les internes s'attardent autour de la table à boire du café et à se dire avec qui ils sont planifiés aujourd'hui. Dommage que je ne sois pas en salle d'opération, pense Suzanne. Une journée ennuyeuse en perspective. Je n'ai pas grand-chose à faire à mon bureau. Les autres spécialistes se plaignent constamment d'avoir trop de rapports à écrire. Nous, on n'a pas ce problème. On n'a pas de patient en propre. Le véritable compte rendu d'anesthésie, c'est l'appareil qui le crache. On ne connaît pas ce sentiment de ras-le-bol face à une tâche fastidieuse qui nous attend une fois le véritable travail achevé. Tout ce à quoi Peter et Drik sont astreints : les lettres au médecin traitant, aux assurances, les comptes rendus de chaque séance d'analyse, le compte rendu final. Atroce. Chez nous, l'imprimante crachote une feuille de papier et c'est tout ce qu'il reste de l'aventure au bloc opératoire.

La pièce est pleine. L'interne qui était de garde cette nuit se place derrière un pupitre. Il boit de l'eau dans un gobelet en plastique et attend. Simone, une collègue anesthésiste et amie de Suzanne, élève la voix pour demander le silence. C'était elle qui supervisait cette nuit.

Le jeune homme commence à parler, il saute d'un incident à un autre. Une réanimation aux urgences, une péridurale en obstétrique, une opération en urgence à la suite d'une hémorragie après une opération au ventre, une césarienne compliquée.

— Production ? demande un homme d'un certain âge avec un visage intelligent et des lunettes.

Le jeune homme est momentanément désarçonné, il tripote maladroitement ses papiers. Il ne trouve pas tout de suite ses notes sur la césarienne.

— Qu'est-ce qui en est sorti ?

— Ah, ça ! dit le garçon, un bébé.

Tout le monde rit, le garçon pique un fard.

— En bonne santé, une petite fille en bonne santé.

Il se reprend. L'homme qui a eu une hémorragie postopératoire va bien. Un patient qui souffrait de fortes douleurs a été traité avec succès grâce à de hautes doses de morphine et un bloc intercostal. Il y a eu une autre césarienne qui s'est moins bien terminée, le bébé a dû être réanimé, ça ne se présente pas très bien. Un accident de la circulation qui a fait deux victimes. L'une d'elles a pu repartir immédiatement, elle n'avait que de légères contusions, l'autre a probablement un hémothorax et attend d'être opérée. Il faut faire une péridurale à une femme qui va accoucher aujourd'hui. Du travail pour l'équipe de jour.

Suzanne est perdue dans ses pensées, elle entend à peine ce que dit le jeune homme. A-t-il été vexé par la question sur le résultat de la césarienne ? Peut-être pas, l'ambiance en formation est très conviviale ces dernières années. Sérieuse mais pas sévère. Dans l'acceptation. Que les internes sont là pour apprendre : les compétences, les procédures, les scénarios d'urgence. On ne leur demande pas de tout savoir tout de suite mais d'être attentifs et d'apprendre. Chaque interne a un superviseur ou peut en réclamer un. Chaque jour un autre, pour se familiariser avec les différentes variantes du métier. Ça doit être déconcertant parfois mais c'est certainement préférable à l'ancien système dans lequel l'interne devait suivre le même spécialiste pendant des semaines et même des mois.

Je suis seule aujourd'hui, pense Suzanne. Peuh ! C'est n'importe quoi, je ne suis pas seule, je vais voir quinze patients qui vont me casser les oreilles. Cet après-midi, une classe pleine d'étudiants. Et pourtant, je me sens seule.

Un homme en vêtements de sécurité orange pénètre dans le local à grands pas et s'excuse de son retard. Le service gère l'unité mobile hospitalière, l'hélicoptère du Samu se gare sur le toit de l'hôpital. Héroïque, pense Suzanne. Un super-boulot, faut vraiment assurer. Improviser, réfléchir à cent à l'heure, les genoux sur la caillasse et le vent dans les cheveux. Les cris dans les oreilles. Le danger. Pourtant, elle n'a jamais essayé d'intégrer la structure mobile d'urgence ; le style de conduite de la super-ambulance lui fout les chocottes, tout va si vite, Suzanne craindrait de perdre le contrôle. Quant à l'hélico, elle n'y songe même pas : la perte de tous ses repères. Elle hausse les épaules.

— Qu'est-ce que tu as à remuer les épaules comme ça, dit Kees, quelque chose qui ne va pas ?

— Hôpital de jour aujourd'hui. Pas envie.

— Passe me voir avant. J'ai une opération à cœur ouvert qui va durer au moins cinq heures. Pontage, faire un remplacement valvulaire, tout le bataclan. Les patients ne viennent pas très tôt en hôpital de jour. Ils passent d'abord voir le chirurgien.

— Et ensuite ils arrivent tous en même temps chez moi. À onze heures. Tous très inquiets et il n'y en a pas un qui ait compris les explications. Je dois leur faire un dessin de l'opération sur une feuille de papier. Et pas vraiment relax, parce qu'il y en a encore dix à attendre dans le couloir.

— Il faudrait le faire ensemble, dit Kees. Je me le suis souvent dit. Une consultation préopératoire par le chirurgien et l'anesthésiste de concert. C'est impressionnant, tu sais, deux de ces docteurs derrière un bureau. Aucun des deux ne peut se défiler. Le chirurgien qui se lève au bout de deux minutes après avoir annoncé "Je vous opère la semaine prochaine, bonne journée", ce ne serait plus possible. Bon, j'y vais. Je ne veux pas faire attendre le chirurgien. Il fait un clin d'œil. Harinxma. Je ne vais pas le laisser exploser en plein vol dès le matin.

— Bon courage, marmonne Suzanne. Elle se lève lentement pour bavarder un peu avec Simone qui se tient dans l'embrasure de la porte, le visage défait.

— Sympa, ma nuit de garde, dit celle-ci, mais maintenant, c'est terminé : dodo. Adorable, l'interne. Jérôme, il s'appelle. On a tout fait ensemble, il vient juste de commencer. C'est super-sympa de tout expliquer. Il pose les questions les plus saugrenues, qui ne te seraient même pas venues à l'idée. Qui est responsable de la sonde vésicale ? Pourquoi est-ce que tout le monde crie aux urgences ? Qui est le patron ici ? Trop mignon. On mange ensemble un jour de la semaine prochaine ?

Suzanne opine du chef et caresse le bras de son amie. Puis elle pénètre dans le couloir, prend l'ascenseur et sort.

L'hôpital de jour est situé dans un bâtiment à part qu'on ne peut pas rejoindre de l'intérieur. Il faut d'abord traverser un terrain herbeux. Ce sont des limbes, des régions périphériques où règnent d'autres lois. Suzanne s'enfonce dans la boue avec ses belles bottines. Simone fait des recherches qui déboucheront sur une thèse, un livre, des articles. Il faut écrire pour exister. Hanna écrivait elle aussi. Son livre, sur l'engouement pour la science vers 1780, est posé à côté du lit de Suzanne. Un bon livre, qui se lit aisément, sur les clubs d'amateurs de sciences, des gens du XVIIIe siècle qui se réunissaient pour faire des expériences avec des produits chimiques et de l'électricité. On entend Hanna raconter quand on le lit. Drik a lui aussi beaucoup publié dans son domaine. Non pas qu'elle ait lu tous ses livres, mais ils sont dans sa bibliothèque. Ils existent.

Pour les consultations préopératoires, les anesthésistes disposent d'une petite pièce au rez-de-chaussée, à côté du centre antidouleur dont une des portes est ouverte. Suzanne jette un œil à l'intérieur.

— Berend !

— Suzie, c'est sympa de passer me voir, entre.

Elle examine le bureau de Berend. Des piles de bouquins et de magazines, une machine à café perchée sur une armoire à dossiers, un très beau dessin anatomique du système nerveux accroché au mur entre des photos de voiliers. La fenêtre est envahie de plantes vertes.

Berend, un homme long et maigre d'une cinquantaine d'années, surprend son regard.

— Quand je dois faire des piqûres, je me rends dans un autre local, plus propre celui-là. Tu veux du café, j'ai un nouvel appareil !

— Deux minutes, je vais chercher la liste de mes patients.

La secrétaire, derrière le comptoir de la salle d'attente, a une liste de noms pour Suzanne.

— Vous la trouverez aussi sur l'ordinateur, en principe, le chirurgien y a mis sa liste. Votre premier patient est arrivé.

Une femme forte attend sur l'un des bancs, un sac posé à côté d'elle, une canne entre les genoux.

— J'ai encore à faire, dit Suzanne. J'appelle madame dans un instant. Elle fait un signe de tête à la femme, qui la regarde d'un air étonné.

Dans le bureau de Berend, ça sent le café frais. Elle reste debout sur le seuil de la porte. Berend lève des sourcils interrogateurs.

— J'en ai pour toute la matinée.

— J'aime beaucoup le motif sur tes bottines, c'est classe.

Elle regarde ses pieds et éclate de rire. De la boue grise et jaune s'étale sur le cuir noir et souple.

— Sous le bureau, ça ne se verra pas. Tu commences à quelle heure ?

— Huit heures et demie. Assieds-toi donc !

— C'est comment, tous les jours que Dieu fait à l'hôpital de jour ? Le bloc ne te manque pas ?

— Pas une seconde. Ça a été le bon choix. Il ne faut pas croire, je ne vois pas défiler des patients toute la journée, il y a aussi les internes à qui je donne des cours et que je supervise, on fait des recherches et on a pas mal de réunions. On délibère avec les neurologues et les kinés. Sans oublier la psychologie, naturellement. Je suis bien ici. Et ça ne me déplaît pas d'apprendre à bien connaître les patients. Des contacts qui durent parfois des années. Leurs partenaires les accompagnent de temps à autre, s'ils travaillent, ils me disent où, je sais comment vont leurs enfants, où ils habitent. Un patient qu'on opère, après, on ne le voit plus. Un regard vaseux quand on l'amène et si on est très motivé, on va encore jeter un coup d'œil en salle de réveil. Le contact préopératoire est, lui aussi, très bref – parmi tous les patients que tu verras tout à l'heure, il y en a combien que tu endormiras toi-même ? Un ou deux sur les quinze. Ou aucun. Personne ne peut coordonner ça. Je ne dis pas que c'est impersonnel ou que les soins ne sont pas bons, mais il n'y a pas de ligne directrice. Le contact personnel reste sans effet. Chez nous, c'est différent, on travaille avec ça, c'est notre outil. En plus des pilules et des aiguilles, naturellement.

Suzanne boit son café. Il a raison, il arrive toujours à vous convaincre qu'il a raison, même s'il dit des conneries. Ce ne sont pas des conneries, ce qu'il vient de dire, mais tout de même. Quand je viens chercher quelqu'un avant l'opération, pense-t-elle, quand je vois un visage, que je touche la peau du patient, que j'enregistre sa peur, sa douleur, quand je lui donne des explications, que je le rassure, que je l'aide à s'allonger sur la table d'opération, que je lui parle d'une voix douce tandis que je le perfuse, quand je réclame le silence dans la salle et qu'ensuite seulement, je l'endors – c'est comme lorsque je bordais Rose, autrefois.

Elle fait un signe de la main à Berend et elle disparaît dans le couloir, sur ses bottines boueuses.

3

Un bloc-notes est posé sur le bureau de Drik. Il en déchire les feuilles sur lesquelles il a écrit et il les étale. Il n'y a pas beaucoup de texte. Il y a "Schuurman", "vingt-sept ans". "Mère!", entouré. Tout ça en grosses lettres maladroites. Pour bien écrire, il a besoin de lunettes, pour avoir un bon contact avec le client, il n'en porte pas.

Il écrit le nom et la date en haut d'une feuille. "Premier entretien", souligné. "Vingt-sept ans, interne en psychiatrie, première année, commence tout juste sa formation, vient pour son analyse didactique." Il gémit, s'adosse confortablement et allonge les jambes.

Quelle impression ce jeune homme lui a-t-il faite, quel sentiment a-t-il éveillé en lui ? Drik ne sait pas trop. Cela vient du garçon ou est-ce à cause de la place particulière que cette consultation prend dans sa vie ? Il ne sait pas. Il se sent incompétent, confus. Il n'a pas réussi à cerner le problème, ni même à savoir s'il y en avait un. Il y avait quelque chose de curieux dans le contact – il n'aurait pas été jusqu'à dire que le garçon était sournois, mais quelque chose manquait, lui échappait. Bon, il arrivait souvent que les gens soient réticents lors d'un premier entretien, ils avaient honte, ne se sentaient pas encore assez en confiance, ne voyaient pas l'intérêt des événements tus. Là, c'était autre chose, mais quoi ? En même temps, Drik se sent très impliqué, il éprouve de la compassion pour ce patient. Mais pourquoi ? Le garçon veut être psychiatre, il veut comprendre les pensées et les sentiments des gens, dit-il, tout ce qui peut foirer dans ce domaine l'intrigue. Le rôle de la génétique, de la pharmacologie, des expériences de la vie.

Mais il a peur. Quand il parle du travail, du service, du comportement imprévisible des patients internés, de la violence des symptômes, du bruit, il serre les poings. Son front transpire légèrement. Après son départ, Drik décèle une odeur de sueur froide dans son cabinet. On est en présence d'un conflit. D'où vient cette peur ? Et le besoin de l'affronter ? Le garçon pourrait devenir dermatologue, généraliste, gériatre. Il choisit ce qui l'angoisse le plus. Comment est-ce que cela rime avec son histoire personnelle ? Drik n'en sait rien et ça l'irrite. Pour le moment, je lis dans le marc de café, j'agite une baguette de coudrier, pense-t-il, je tricote résolument les uns aux autre des faits que j'ai cru découvrir.

Qu'est-ce que je sais ? Il a grandi sans père, ce dernier s'étant fait la malle quand il avait cinq ans. D'abord, pas de contact, puis un contact sporadique et malaisé, qui prend fin au cours de sa douzième année, car là, le père meurt. Maladie, arrêt cardiaque ? Il faudra qu'il demande. Il doit chercher le père en moi, pense Drik, c'est peut-être pour ça qu'il est à ce point sur ses gardes et me fait sentir qu'il y a certaines choses qu'il désire ardemment mais qui l'angoissent tout autant. Il doit craindre que je ne tombe raide mort s'il me met en colère.

La mère était sûrement trop proche, trop dépendante de son fils. Comment en serait-il autrement ? Il en disait plutôt du bien, avait l'air d'être attaché à elle. Pourquoi le divorce ? Pourquoi pas d'autres enfants ? A-t-elle un nouveau partenaire ? Qu'en pense le patient ?

Je n'ai pas besoin de tout savoir tout de suite mais ce serait bien de se faire une petite idée des attentes du jeune homme, de travailler dans un climat de confiance. Est-ce qu'il accepte de chercher ce qui ne va pas avec moi ? Ce n'est pas clair. Il y a un hic quelque part. Ça doit venir de moi, pense Drik alors qu'il est en train de prendre des notes. Ses lunettes sur le nez. J'accorde trop d'importance à une seule consultation, je veux me prouver que je suis encore compétent. Ce garçon n'a rien à voir là-dedans, il a droit à une bonne analyse didactique, troublée le moins possible par les expériences malheureuses de son thérapeute. Jc réfléchis trop lentement, je n'ai pas de vue d'ensemble. Cette thérapie m'entraîne vers un avenir que je refuse. Est-ce que je ne devrais pas moi-même suivre une thérapie pendant quelque temps ? Avec qui dans ce cas ? Je les connais tous et, pour la plupart, je n'ai pas confiance. Je vais me mettre la pression, je vais téléphoner à l'Institut, dire que mon cabinet est ouvert à nouveau et qu'on peut m'envoyer des clients. Travailler, c'est positif. Je ne vais peut-être pas très bien mais je ne manque pas de compétences.

Un sentiment de dégoût et de doute le taraude. J'ai besoin de changer d'air, se dit-il. Il faut que je sorte, de l'air pur, hors d'ici.

Marcher stimule la pensée associative. Drik longe la rivière sur un chemin interdit aux voitures. Il n'y a presque pas de cyclistes en ce lundi brumeux. Des oiseaux aquatiques avancent péniblement sur la rive, comment se débrouillent-ils pour survivre, avec l'hiver qui arrive ?

Son regard se perd au-dessus de l'eau. Le vent est tombé et il ne fait pas vraiment froid. Il voit l'hôpital au loin. Suzanne y est en ce moment, elle y endort des gens entre des murs qui délimitent un monde dans lequel on est tenu dans l'ignorance des tribulations du dehors. La porte à tambour du hall d'entrée avale les visiteurs, qui prennent congé de la lumière du jour. L'entrée principale mise à part, on ne pénètre dans l'hôpital que par une des valves dissimulées dont les urgences sont la principale. Et aussi par l'héliport, la morgue et l'entrée de service pour les marchandises. Suzanne lui a raconté que le nouveau bloc opératoire était pourvu de fenêtres qui leur permettaient d'avoir une vue aérienne sur le paysage pendant le boulot. Étrange.

Plus de bâtiments, que des pâturages humides et désertés. Triste, ce garçon sans père. Un garçon de cinq ans pense que c'est sa faute si le père s'en va. Pas assez gentil. Ou trop heureux dans la lutte pour l'amour de la mère, c'est possible aussi. Le drame œdipien pour lequel il a toujours autant d'aversion. Surestimé, d'après lui. Les péripéties des trois premières années sont autrement plus importantes.

Une image de son propre père lui revient en mémoire. Un vieil homme aux idées embrouillées dans une pièce puante d'un établissement de soins. Il devrait aller le voir, mais ces derniers mois, il n'en a pas le courage. Suzanne, elle, y va régulièrement, bien que son emploi du temps soit beaucoup plus chargé que le sien. C'est une petite abeille, Suzanne, elle aime être occupée. Elle examine le dossier paternel avec le personnel soignant, range la chambre, jette certains objets, en apporte d'autres. Quand elle a terminé, elle embrasse le vieil homme dément sur le front et disparaît comme elle est venue. Lui, il ne pourrait pas. Quand il va voir son père, il s'assied, essaie d'entrer en contact, sent le désespoir le gagner. Peut-être que c'est ainsi depuis la mort de maman, pense Drik. Peut-être que, dans cette maison de retraite, Suzanne et moi jouons une pièce dont le texte a été écrit il y a quarante-cinq ans.

Il avait quatre ans : un petit gosse inquiet et tourmenté qui ne quittait pas son père des yeux, un enfant angoissé qui restait dans les parages de cet homme morose. Pas évident. Sa sœur avait vite compris qu'elle pouvait distraire son père de ses sombres pensées, le divertir peut-être, par l'action. Elle lui montrait des jouets, elle lui servait des tasses de thé imaginaires avec son service de poupée, elle l'obligeait à la regarder quand elle se tenait sur une jambe. C'était plus tard évidemment, Suzanne était un bébé quand c'est arrivé, six mois. Elle venait probablement d'être sevrée et les parents s'étaient dit qu'ils pouvaient bien prendre une semaine, rien qu'eux deux, aller faire de la marche quelque part en Angleterre. Dans le Sud du pays de Galles, le long de la côte sur de hauts rochers escarpés surplombant l'océan. Il a vu des photos des falaises abruptes, les eaux bouillonnantes dans les profondeurs, les couches géologiques des parois rocheuses. Ils avaient marché là-haut, sur les sentiers du littoral, avec des sacs à dos et des chaussures de montagne.

Chez eux, c'était Leida, la sœur jumelle de son père, qui dirigeait la maison. Elle était restée. Elle n'avait pas de vie propre, pas de travail ? Ou bien avait-elle tout laissé tomber après la catastrophe ? Pourquoi n'a-t-il jamais essayé d'en savoir plus ? Il se souvient qu'il n'avait pas aimé que ses parents s'en aillent. Leida serrait beaucoup trop les draps quand elle le bordait, on aurait dit une camisole de force. Elle fermait la porte, si bien qu'il ne pouvait pas voir la lumière du couloir et qu'il attendait le sommeil raide de peur dans son lit. L'odeur de la maison n'était plus la même quand elle était là.

Qu'est-ce qu'ils leur ont raconté quand son père est revenu ? Ce sont des souvenirs qu'il n'arrive pas à atteindre. Ils sont probablement perdus pour toujours, sous l'influence de la chimie cérébrale dévastatrice après le traumatisme. Il y avait eu du passage, la police judiciaire, les pompes funèbres, les médecins, les amis. Il a tout oublié. La seule image qui lui reste se situe dans sa chambre. Il est assis par terre, le dos contre le mur, ses jambes allongées devant lui. Il écoute : un bébé pleure, on sonne à la porte, quelqu'un monte l'escalier. Aujourd'hui encore, il est incapable de se remémorer l'événement sans éprouver du dégoût.

Comment sa mère était-elle tombée ? Comment s'était-elle écrasée deux cents mètres plus bas sur les rochers, dans le ressac ? Ses cheveux avaient dû danser sous les vagues, son père avait dû regarder, s'affaisser sur les genoux. Et après ?

Ils n'avaient jamais parlé de tout cela. Pas un mot. Trop douloureux pour son père, trop angoissant pour lui. Une conspiration du silence. Dans l'état actuel des connaissances, ce serait vivement condamné. Le fantasme est toujours plus néfaste que la réalité, si atroce soit-elle. Drik a le vertige, une phobie qu'il n'a jamais osé aborder, pas même au cours de son analyse didactique.

À présent seulement, il remarque l'étrange similitude entre la vie de son père et la sienne. Tous deux ont perdu leur femme beaucoup trop tôt, tous deux ont été épaulés par leur sœur, en ce qui concerne l'organisation de la maison et du quotidien. Il lui est plus facile de réfléchir aux différences : chez son père, une rupture brutale, chez lui, une lente déchirure. Papa s'était retrouvé seul, frappé de stupeur, désemparé, avec un mouflet et un bébé sur les bras. Lui s'était retrouvé seul – oui, comment en fait ? Apathique, vidé, mais pas désemparé.

Il quitte le sentier battu pour l'étroite bande de gazon qui le longe et sent le sol ployer et rebondir sous ses pas. Il sent la force dans ses jambes. Il est resté seul, sans rien. Il a laissé derrière lui l'accord secret, acquis de haute lutte, qu'il avait avec Hanna ; elle avait accepté qu'il n'y aurait pas d'enfant, que néanmoins la vie était pleinement satisfaisante, qu'elle valait la peine d'être vécue. Il a honte quand il réalise qu'il est soulagé. Enfin il peut reconnaître que c'est terrible. Un désastre. À pleurer. Il n'a plus besoin de jouer la comédie, il n'a plus personne à protéger, plus aucune raison de se faire violence. Il rougit. Une réaction primitive, fonction végétative, pense-t-il, quelle misère ! Est-ce si terrible, au point que je me sente libéré, que je sois content que ce soit fini ? Non seulement cette maladie humiliante, mais surtout toute la comédie qui l'avait précédée. Si c'était arrivé à un de mes patients, je n'aurais pas hésité. Je l'aurais accompagné dans la voie des sentiments interdits, j'aurais eu la plus grande compréhension pour sa joie sournoise. J'aurais écouté avec beaucoup d'attention et rien en moi n'aurait condamné ou jugé folles ses pensées. Quand il s'agit de moi, j'en suis incapable.

Machinalement, il s'est mis à taper du pied, la boue vole de tous les côtés. Je dois, je dois, pense-t-il. Mais que doit-il, et qui l'y oblige ?

Vers six heures, il met le cap sur la maison de Peter et Suzanne. Alors qu'il attache son vélo à la barrière du jardin, la dernière patiente de Peter sort, une belle femme dont l'onéreux manteau est encore ouvert. Il la salue d'un signe de tête et attend qu'elle ait parcouru l'allée du jardin. Puis il sonne. Il embrasse Suzanne qui est venue lui ouvrir.

— Tu as bien bonne mine aujourd'hui, dit-elle.

À nouveau, il a honte. Le soulagement m'a délivré, elle le voit au degré d'irrigation sanguine sous ma peau, à la décontraction des muscles de mon visage. Arrête, pense-t-il, au diable l'observation médicale, toute cette analyse. C'est le soir, une journée de plus a passé, je suis avec des amis, je suis en sécurité.

— C'était comment ta journée ?

— Rien d'excitant, dit Suzanne. Hôpital de jour. J'ai demandé à quinze personnes si elles avaient encore leurs dents. Ou si je pouvais examiner leur gorge. Je les ai mises sur la balance et j'ai écouté leurs tristes poumons. Pas très excitant tout ça. Ils me demandent s'ils me verront le jour de l'opération. Je leur réponds : "Votre médecin va vous opérer, lui, vous le verrez sûrement. Un de mes collègues va vous endormir." Impersonnel, hein ?

— Ils cherchent des repères. Ce n'est pas rien de laisser quelqu'un d'autre prendre les commandes de son corps. Ça infantilise les gens. C'est normal qu'ils veuillent t'avoir à leur côté.

— Certains sont incapables de se laisser aller, dit Suzanne, le manque de contrôle les met en panique. J'en avais une comme ça aujourd'hui. Elle voulait absolument rester consciente, bien, c'est possible. Je lui fais un bloc ou une anesthésie lombaire. À moi, il n'est pas question qu'on me le fasse, mais si c'est ce que le patient veut !

Elle lui touche le bras. Je suis contente de te voir. Whisky ?

Elle pose le verre sur la table de la cuisine, près de la chaise où Drik va s'asseoir après avoir suspendu sa veste au dossier. Il ressent une légère douleur dans les muscles des jambes, ce n'est pas désagréable. Il observe le dos de sa sœur. Droit comme un I. Elle trouve sans difficulté ce dont elle a besoin dans un désordre de plats, de bouteilles et de légumes, elle prépare une salade, remplit un plat à four de lasagnes, jongle avec les casseroles de sauce et la râpe à fromage. Tous deux tournent le visage vers la porte quand ils entendent Peter descendre l'escalier.

Peter pose un instant la main sur le dos de Suzanne, puis tapote l'épaule de Drik. Ensuite, il se frotte les mains et se verse un verre.

— J'ai vu ta dernière patiente s'enfuir. Elle n'a même pas pris le temps de fermer son manteau.

Peter rit. Elle s'est enfuie ! Une bonne odeur de cuisine et une ambiance chaleureuse dans la maison de ton thérapeute, c'est déroutant, ça donne envie de fuir au plus vite. Je peux faire quelque chose, Suzie ?

— T'asseoir et bavarder. Je contrôle la situation.

Elle s'accroupit et glisse le plat dans le four. Rince les casseroles sous un jet d'eau puissant.

Lave-vaisselle. Porte-torchons. Drik la voit tout à coup aller et venir dans la salle d'opération, de l'armoire à pharmacie à l'appareil d'anesthésie, elle contrôle les tuyaux, rampe sous la table pour détecter d'éventuelles obstructions, compte les seringues, tourne les boutons. Tout en même temps.

— Est-ce que le jeune Schuurman s'est manifesté? demande Peter.

— Je l'ai vu aujourd'hui. Drik retrouve aussitôt l'étrange sentiment d'impuissance qui s'est emparé de lui pendant l'entretien, la peur d'avoir perdu la main, l'impression d'échec. Je ne vais pas en parler, pense-t-il. Il faut simplement que je me remette dans le bain, rien de plus normal. Je n'ai pas exercé pendant des mois, j'ai été soumis à un stress incroyable, vécu ce qu'on appelle des *life events*, des événements marquants. Pas étonnant, dans ces conditions, que l'on perde de son acuité, de son intuition. C'est provisoire. Patience. Attendre de voir comment cela se passera la semaine prochaine.

— J'ai appelé l'Institut cet après-midi, pour qu'on m'envoie d'autres candidats. Et j'ai pris rendez-vous avec mon éditeur. Il est temps que je termine mon bouquin.

— Je l'attends avec impatience, dit Peter, un livre sur notre profession, c'est bien pour nos formations. Ça nous sera utile. Dépêche-toi de te remettre à écrire.

Drik pose son verre et regarde dans le vide. Il faut aller à la rencontre des patients avec une aura d'autorité, en sachant que l'on va faire quelque chose pour eux – peut-être pas ce qu'ils attendent de nous, pas de bonheur, pas de guérison mais quelque chose de valable, de vrai. Ça ne peut pas marcher si l'on a soi-même l'impression d'être un imposteur, un incompétent, un pauvre type complètement paumé dans son fauteuil. Je vais me secouer. Il faut que ça change. À partir de maintenant. Il lève son verre, que Suzanne remplit. Peter lit le journal. Les lasagnes sentent bon.

4

Au service prémédication, la femme au genou endommagé attend la suite des événements. Le personnel soignant a déjà rangé ses cheveux noirs sous une charlotte. Suzanne avance vers le lit, la main tendue.

— Bonjour, je suis le docteur Lagrouw, du service anesthésie. C'est moi qui vais vous endormir. Mais auparavant, je dois vous poser quelques questions. Ça va, vous n'êtes pas trop nerveuse ?

La femme sourit faiblement et hausse les épaules. Suzanne prend les formulaires et débite les questions standard : date de naissance, nom, nature de l'opération à subir, pouvez-vous me montrer votre bracelet, est-ce qu'il y a une marque sur votre jambe ? Une procédure idiote, à première vue inutile, mais qui sert, en fait, à éviter de commettre de fâcheuses erreurs. Un patient qui a un problème de vésicule et qui se retrouve avec une jambe en moins, par exemple. La femme montre à Suzanne la flèche noire qui désigne le genou douloureux.

— Est-ce que vous faites une allergie à l'iode, aux pansements adhésifs ? Vous avez eu une prémédication ? Vous avez déjà été sous narcose ? Tout cela a déjà été vu en préopératoire, c'est consigné dans le dossier. Mais on le répète, pense Suzanne, la répétition crée la confiance, c'est bien d'échanger quelques phrases avec le patient et peu importe que ce soit toujours les mêmes.

Carla, l'infirmière anesthésiste, entre. C'est une femme d'un certain âge aux cheveux blond cendré coupés court.

— J'ai déjà contrôlé l'appareil et préparé ton équipement. On y va ? Elle met sa charlotte et toutes deux poussent le lit en louvoyant dans les couloirs étroits. Devant le mur, quelqu'un est en train de charger un chariot à médicaments, un peu plus loin, des agents de propreté préparent leur matériel. Tout le monde porte la même tenue, des sabots et une charlotte.

Carla négocie prudemment le virage, s'arrange pour que le lit ne touche pas le mur. Tout doit se passer de façon fluide, sereine, sans heurt ni surprise. Elle travaille ici depuis plus de vingt ans déjà et Suzanne apprécie sa riche expérience. Carla sait ce dont elle a besoin avant, presque, qu'elle ne l'ait formulé. Tout à l'heure, quand la patiente sera endormie, Suzanne pourra, le cœur tranquille, la confier aux bons soins de Carla et aller préparer un autre patient.

Carla donne un coup de pied dans un panneau placé à l'entrée de la salle d'opération, la porte s'ouvre et elles poussent le lit à l'intérieur, à côté de l'étroite table d'opération. Suzanne remarque que la patiente ne promène pas son regard dans la salle, elle ne semble pas voir l'imposant appareil anesthésique avec ses tuyaux et ses moniteurs, elle ne voit pas le scialytique. La patiente monte d'elle-même souplement sur la table d'opération. Carla va mettre le lit dans le couloir.

Suzanne contrôle si la femme est bien placée. Elle s'assied sur un tabouret auprès d'elle pour lui expliquer ce qui va se passer. Poser la perfusion, attendre le chirurgien, dormir. Une jeune femme en tenue complète, avec masque et calot, vient d'entrer.

— Hello ! dit Suzanne, on a déjà commencé. L'interne du médecin, elle est censée arriver plus tôt, mais je ne vais pas en faire un fromage. Elle présente la femme à la patiente : docteur Moens, ma collègue. Nous allons bien nous occuper de vous toutes les deux.

— J'en ai ma claque de perdre mon temps à attendre les chirurgiens, dit Birgit Moens. C'est tous les matins la même chose. Aucun respect. Manque de collégialité. Et fini ! Je ne leur téléphone plus. Il y a du dépit dans sa voix. Suzanne la regarde. Encore heureux que le masque cache sa bouche, méprisante à coup sûr.

— Tu veux poser la perfusion, Birgit ? Suzanne fait de la place et sa jeune collègue se penche sur la main de la patiente.

— Mais qu'est-ce qu'ils fabriquent ? En voilà des manières ! On va prendre du retard sur le planning. C'est insupportable !

— Merci, docteur Moens, dit Suzanne une fois la perfusion posée. Je peux vous parler un instant ?

Elles sont face à face derrière l'appareil. Tu as presque terminé ta formation, voudrait lui dire Suzanne, techniquement, tu es très bonne mais comme médecin, tu ne vaux rien. Tu ne prends pas la peine de communiquer avec les patients, tu es une collègue détestable. Personne n'est content de te voir arriver.

— Vous savez, Birgit, vous avez raison. C'est très ennuyeux que les opérateurs soient toujours en retard. C'est comme ça, nous n'y pouvons rien. Par contre, nous pouvons faire en sorte que le calme règne au bloc. Les patients ne sont pas responsables de nos problèmes d'organisation. On n'en laisse donc rien transparaître, d'accord ?

Birgit rougit sous le masque. Elle se retourne brusquement pour contrôler la médication. Suzanne soupire et retourne à la table d'opération.

— Nous attendons le chirurgien. Il a quelques questions à vous poser lui aussi. Vous êtes bien allongée, là ?

Carla a mis à la femme une couverture chauffante. On entend des bruits métalliques derrière une porte : l'infirmière de bloc prépare la table d'instruments, Suzanne voit son visage sévère penché sur les pinces, les bistouris et les ciseaux à travers le hublot. Le système d'aération fait un doux bruit de succion, les lampes bourdonnent. L'horloge continue à tictaquer.

Enfin, les chirurgiens arrivent, à grandes enjambées, les bras nus. L'espace est envahi tout à coup. L'opérateur s'adresse à la patiente, à nouveau la date de naissance, le bracelet, la flèche sur le genou. Il coche les réponses sur sa liste et regarde Suzanne.

— Vous pouvez y aller, docteur Lagrouw, nous allons nous laver les mains. Ils disparaissent dans la zone de lavage et commencent à se frotter vigoureusement les mains et les bras.

— Maintenant, nous allons vous endormir, dit Suzanne. Vous allez d'abord respirer profondément deux ou trois fois dans le masque, comme ça, c'est bien. Elle presse le masque sur le nez et la bouche – c'est bien, encore une fois, bien fort. Elle pose une main sur l'épaule de la patiente et fait signe à Birgit de commencer. Le fluide de l'oubli, épais et laiteux, s'infiltre dans la veine, la patiente semble vouloir encore dire quelque chose mais brusquement, se tait. Son visage se détend.

— Elle dort, dit Birgit. Je l'intube? Elle a déjà le laryngoscope dans les mains. Suzanne acquiesce d'un signe de tête et Birgit se penche sur la patiente. Très concentrée, elle examine le scope qui vient d'être placé et, avec beaucoup de précautions, elle glisse le tube entre les cordes vocales.

— J'y suis! Elle appuie du coude sur le ballon vert qu'elle tient pressé contre son flanc. Puis elle écoute les poumons avec le stéthoscope. La poitrine se soulève au rythme du ballon. Tout va bien.

Suzanne surveille Birgit qui branche et contrôle les tuyaux, satisfaite, triomphante. C'est juste une jeune femme qui veut bien faire, pense-t-elle, son air hautain cache sa peur de l'échec. C'est ce que penserait Drik, et Peter aussi. Ils se demanderaient d'où lui vient cette impertinence. Ils réfléchiraient à la structure de sa personnalité, en spectateurs, sans ressentir d'irritation, contrairement à elle.

Elle prend les appuie-bras, les fixe à la table, les recouvre de gélatine et y place précautionneusement les bras de la patiente. Elle fixe les paupières de la patiente avec du ruban adhésif et contrôle que les tuyaux ne sont coincés nulle part. On approche la table roulante avec les instruments, soudain, tout le monde s'affaire. Quelqu'un allume l'ordinateur mural, un autre trimballe le marchepied pour l'infirmière de bloc, deux personnes soulèvent la jambe qui doit être opérée pour la mettre en position. Au milieu du tumulte général, une porte s'ouvre. L'infirmière de bloc entre en poussant la table-pont avec les instruments. Comme sur commande, tout le monde attache son masque devant son nez et sa bouche. L'infirmière de bloc déchire les sacs de protection des draps stériles, recouvre la patiente et regarde par-dessus son épaule si les chirurgiens sont prêts, oui, ils pénètrent dans la salle d'opération, les bras entièrement désinfectés ; il faut leur mettre les tabliers, les gants – les emballages sont jetés dans un coin, les tabliers boutonnés à l'arrière. Il faut élever la toile verte, côté tête de la table, Suzanne approche un pied à perfusion et fixe la toile des deux côtés à l'aide de deux grosses pinces à champ. C'est derrière cette toile que son travail se fait. Elle touche un instant la joue de la patiente. Pas de transpiration, bonne température.

Nous sommes dans la zone sale, pense-t-elle. De l'autre côté de la toile, tout est stérile, c'est le sacro-saint. Nous sommes plus terrestres. Birgit a pris le coffre aux toxiques et Suzanne prépare les analgésiques. Elle surveille le moniteur. Quand le chirurgien va couper, les pulsations cardiaques vont considérablement augmenter, la tension grimper. Elle injecte le Fentanyl dans la perfusion.

— Trois quarts d'heure, je pense, dit le chirurgien. La communication passe par les yeux et les sourcils.

— Parfait, dit Suzanne, nous avons donc le temps de préparer le patient pour l'autre salle d'opération. Tu viens, Birgit ?

Carla reste surveiller la patiente, elle appellera Suzanne à la moindre complication. Le système à deux salles oblige Suzanne à courir de l'une à l'autre toute la journée. C'est tout un art de planifier la phase risquée de l'anesthésie de façon que Carla et elle puissent se relayer ; un véritable exploit, quand elle réussit à passer en douceur d'un patient à l'autre. Si les interventions se prolongent, elle doit être partout à la fois. Il lui faut alors faire appel aux troupes de secours, ce qu'elle ressent comme une petite défaite. Mais c'est comme ça, c'est ainsi que le système fonctionne, elle n'a pas d'autre choix que d'appeler un collègue de service à la rescousse. Quand c'est elle qui est de service, ça ne la dérange pas d'intervenir, c'est une surprise, un défi de se mettre rapidement dans une situation nouvelle – mais quand les rôles sont inversés, elle remarque qu'il lui en coûte de demander de l'aide.

— Le prochain est pour toi, dit-elle à Birgit. Je t'aide à mettre le lit en place et après, c'est à toi de jouer. Tu sais où me trouver si tu as des questions.

On dirait que Birgit grandit sur place. Elle redresse le dos et enlève son masque. Il faut que je la prenne comme elle est, pense Suzanne, que je la laisse libre, que je lui donne des responsabilités. Qu'elle se mette ses collaborateurs à dos si ça lui chante, qu'elle se dispute avec le chirurgien !

Elle s'appuie contre le mur de la zone de prémédication pendant que Birgit fait connaissance avec le patient et effectue le rituel du questionnaire. Ensuite, elles poussent ensemble le lit dans le couloir.

Suzanne arrache les lacets inférieurs de son masque. Elle est oppressée, elle a besoin d'air. Retour à l'opération du genou. Carla lui fait son rapport : bonne saturation, la tension artérielle est bonne, pas de complication.

— Je suis en train de fermer, tu arrives au bon moment, dit le chirurgien. Ils rient. Suzanne arrête le Propofol. Peut-être encore un petit coup d'analgésique, ça lui fera du bien au moment du réveil, dit-elle à Carla.

Elle retire la toile et caresse la joue de la patiente.

— C'est fini, réveillez-vous, tout s'est bien passé !

Que les gens remontent de cet abysse de sommeil artificiel tient, chaque fois, du miracle. Le tremblement d'une paupière annonce l'approche de la reprise de conscience, les muscles semblent se remplir d'une saine tension. Il y a la tendance à bouger, à tousser ou déglutir dès que le patient sent qu'il est intubé.

Elle aspire le pharynx. "Respirez profondément à présent, on va vous enlever ça. Allez-y, maintenant !"

D'un mouvement souple, elle retire le tuyau. La patiente tousse, secoue la tête, regarde Suzanne. "C'est déjà fini ?", demande-t-elle, l'air étonné.

La notion de temps, pense Suzanne, quelqu'un devrait écrire un article là-dessus. Quand on dort, même très profondément, même complètement bourré, on est toujours conscient du temps qui passe. Certains de façon si précise qu'ils peuvent se passer de réveil, pour d'autres, la notion du temps est plus vague mais elle est toujours présente. D'une façon ou d'une autre, on reste connecté au monde, même si, provisoirement, on ne le sait pas. La dimension du temps et de l'espace ne nous lâche jamais complètement.

Pendant un sommeil artificiel, c'est différent. Les patients qui sortent d'un sommeil anesthésique ne se rendent absolument pas compte que cinq heures se sont écoulées, ils ont du mal à le croire, ils doivent se repositionner dans le temps. Ils ont l'impression d'avoir subi une perte.

Cela se traduit presque toujours par un moment de désarroi. Les gens s'y résignent, ils font confiance au personnel soignant, comme un enfant qui ajuste son rythme à celui de la journée de ses parents. Parfois, cela provoque de la colère, cette incapacité à maîtriser le temps. Le patient a l'impression qu'on porte atteinte à son autonomie, les médecins lui ont volé ses heures. Où sont-elles ? Envolées, il n'en reste rien.

La femme au genou est maintenant tout à fait consciente. Carla et Suzanne glissent un lève-personne sous son dos et la portent jusqu'au lit préparé pour elle. À la salle de réveil. C'est calme là-bas, il y a une place libre près de la fenêtre. Ron, l'infirmier en chef, un aimable Surinamien, vient se présenter à la patiente. Il ferme les rideaux qui entourent le lit et Suzanne fait les transmissions : la perfusion va continuer à couler encore un peu, on peut y ajouter des analgésiques si nécessaire.

Ils quittent la femme et se rendent au comptoir d'accueil. Suzanne remplit un formulaire pour le dossier. Carla se penche derrière un écran d'ordinateur et plonge la main dans un seau en plastique rempli de bonbons. Ron rit. Du glucose, n'oublie pas de noter, c'est chaudement recommandé.

— Et n'oubliez pas de boire aussi, dit-il à Suzanne, on se déshydrate très vite ici.

Il remplit un verre de limonade, d'une couleur atroce et beaucoup trop sucrée. Suzanne boit parce qu'elle trouve l'homme vraiment gentil. Une oasis ici, pense-t-elle, une oasis de paix avant que cette salle ne se remplisse de patients qui auront subi des opérations longues et compliquées et seront branchés à des tuyaux et à des moniteurs. Alors ce sera le cirque, un concert de bipeurs et de sonnettes, des infirmières qui courent dans tous les sens, des médecins qui viennent réclamer un lit, des techniciens qui rectifient un appareil, des internes qui plongent la main dans le seau à bonbons avant leur prochaine opération. Pour le moment, c'est encore le calme.

Suzanne se dépêche de pédaler jusqu'au restaurant où elle a rendez-vous avec Simone. À cette époque de l'année, on dirait que la lumière du jour n'existe pas, elle roule d'une obscurité à l'autre. En traversant, elle fait bien attention de ne pas se prendre les roues dans les rails du tramway. Plus longtemps on travaille aux urgences, plus on est prudent dans la circulation.

Simone est déjà là, elle est assise près de l'aquarium des homards dont les pinces sont attachées à l'aide d'un gros élastique, un verre de vin devant elle et une revue spécialisée sur les genoux. Elle regarde dans le vide, croise le regard de Suzanne, ses yeux s'animent.

Enlever le manteau, l'écharpe, les gants. Bruit de cliquetis – des verres, des couverts ; qu'est-ce que je fais ici, pense Suzanne, pourquoi est-ce que je n'ai pas pris rendez-vous avec Rose, ma fille rebelle ? Il faut que je m'organise autrement. Quand je travaille, je fais comme si je n'avais pas de fille, ça ne peut pas continuer comme ça. Tout à l'heure, je lui enverrai un texto.

Elle s'affaisse en soupirant sur la chaise en face de son amie. Du vin blanc. Elles commandent ce qu'elles commandent toujours ici, des huîtres et un poisson. Un moment de répit. Pour le reste, on verra demain.

Simone parle de ses recherches. Elle a passé la journée à entrer des informations, comment combattre la douleur chronique, c'est son sujet, elle travaille en collaboration avec des hôpitaux périphériques, convaincre les collègues de lui livrer les informations de manière uniforme est un véritable tour de force, ça la dépasse, tout le monde devrait collaborer quand même, il s'agit des fondements théoriques de la profession.

— Le métier, oui bien sûr, dit Suzanne, mais qu'est-ce que c'est, en fait, le métier. Est-ce que chacun n'a pas sa petite idée là-dessus ?

— Tu veux dire : faire du chiffre et acheter un voilier ? Je n'ai jamais pensé à l'argent, avant. J'étais passionnée par la biochimie, la physiologie. Neurologue, ça me tentait bien aussi. Comprendre quelque chose à la transmission des stimuli, à l'état de conscience, c'est ce qui m'intéresse.

— J'ai eu une journée pourrie aujourd'hui, dit Suzanne. Une interne compliquée, j'ai du mal à la supporter. J'arrive au bloc, je lui avais laissé la place libre, elle est en train de s'engueuler avec Harinxma. "Anesthésie, plus haut la table", crie-t-il et, elle, elle envoie la table au plafond. Lui, furieux bien sûr, vu que c'est un petit macho ; et elle, c'est l'innocente les mains pleines.

— Quand même, c'est grossier ce qu'il fait ce type, non ?

— Je suis d'accord, mais on peut réagir autrement. L'appeler expressément par son prénom, lui demander ce qu'il veut. Ajouter que tu as toi-même un prénom, en faire une blague, que sais-je ? Autrement. Je ne suis pas une fine psychologue, mais je vois bien que cette femme s'y prend comme un pied. Ce n'est pas non plus mon point fort, malheureusement.

— Vraiment ? Mais tu donnes des cours pourtant ? Tu es nulle là aussi ?

Suzanne remplit les verres.

— Non, et ça me plaît vraiment. Mais ce sont des cours pratiques : faire une perfusion, poser une ligne centrale, intuber. Des trucs qu'il faut avoir automatisés pour se sentir sûr de soi. Plus c'est concret, mieux c'est. Je n'oublierai jamais comment j'ai, moi-même, appris à faire une piqûre. Dans une orange ! Pousser l'aiguille dans la peau, sentir la résistance, la liberté quand on est passé au travers – comme si on ne faisait qu'un avec la pointe de l'aiguille. J'adore ! Maintenant encore. Dernièrement, j'étais au bloc avec Kees, sa façon de piquer, c'est sensationnel. L'aisance avec laquelle il te pose un cathéter dans une artère, et vite en plus. Tout en bavardant avec le patient. On dirait un ballet, tous les mouvements découlent les uns des autres. Un vrai bonheur !

Le serveur arrive avec des assiettes fumantes.

— Ce sont des débutants, mes étudiants. Des première année. Ils veulent tout savoir. Ils sont avides. Tout ce que je leur montre ou leur raconte, ils l'aspirent. Avec les dernière année, c'est plus difficile, ils doivent apprendre à travailler de façon autonome, et ça, comment je le fais ? Si je suis trop sur leur dos, ils se fâchent, si je leur laisse trop de liberté, ils sont perdus. Je n'arrive pas à trouver le juste milieu.

Simone lève les yeux de son assiette.

— La façon dont tu en parles, on dirait des ados que tu dois éduquer. Ce n'est pas évident. Mais les cinquième année, ils ont pratiquement terminé leurs études, tu peux quand même discuter avec eux ? Débattre ? Ce sont tout simplement des collègues.

— Je n'y arrive pas. Même avec ma propre fille, je n'y arrive pas. Elle est seule, dans son appartement. Pas très heureuse, je crois. Mais que puis-je y faire ?

Si je passe la voir avec un sac plein de nourriture, elle me lance un regard tellement désapprobateur que j'en perds tous mes moyens. Ils sont comme ça aussi, tes garçons ?

— Pires. Mais je ne m'en formalise pas. Remarque, c'est plus facile avec des jumeaux, ils peuvent toujours compter l'un sur l'autre, on n'a pas à craindre qu'ils se sentent seuls. Depuis que je travaille au centre antidouleur, j'ai davantage de temps à leur consacrer. Du coup, c'est moins grave si ça ne se passe pas toujours très bien. Ces horaires irréguliers, toutes ces gardes, ça me rendait dingue.

— Ça ne te manque pas, le boulot ?

Simone pose sa fourchette et son couteau et se tamponne la bouche avec sa serviette.

— C'est la décision la plus sage que j'aie jamais prise. Je m'entends bien avec Berend.

Suzanne l'interrompt : Bien ou dangereusement bien ?

— J'ai dit : bien, répond Simone, sèchement. C'est un crack dans sa partie, il est drôle et il est flexible. C'est devenu un service formidable. Et puis j'aime bien les contacts sur la longue durée avec les patients, tu suis les gens pendant des mois ou des années, tu apprends à vraiment bien les connaître. Et ils ne meurent pas chaque fois sans prévenir, ça aussi, c'est appréciable. Si cela doit arriver, tu le sais à l'avance. Ce que tu fais, c'est très dur, en fait. Quand tu endors quelqu'un, tu es responsable de ses grandes fonctions. J'en ai toujours été consciente : la respiration, la tension artérielle, la circulation sanguine, la température. C'est toi qui t'en charges, et si ça se passe mal, c'est ta faute. Tu portes une responsabilité trop lourde. C'est angoissant.

Le serveur retire les assiettes. Elles ont la place d'appuyer leurs bras sur la table. Elles commandent du café.

— Je ne le ressens pas comme ça, dit Suzanne, ce n'est pas faux, bien sûr, tu as raison, mais je ne le vois pas comme ça. Je le vois de façon fragmentée, différentes tâches que j'ai à accomplir. Je passe de l'une à l'autre. Je planifie tout très bien, j'ai toujours un tuyau de taille inférieure à portée de main, de quoi faire une trachéotomie, je connais les capacités de l'infirmière anesthésiste, je connais le chirurgien. Je ne pense pas : maintenant, tu te charges de la respiration du patient, sa vie dépend de toi. Je regarde dans sa gorge, je vois le triangle noir entre ses cordes vocales et j'y enfonce mon tuyau. J'écoute les poumons. Je regarde le capnogramme. De petites tâches. Si je les accomplis avec soin, je suis satisfaite. En situation d'urgence, je fais de même, mais plus rapidement. Non, ce n'est pas dur. C'est formidable. C'est exactement ce que j'ai toujours voulu faire.

5

Le lendemain de son premier entretien avec Allard, Drik se débarrasse des fauteuils de son cabinet. Il vide la bibliothèque, range toute cette sagesse analytique dans des cartons et décroche les rideaux. Il enroule son vieux tapis et le met à côté des fauteuils, sur le trottoir, pour les encombrants. Le divan et les cartons sont au milieu de la pièce, protégés par des bâches en plastique. Drik grimpe sur une échelle et blanchit les murs à l'aide d'un rouleau.

Rose fait du café dans la cuisine. L'odeur du café se mélange à l'odeur plâtreuse de la peinture. La présence de sa nièce rend Drik joyeux. Quand elle est passée, hier soir, chez ses parents, la conversation a roulé sur l'aménagement obsolète de son cabinet. Rose a réagi immédiatement, elle voulait bien commander de nouveaux rideaux pour lui, il devait changer son tapis, acheter un plus beau meuble pour sa bibliothèque, de nouveaux sièges. Ce matin, ils se sont rendus ensemble chez le marchand de meubles. Agir vite, avait pensé Drik, battre le fer quand il est chaud. Rose a désigné un fauteuil, il devait s'asseoir dedans et dire comment il s'y sentait. Joyeux et d'un commun accord, ils ont choisi un tapis neuf et une bibliothèque en bois blond. Des rideaux de couleur claire vont être faits sur mesure et pourvus de crochets ; le tout sera livré le surlendemain.

— On va peindre en attendant, je vais t'aider mon tonton. J'ai passé des examens la semaine dernière, je peux bien prendre une pause de quelques jours.

Ils ont donc également fait un saut à la maison du bricolage. D'un œil amusé, Drik a regardé Rose choisir les outils : bac à peinture, protections pour meubles, gants en caoutchouc et pinceaux. Suzanne tout craché, a-t-il pensé. Elle n'aimerait pas qu'on le lui dise, mais pour les choses pratiques, elle est comme sa mère.

Rose arrive avec le café et Drik descend de son échelle. Ils vont s'asseoir sur la montagne de plastique au milieu de la pièce.

— C'est le bon moment, dit Drik. Bientôt j'aurai de nouveaux clients, ils penseront que le cabinet a toujours eu cet aspect impeccable. Si j'avais de nombreux patients, ç'aurait été des commentaires à n'en plus finir. Les gens n'aiment pas les changements. Tout doit demeurer tel quel. J'aurais eu droit à des réflexions genre : mauvais goût, bon marché, kitsch, je te laisse imaginer le reste.

Rose rit. Ça te poserait un problème ?

— Bof, c'est à voir. Ce ne serait pas forcément mauvais pour la thérapie. Mais je préfère qu'ils trouvent le cabinet magnifique et qu'ils fassent l'éloge de mon bon goût, pardon, de ton bon goût. Non ? Mais ce n'est pas à l'ordre du jour, je n'ai, pour le moment, qu'un seul patient. Je devrais pouvoir m'en sortir.

— Tu tiens le bon bout, dit Rose d'un ton sérieux. Un nouveau départ. Il faut se sentir bien dans sa propre maison. Tu es seul à présent. Tu dois prendre soin de toi, c'est ce que j'essaie de faire, moi aussi.

— On croirait entendre Peter.

— Oui, papa dit ça souvent. Il a raison. N'empêche, je me sens bien seule. Ma maison est sympa, il n'y a rien à dire, mais parfois, quand je n'ai pas cours, je ne sais pas quoi faire. Je ne veux pas aller dans un club de sport, je n'aime pas beaucoup le sport. J'aimerais bien faire partie d'un orchestre.

— Tu as ressorti ton violon ?

— Je préfère l'alto. On m'a offert un alto l'année dernière. Il y a toujours de la place pour une altiste, on n'est pas assez nombreux. Le son est plus beau, plus grave. Et l'alto est partout présent, à l'abri entre le violoncelle et le violon. Pas désagréable.

— Tu pourrais te mettre à en jouer comme ça ? Sans prendre de leçons ?

— J'en ai pris quelques-unes avec mon ancien professeur. Il joue aussi de l'alto. Pour le moment, je m'oriente, peut-être que dans le groupe, il y a quelqu'un qui pourra me donner des tuyaux. Je m'exerce tous les jours.

Elle lance un regard circulaire sur la pièce démantelée et observe son oncle du coin de l'œil.

— Tu sais, parfois je suis au milieu de ma chambre à caresser des cordes au hasard, tout vibre et je me mets à pleurer.

Drik lui caresse brièvement la main.

— Non pas que je sois seule, j'ai beaucoup d'amis. Je ne sais pas d'où ça vient. Mais bon, ça va passer.

— Rien n'est plus pareil, dit Drik. Ce n'est pas facile, qu'Hanna ne soit plus là, que tu n'habites plus avec Peter et Suzanne. Que je peigne un mur au milieu de la semaine au lieu de travailler. Que tu ne sois plus dans une même classe avec des gens que tu fréquentais depuis six ans.

Rose s'essuie les yeux avec le dos de la main.

— Faire tout ce qu'on a à faire, en avoir l'envie – ce n'est pas évident. Il faut être solide. Maintenant, tu as du chagrin, ça te ronge. Tu arrives à dormir ?

— Parfois. Maman m'a donné des somnifères, mais je ne les prends pas. Toi, ça t'arrive de rester éveillé la nuit ? De sortir du lit parce que tu as peur de te rendormir ?

— Oui, ça m'arrive parfois. Je suis là à me demander comment je vais pouvoir continuer. Le genre de ruminations idiotes qui ne t'avancent à rien. C'est peut-être rassurant quand même, que tu aies ces somnifères, pour le cas où ?

Rose s'est levée, elle prend le plateau avec les tasses vides. Elle fait un tour sur elle-même et soupire de satisfaction.

— Ça commence à avoir de l'allure, ici ! On ira voir Hanna ensemble quand on aura fini ? À moins que cela ne t'ennuie ?

— Pas du tout. C'est une bonne idée. Ça me plaît bien d'y aller avec toi. Vraiment.

En fin d'après-midi, ils se promènent dans les allées du cimetière. Ils ont des taches de peinture sur les mains. Drik a mal aux muscles, il n'a pas l'habitude de passer la journée sur une échelle, de travailler jusqu'à épuisement, la nuque renversée. Rose, elle, ne ressent pas la moindre fatigue. À la baraque du fleuriste, près du cimetière, elle a acheté un bouquet qu'elle tient maintenant devant son ventre. Ils marchent sous les platanes jusqu'à la tombe d'Hanna.

— La pierre n'a pas encore été posée, dit Drik. Ça va encore prendre quelque temps. Il s'apprête à donner des explications sur les délais permettant le tassement de la terre et nécessaires à sa bonne stabilité mais il s'arrête devant la vision soudaine d'une femme gisante, résignée à supporter des mètres de terre tassée sur son corps. Une plaque mentionnant le nom d'Hanna et la date de l'enterrement a été posée par le personnel du cimetière. Il y a des plantes en pot sur la tombe. Rose donne le bouquet à Drik et va chercher un vase et un arrosoir près du réservoir à eau. Elle enfonce le fond pointu du vase dans la terre, le remplit d'eau et y arrange les fleurs. Puis ils sont l'un près de l'autre à fixer les deux mètres carrés de terre sous lesquels Hanna est allongée. Drik ne ressent rien, tout au plus une vague inquiétude concernant sa nièce. Rose s'est croisé les bras sur la taille, elle pleure. Elle laisse couler ses larmes, comme une enfant, pense Drik. Un long moment.

Après quelques minutes, il lui tend son mouchoir. Elle se mouche. Ils font tous deux un bref mouvement de la tête vers la tombe avant de se retourner pour s'éloigner. Bizarre, pense-t-il, on est en pleine pensée magique, dire au revoir comme ça, on s'en va, à la prochaine. Sentiment de culpabilité. Stupide.

Il lit les textes sur les tombes qui longent l'allée. "Celui qui croit ne sera point condamné", "Voici, je renouvelle toutes choses". Les textes supportent mal le passage du temps. Son préféré : "Alf Kok, guitare", sans date.

— C'est grâce à Hanna que j'étudie l'Histoire, dit Rose après s'être reprise. Elle me posait toujours des questions sur mes profs et sur les textes que je devais étudier. Maintenant, je n'ai plus personne avec qui en parler.

Silence. Ses parents, pense Drik, ils seraient sûrement ravis qu'elle leur en parle ? À moins qu'ils n'évitent les questions par crainte de paraître indiscrets ? Comment fait-on, pour laisser un enfant voler de ses propres ailes ? Et quand ? Rose continue à parler. Comme si elle lisait dans ses pensées, elle parle de Suzanne.

— J'ai toujours trouvé ça angoissant, ce qu'elle fait. Je me souviens d'une fois où je suis allée la chercher avec papa. On avait dû attendre parce que quelqu'un avait été amené aux urgences et que sa présence était requise. On était près de la porte, là où les ambulances se garent. On pouvait voir la salle où ils avaient mis le patient. Il était sur une table surélevée et maman était près de sa tête. Elle avait un tablier bizarre, lourd, une robe de plomb. Ses cheveux étaient camouflés sous un calot, elle portait un masque, je ne voyais que ses yeux. Il y avait une tripotée de gens qui se marchaient presque sur les pieds. Ils s'activaient avec des tuyaux et des appareils. Maman a fait une incision sous la clavicule du type avec un scalpel et elle y a introduit un tuyau. Le cœur s'était arrêté ou quelque chose dans le genre, il fallait lui faire un électrochoc. Quelqu'un est arrivé en courant avec un chariot et il a donné un truc à maman, tu sais bien, comme on en voit à la télé, avec de l'électricité. Maman a crié : "Lâchez !", et le type s'est mis à tressaillir. Ils ont découpé ses vêtements avec un sécateur. Papa et moi, nous étions là à regarder. On devait aller au cinéma tous les trois. Elle me faisait peur. Plus tard, elle est venue nous rejoindre. Elle avait ses propres vêtements et tout était redevenu normal. Mais je n'arrive pas à oublier. Comme si elle était deux personnes différentes. C'est ma mère, mais c'est aussi quelqu'un qui peut t'envoyer dans le coma, qui t'enfonce d'horribles aiguilles dans le corps. Elle sait comment tuer quelqu'un. C'est quand même pas normal. Qui peut aimer ça? Il faut quand même être un peu dérangé?

— Tu lui as déjà demandé pourquoi elle aimait son travail?

— Non. Rose rit en reniflant. Elle traîne les pieds sur le gravier. Elle regarde le sol.

— Et le travail de Peter, tu le trouves bizarre aussi?

— Ce n'est pas pareil. Je le comprends mieux. "Ces gens viennent me voir parce que, dans leur tête, tout est embrouillé", m'a-t-il dit une fois, quand j'étais petite. J'ai pensé : il les désembrouille. J'ai regardé en douce par la fenêtre quelquefois, pour voir comment il s'y prenait. Mais je n'ai rien vu. Que des gens normaux. Ils restaient une heure, pendant laquelle je n'avais pas le droit de jouer au ballon dans le couloir. La plupart du temps, j'étais à l'école, bien sûr et je ne remarquais rien. Je le demandais bien parfois à papa quand il me bordait : "Qu'est-ce qu'il a dit, le monsieur qui a la tête tout embrouillée, comme tu m'as dit?", "C'est un secret, répondait-il, je n'ai pas le droit d'en parler. Sinon, ce ne serait plus un secret." Votre travail fait moins peur, il est moins horrible. Récemment, l'hôpital a appelé maman. Elle est allée dans le couloir avec le téléphone, mais j'ai écouté. "Il faut retirer l'aiguille intra-osseuse, a-t-elle dit, elle ne doit jamais rester plus de vingt-quatre heures. Tu as une voie d'abord maintenant? Alors dévisse-la immédiatement." Une aiguille intra-osseuse! Rien que d'y penser, j'ai envie de vomir. Plus tard, je lui ai demandé ce que c'était. "Oh! c'est très pratique, a-t-elle dit, quand tu as du mal à trouver une veine, tu enfonces une aiguille bien solide dans un morceau d'os épais. C'est plein de sang et tu as une voie d'abord. Droit sur l'os, sinon tu peux endommager des parties essentielles."

— Des cartilages, marmonne Drik.

— Si tu veux. "Ça ne fait pas mal?", ai-je demandé. Peut-être, pensait-elle, mais avoir une voie d'abord, c'est plus important que la douleur. Elle est toujours en train d'essayer d'avoir une voie d'abord, de pénétrer quelque part. Quand elle a un nouveau patient, elle commence par examiner ses veines et sa gorge. Une voie d'abord!

Rose presse le pas. Ils longent un monument funéraire grand comme une remise, plein de statues d'angelots et de colonnes brisées. Drik serait plutôt enclin à parler gentiment de sa sœur et de l'anesthésie, mais il se retient. Un jour, il s'est cassé une jambe en faisant une mauvaise manœuvre en patins à glace. Quand l'anesthésiste avait voulu lui planter une grosse aiguille dans l'aine et dans l'épine dorsale – "Je vous fais un bloc" –, il avait lâchement supplié qu'on l'endorme complètement. L'idée que quelqu'un allait chercher entre ses vertèbres la membrane protectrice qui enveloppe ses nerfs, piquer à travers celle-ci pour déverser le poison anesthésiant au cœur de son système nerveux, l'avait paniqué.

Le long de l'allée, de petites pierres carrées portant des noms inscrits sont encastrées dans un muret de terre. Des urnes contenant des cendres, pense-t-il. Un endroit pour commémorer quelqu'un tandis que son corps est devenu matière à répandre. On peut tenir facilement dans une boîte qui entre dans un sac en plastique. Le corps est quelque chose d'effrayant. Quand on pense à tout ce qui peut se déglinguer ; qu'est-ce qu'il faut en faire quand la vie l'a quitté ? Que faire du souvenir du visage décharné d'Hanna, pourquoi l'image de son corps malade, de son ventre gonflé, de ses jambes atrophiées se présente-t-elle, dans sa mémoire, avant celle de son corps intact d'autrefois ?

— Viens, on va boire quelque chose. Comme ça, tu pourras me dire comment se sont passés tes examens. On y va à pied, au café ?

Rose acquiesce d'un signe de tête.

Lundi, onze heures. Le cabinet a subi une métamorphose, il respire l'ordre et la propreté. Les livres de Drik, que Rose a dépoussiérés en les secouant un par un, sont rangés dans la nouvelle bibliothèque qui occupe deux murs en angle droit. Les piles d'articles maculés sont cachées derrière d'austères portes coulissantes. Ce qui était sombre est maintenant clair. Drik se frotte les mains en souriant.

Pile poil à l'heure, la sonnette retentit. Drik laisse le jeune homme le précéder, il le suit dans le couloir qui mène tout droit au cabinet. Il s'appelle Allard, pense-t-il. Allard n'a pas mis de manteau, par contre il a une grosse écharpe autour du cou. Drik ferme la double porte et s'assied dans son nouveau fauteuil, presque en face du jeune homme. Celui-ci a enlevé son écharpe, il la pose au pied du divan, le divan inutile, recouvert d'une nouvelle housse, claire, immaculée.

Allard le regarde droit dans les yeux. Drik lui fait un signe de tête, une sorte de nouveau bonsoir sans parole. Silence. Le jeune homme fouille dans les poches de sa veste. Il balance téléphone et agenda près de l'écharpe, comme s'il donnait des rats morts à un boa.

— Alors ? dit Drik. Comment s'est passée ta semaine ? Est-ce que tu as réfléchi, entre autres, à notre dernier entretien ?

Nul, nul, pense-t-il. Deux questions l'une après l'autre. Trois même. La première aurait suffi. Il ne me quitte pas des yeux, ça me gêne pour réfléchir. Pourquoi ne regarde-t-il pas autour de lui, pourquoi ne voit-il pas que la pièce a complètement changé d'aspect ? Il a bien dû l'enregistrer quelque part, mais autre chose, apparemment, accapare son attention et empêche sa perception d'arriver à la conscience. À moins qu'il ne le fasse exprès ? Est-ce qu'il sent que je suis fier de mon nouvel aménagement, que j'attends des commentaires et des compliments qu'il ne me fait pas pour m'embêter ? Il ne cligne pratiquement pas des yeux. Angoissé ? Donc, cela me blesse qu'il veuille m'embêter. Ne rien dire maintenant. Attendre d'avoir une idée plus claire de la situation.

Allard parle. Il a passé une bonne semaine. La psychiatre qui est sa tutrice dans le service l'a aidé à trouver ses repères.

— Rien de compliqué ou de grandiloquent, non, plutôt pratique. Comment on entre dans la pièce d'un patient dangereux. Qu'il faut rester près de la porte et avertir d'abord l'infirmier ou l'infirmière en stand-by dans le couloir. Qu'il faut demander quelque chose d'insignifiant, de banal, au patient – pourriez-vous baisser un peu la radio, vous pourriez me passer ces mouchoirs –, quelque chose dans le genre. On a alors établi un contact. Il faut garder ses distances et ne pas intimider le patient, mais être toujours celui qui est maître de la situation. Et ne pas se faire trop d'illusions. C'est ce dont nous avons parlé. Et elle m'a montré l'exemple.

Il me dit quelque chose, pense Drik. Il a un beau timbre de voix, agréable à entendre. Quel est le message ? Qu'il pourrait, tout comme son dangereux patient, avoir un accès de fureur destructive si je l'approche de trop près ? Qu'il faut que je lui parle de petites choses pratiques et pas de conflits abstraits ? Une femme aimable peut l'aider, mais pas moi. Il n'ose pas regarder autour de lui et m'enferme dans son regard perçant. Il ne me fait pas confiance.

Je dois le mettre en contact avec ses véritables émotions. C'est ce que Peter dit toujours. C'est notre tâche. Quand on prend conscience de ce qui se joue véritablement en nous, on se sent mieux, si déplaisant que puisse être ce que l'on découvre. Est-ce bien vrai ? Est-ce que lui, Drik, se sentirait mieux s'il laissait libre cours au désarroi qu'il pressent derrière la façade de son comportement quotidien ? Il doit avouer qu'il ne sait plus.

— Vous êtes satisfait de l'aide de votre collègue féminine ?

Allard opine du bonnet. On entend souvent un autre son de cloche, dit-il. Que votre tuteur vous laisse vous dépatouiller ou qu'il vous rabaisse. Alors oui, je suis content d'être tombé sur elle.

— Vous avez une petite idée de la raison pour laquelle vous avez tant besoin d'une aide d'ordre pratique ?

Le jeune homme le regarde, l'air choqué. Ce n'est pas bien ? Je suis en formation, je dois écouter les professeurs. Si vous commencez tout de suite par n'en faire qu'à votre tête, ça ne leur plaît pas, vous savez, ils ne vont pas vous complimenter. Vous voulez dire que je suis trop obéissant ? Je suis un débutant, tout est nouveau pour moi, je veux apprendre.

— On dirait que vous interprétez ma question comme une critique.

— C'en est une ! Vous insinuez que je suis un gros bêta qui a besoin qu'on le prenne par la main. C'est faux. Je sais très bien ce que je fais. Le ton de sa voix est singulièrement farouche. Drik se tait un instant. Puis il dit : Qu'est-ce que ça aurait de si bizarre, que dans une situation nouvelle et quelque peu angoissante quand même, vous vous laissiez guider par une collègue expérimentée ?

Je dois mettre le doigt sur son angoisse, pense-t-il. Ce garçon est comme un lapin hypnotisé sur son siège, il ne sait plus où il en est et tout ce que je dis l'agresse. Peut-être qu'il était tellement angoissé, la semaine dernière, qu'il n'a même pas fait attention à l'aspect du cabinet, le bazar, les vilaines couleurs. Il n'a regardé que moi, sur ses gardes, s'attendant que je l'agresse, que je l'humilie, que je le casse. Il doit être furieux contre moi. C'est trop et trop violent pour que je mette ça dès à présent sur le tapis. C'est la seconde fois qu'il vient, on peut encore à peine parler de relation thérapeutique – je ne peux pas me permettre d'aborder un transfert aussi envahissant, je le ferais fuir sur-le-champ. Le calme. La sécurité. C'est ce qui importe pour le moment.

— J'ai réfléchi à ce que vous m'avez dit la semaine dernière, dit Allard. Si mon père me manque. Les effets de ce manque.

Que ses jeunes patients le vouvoient alors que lui les tutoie automatiquement, Drik y est habitué. Pourtant, dans le cas présent, ça le dérange, il a l'impression qu'Allard le place sur un piédestal. A-t-il honte de sa diatribe, essaie-t-il de la faire oublier en se montrant soumis ? Drik se dit qu'il ne fait pas du bon travail, que c'est tout le contraire même, il se sent mal à l'aise et peu sûr de lui. Mais c'est exactement ce que je suis, pense-t-il. C'est la première fois que je me remets au travail depuis la mort d'Hanna et dans un environnement complètement transformé. À moins que ce sentiment de malaise ne vienne d'ailleurs, de son interlocuteur, qui le lui transmet parce qu'il supporte mal la situation ? Soudain, il a pitié du garçon – c'est embêtant de ne pas se sentir en sécurité dans une situation qui, au fond, a été mise en place pour vous aider.

— Et qu'est-ce que tu as pensé ?

— Des pères de substitution, dit Allard, j'ai toujours cherché des substituts au père et j'en ai parfois trouvé. Un professeur de chimie au lycée. Le coach du hockey. Le prof de chirurgie pendant mes études. Et maintenant, le coordonnateur du DES. Je rêve de cet homme. Je fantasme qu'il me choisit pour faire une importante présentation de cas. Qu'il me présente comme son futur successeur. C'est débile mais c'est ainsi. Je suis très attaché à cet homme, je veux devenir ce qu'il veut faire de moi. J'ai très peur aussi, de ne pas être à la hauteur. Ça a évidemment à voir avec mon père. Quand j'étais enfant, j'ai dû penser qu'il s'était fait la malle parce que je l'avais déçu.

Beaucoup trop lisse, pense Drik. Il essaie d'entrer dans mes bonnes grâces avec une interprétation que je lui ai suggérée la semaine dernière. Quand il parle comme ça, je ne sens rien, pas d'implication, pas de pitié. Tout au plus une légère irritation. C'est faire preuve d'obéissance, cela signifie tout autre chose. Il évite le véritable contact. Ça ne m'avance pas beaucoup. C'est presque l'heure en plus, je ne peux pas aborder un nouveau sujet. Il ne faut pas qu'il parte complètement désemparé. La relation thérapeutique avant tout.

— Si c'est le cas, dit Drik, nous découvrirons cela ensemble au cours de la thérapie didactique. On continue la semaine prochaine ?

6

Tout est différent ce matin, décalé, bizarre. Suzanne est dans une salle d'opération qui sert à des interventions soi-disant bénignes avec un jeune opérateur ORL. Quand elle est allée chercher la patiente, une fillette anémiée d'une dizaine d'années qui, du fait d'un retard de croissance, en paraissait cinq, le chirurgien était déjà assis en travers du lit à faire la causette avec la petite et sa mère. Il l'avait déjà opérée plusieurs fois, ses poumons étaient dans un état pitoyable et ses muqueuses étaient en permanence enflammées. La fillette respirait vite et superficiellement, les voies respiratoires supérieures étaient partiellement obstruées par des croûtes et autres saletés. Aujourd'hui, on allait l'en débarrasser.

— Ah! Suzanne! Content de te voir! Le chirurgien la regarde derrière ses gros verres de lunettes. Il porte une large charlotte rose et bouffante. La fillette, vêtue d'un pyjama trop grand à motifs d'éléphants, feuillette un livre.

Suzanne salue la fillette et sa mère et leur donne quelques explications sur ce qui va se passer. La relation de confiance est vite établie, la fillette n'en est pas à sa première opération. Ils laissent la mère dans la chambre et emmènent la petite au bloc. Aussitôt la petite sur la table, Suzanne se concentre. Elle s'adresse à sa patiente d'une voix douce : Maintenant, je te mets le masque. Tu aspires profondément, le plus profondément possible. C'est bien.

De l'oxygène pur, puis du Sévoflurane, puis l'inconscience. Mettre vite une perfusion en place et ensuite, intuber. La petite n'a pas pleuré et n'a pas l'air d'avoir peur. Suzanne est satisfaite. Elle contrôle les tuyaux et les raccords, jette un œil sur le moniteur. Tout semble parfait.

— Ruud, j'ai fini.

— Prenons un peu de temps pour nous concerter, dit le chirurgien d'un ton joyeux. Il fait signe à l'infirmier anesthésiste, appelle également l'infirmière ORL et aussi tout le personnel présent. Ils sont tous réunis autour de l'enfant endormi.

— Je vais enlever le plus possible de cochonneries par voie nasale. L'anesthésie s'est bien passée ?

— La saturation est un peu basse, mais il fallait s'y attendre, dit Suzanne. Ça va prendre combien de temps ?

— Une demi-heure. Tout au plus. Des questions ?

Quelqu'un demande si les croûtes doivent être envoyées au labo pour analyse. Pas nécessaire, à moins qu'on ne pêche une anomalie.

— On y va, dit Ruud. Il se penche sur la petite tête. Je sais, pense Suzanne, la patiente n'est pas dans le bon sens, je devrais être côté tête. D'une certaine façon, je suis davantage impliquée maintenant. Nous formons une équipe, je ne suis plus cachée derrière un mur de tissu vert.

Le médecin fouille dans la narine largement ouverte et en extrait des croûtes et des caillots verdâtres qu'il tient un petit instant en l'air pour les montrer à l'assemblée. Il dépose les saletés sur une compresse et recommence à fouiller.

— Ce n'est pas possible, soupire-t-il, quelle quantité ! Comment voulez-vous qu'elle respire avec ça ? On a envisagé une transplantation des poumons, sérieusement. Mais, malheureusement, ça ne réglerait pas le problème des muqueuses. On se retrouverait en moins de rien dans la même situation. C'est désespérant ! C'est une petite fille si éveillée. Et drôle par-dessus le marché.

Il a besoin de dire ça tout haut, pense Suzanne. La tension artérielle monte, elle ajoute un analgésique. On sait que parfois, même si on ne se l'explique pas, les patients se souviennent de faits survenus pendant l'opération. Ils se souviennent de la position dans laquelle ils étaient, de mots qui ont été prononcés, de phrases entières quelquefois. Ils dormaient, ils étaient dans le coma, mais sous la couverture anesthésiante, ils enregistraient, apparemment, des stimuli extérieurs qui leur revenaient à la mémoire par la suite. Il ne faut pas faire de remarques sur le physique, l'embonpoint ou le pronostic de la personne endormie. Ni sur ce que l'on découvre dans le ventre ou la cavité thoracique. Ne pas parler de ses vacances. Ne pas râler, ne pas jurer. Peut-être même ne pas rire. Bon là, ce n'est pas bien grave, pense-t-elle, nous sommes tous touchés par le sort de cette enfant et nous nous en occupons le mieux possible. L'état de ses poumons et de ses muqueuses, ce n'est que la vérité. Il le dit avec compassion. Il n'y a pas de problème.

Comme tout le monde est bien concentré, personne ne demande rien. L'infirmière ORL tend les pinces avant même que Ruud ne les ait indiquées d'un regard. Si la patiente semble s'agiter et se met à bouger les jambes, l'infirmier anesthésiste a la médication appropriée toute prête pour Suzanne. Ruud lui sourit.

— On forme une sacrée bonne équipe ce matin. Tu ne dois pas aller dans l'autre salle ?

— Non, je reste ici. J'ai demandé à Tjalling de prendre le patient en charge. Ça ne le dérange pas. Il ne demande pas mieux que de travailler.

Ruud retire avec beaucoup de précautions ses instruments du nez de la petite fille. Suzanne attend qu'elle se réveille. Ensemble, ils la couchent sur le côté. Ses paupières commencent à trembler, un début de toux contracte l'étroite cage thoracique.

— Réveille-toi, ma mignonne, c'est fini ! D'un mouvement souple, Suzanne retire le tube, bien comme il faut, avec minutie, pour réduire les risques d'irritation.

— Maintenant, on te remet dans ton lit et on va retrouver ta maman.

La fillette fait un signe de tête et ébauche un sourire. Ruud lui caresse les cheveux. Je passe te voir tout à l'heure, lui dit-il.

Suzanne pousse le lit hors de la salle d'opération, la potence, avec sa poche de perfusion remplie de liquide, est comme le mât de pavillon d'un étroit navire qui les emporte, le long des couloirs, jusqu'au havre de la salle de réveil.

En fin d'après-midi, les anesthésistes se retrouvent en salle de réunion. C'est une habitude que le nouveau professeur d'université, Norbert Vereycken, a instaurée dès son entrée en fonction, il y a deux ans. Le but est de discuter des sujets préoccupants, non pas les bourdes médicales ou les catastrophes, pour cela d'autres concertations sont prévues, mais des sujets qui agacent ou qui posent problème. Au départ, il y avait un ordre du jour précis pour ces réunions et on parlait surtout des nouveaux modèles de formation : les changements dans l'enseignement, la mise en place d'un système de tutorat, impliquant que les étudiants de dernière année encadraient les première année, le nouveau concept de supervision, qui fait que les internes n'ont plus de superviseur attitré mais travaillent chaque jour sous la houlette d'un sénior différent.

Une fois ces changements réalisés, Vereycken s'était progressivement mis en retrait, laissant le choix des sujets à ses anesthésistes. Pour un minimum de structure, il avait proposé que chaque réunion soit présidée par une personne ou deux. Il avait l'intention de supprimer ces concertations au bout d'un certain temps – il y a assez de réunions comme ça et nos journées sont longues –, mais n'y avait pas réussi. Les gens aimaient bien venir, ils étaient contents de pouvoir faire des propositions ou de râler, ils appréciaient ces concertations qui se déroulaient dans la bonne humeur, qui ne laissaient la place ni aux reproches, ni aux ordres, ni aux accusations. Vereycken en a pris son parti et demande à sa secrétaire, une femme qui répond au doux nom de Livia Labouchère, de s'occuper des petits gâteaux – des bons, pas de la gnognote à deux sous – pour les réunions hebdomadaires des séniors. Elle va les acheter elle-même chez le boulanger-pâtissier belge. C'est le professeur qui régale.

Quand Suzanne arrive, Tjalling est déjà assis, dans sa tenue d'opération bleue, ses longues jambes étendues devant lui. Suzanne prend place à ses côtés.

— Encore merci, dit-elle, c'est sympa d'avoir accepté de me remplacer.

— Tu as bien travaillé ? Tout s'est bien passé ?

— Non, ça ne s'est pas bien passé, mais j'ai bien travaillé, je ne peux pas dire le contraire.

En fait, cela avait été un programme cafouilleux. D'abord ce cas désespéré avec cette muqueuse dramatique, une enfant que tu vois s'étioler sans pouvoir rien faire. Ensuite, on a apporté un homme qui perdait du liquide céphalorachidien par le nez. On a dû longtemps attendre le neurologue qui devait injecter le liquide teinté ; une fois cela fait, Ruud a cherché la fuite dans le pharynx avec lampes et miroirs. Il ne l'a pas trouvée. Il a fallu arrêter, réveiller le patient et le renvoyer, saignant et gémissant, dans sa chambre. Ça avait été comme ça toute la journée. Les opérations rataient, et quand ce n'était pas le cas, on pouvait se demander à quoi elles servaient, si le résultat compensait les misères qu'on faisait endurer au patient. La dernière intervention, c'était une amygdalectomie chez un patient adulte. Ruud a laissé son assistant faire l'opération, prudemment, autour de l'intubation. Le garçon avait une forte lampe sur le front, les câbles pendaient négligemment sur ses épaules. Les batteries étaient dans sa poche arrière. Il a essayé plusieurs fois de saisir les amygdales entre les lames de ses petites pinces étincelantes, il n'y arrivait pas, il voyait les tuméfactions et les adhérences, il transpirait et demandait si quelqu'un pouvait lui essuyer le visage. Finalement, Ruud lui a arraché les pinces des mains. Le patient avait saigné abondamment, il était resté trop longtemps sous narcose et le résultat était douteux.

Tant de travail, tant d'ennuis, si peu d'espoir. Comment peut-elle en retirer un sentiment de satisfaction ?

— Nous avons fait de notre mieux, nous formions une bonne équipe, dit-elle à Tjalling. Il se met à rire.

— Ça te ressemble, ça. Produit médiocre mais processus agréable, on s'en contente. J'aimerais pouvoir en dire autant.

Suzanne hausse les épaules et regarde la secrétaire qui pose des plats sur lesquels sont disposées des madeleines vanille citron et des coques au chocolat près des thermos. La pièce est maintenant remplie de collègues. La chaise près de la fenêtre est inoccupée, elle est pour Vereycken.

— Le professeur était en réunion avec le conseil d'administration de l'université, dit Livia, il vient de m'appeler, il arrive.

Suzanne essaie de pousser plus avant la réflexion concernant les produits et les processus ; son produit à elle était bon aujourd'hui, les patients n'ont pas eu mal et se sont réveillés à temps. Que le plan de l'opérateur ait foiré, elle n'y peut rien. Ou est-ce que son produit est un élément du sien ? Est-ce que sa fille est le produit défectueux d'une bonne éducation ? Elle n'a pas envie d'y réfléchir maintenant. Maintenant, c'est du travail qu'il est question. Elle demandera à Peter ce soir, ne pas ruminer là-dessus. Je voulais envoyer un texto à Rose, pense-t-elle. Oublié. Zut.

Vereycken vient d'entrer dans la pièce, il regarde l'assemblée en souriant.

— Veuillez excuser mon retard, dit-il. Quelle affluence ! Bienvenue à tous. N'hésitez surtout pas à piocher dans toutes les bonnes choses que Livia nous a préparées. Ça a l'air délicieux. Merci Livia.

La secrétaire quitte la pièce en rougissant. Vereycken laisse tomber son gros corps sur sa chaise. Sa corpulence lui donne une autorité naturelle que confirment son visage sérieux et ses vêtements soignés. Ni pédant ni frimeur, pense Suzanne, juste bien. Presque toute l'équipe des anesthésistes le considère comme le sauveur du service, que son prédécesseur avait mené à deux doigts du naufrage. Séniors qui géraient leurs petites boutiques sans se préoccuper des autres, internes qui se sentaient perdus ou franchement malheureux, collaborateurs qui démissionnaient par dizaines. Personne ne prenait la peine de faire régulièrement une petite causette avec les membres de l'équipe de nettoyage si bien que les salles d'opération étaient dégueulasses. Chariots à médicaments non complétés, absentéisme sauvage, discipline vestimentaire traitée pardessus la jambe.

Vereycken avait commencé par nommer Ab Taselaar planificateur des opérations. Tout le monde aimait Ab. Il n'y avait rien à dire sur son implication ou son engagement. Ensuite, le nouveau professeur avait demandé à Livia d'organiser un dîner pour tous les séniors. Au cours de ce dîner, il avait fait un discours leur dévoilant ses projets concernant les formations et les assurant de sa confiance en leur créativité. Il avait prévu de leur serrer la bride un peu plus tard. Pas bête. Ça s'était fait tout seul. Comme Vereycken s'inscrivait au moins une fois par semaine sur le planning des opérations, ses anesthésistes avaient commencé à lui faire confiance. Ils l'avaient vu bosser. Ils avaient contrôlé la propreté de leurs sabots, rangé leurs cheveux sous la charlotte. Ils arrivaient à l'heure.

— Aujourd'hui, Tjalling devait nous parler de l'embauche d'internes anesthésistes indiens, dit

Vereycken. C'est un sujet d'actualité, sur lequel je serais heureux de connaître votre opinion ainsi que l'expérience que vous en avez. Mais je voudrais en reporter la discussion à la semaine prochaine. Avec votre permission, Tjalling.

Tjalling opine du bonnet, replie le papier qu'il a dans la main et le met dans la poche de sa veste.

Suzanne s'installe confortablement sur sa chaise et prend un biscuit au chocolat. Elle se lèche les doigts et regarde ses jambes avec satisfaction. Elle porte ses vêtements de ville, bas noirs, talons hauts. La sensation d'être élégante. "Parce que je le vaux bien !", s'amuse-t-elle en son for intérieur. Que va-t-il nous dire ? Qu'on fait encore trop souvent l'impasse sur le temps de pause instauré récemment juste avant l'opération afin que les anesthésistes et les chirurgiens puissent se concerter ? Que nous devons mettre une blouse banche par-dessus nos tenues d'opération quand nous quittons le bloc ? Qu'il serait temps de mettre le seau de friandises de la salle de réveil au rebut ? Il le dira tranquillement, nous ne nous sentirons pas agressés. Il a des arguments : ce n'est pas hygiénique, chacun y plonge des doigts incroyablement sales à la recherche de ses bonbons préférés. Il vaut mieux ne pas se demander ce qu'on a fait juste avant avec ces mêmes doigts. Peut-être qu'il dira autre chose, par exemple, qu'on n'est pas très solidaires avec les patients quand on mange pratiquement sous leur nez alors qu'ils doivent rester à jeun. On y réfléchirait et on lui donnerait raison en hochant la tête. Ça pourrait se passer ainsi.

— La semaine dernière, j'ai lu un article dans une revue que vous ne lisez peut-être pas régulièrement, dit Vereycken, j'ai nommé *Suicides et activités professionnelles.* C'est un collègue d'Anvers, mon successeur là-bas, qui me l'a signalé. J'y ai trouvé des passages que j'aimerais vous lire. Il s'agit d'une étude descriptive relativement simple, les auteurs y font l'inventaire de la prévalence des suicides dans les différentes spécialités médicales. Les faits ne sont pas nouveaux, j'ai trouvé l'article extrêmement intéressant pour les conseils préventifs des auteurs. Nous sommes d'ailleurs en tête de liste. Juste après nous viennent les psychiatres et les généralistes. Les dentistes présentent, eux aussi, un taux de mortalité par suicide assez élevé. Nos collègues femmes sont les plus touchées. Je trouve cela tragique et incompréhensible. Il a un regard aimable en direction de Suzanne qui a immédiatement l'impression qu'il s'adresse à elle en particulier. Jamais de la vie, voudrait-elle rétorquer, ça ne me viendrait pas à l'idée, ni d'y songer et encore moins de le faire. Elle cherche à croiser le regard de Simone mais celle-ci a le visage levé vers Vereycken qu'elle écoute avec attention.

— Chacun d'entre nous peut en faire l'expérience. Il y a peu de chances pour que, pendant notre formation ou après, nous ne soyons pas confrontés à un collègue qui met fin à ses jours. Vu les connaissances que nous avons, nos tentatives sont toujours fructueuses, si je puis m'exprimer ainsi. C'est là un aspect courant et terrible de notre beau métier. Et j'ai remarqué que c'est un aspect qu'on ne mentionne que rarement. Nous évitons d'en parler. Est-ce par superstition ? Ce qui n'est pas nommé n'existe pas ? Ou est-ce que vraiment, nous n'y pensons pas ? Nos collègues suicidaires, les psychiatres, diraient que c'est du refoulement. Moi, cela m'inquiète.

— La meilleure prévention, c'est : faire en sorte que les conditions de travail soient bonnes, dit Ab. C'est le cas chez nous.

Une discussion s'ensuit. Suzanne écoute et enregistre çà et là un argument.

— Le travail est éprouvant, on voit des choses épouvantables, des gens jeunes qui meurent entre nos mains.

— On travaille sous pression. On doit faire attention de ne pas se laisser écraser par le chirurgien, c'est une lutte sans fin.

Simone se mêle à la conversation, elle parle de la responsabilité de la vie d'un autre, comme c'est lourd à porter si on y réfléchit.

Une jeune femme, membre récent de l'équipe des anesthésistes a du mal à supporter d'être toujours contrôlée. On a constamment l'impression d'être jugée.

— C'est plutôt un avantage, lui répond quelqu'un, on peut demander de l'aide, on nous soutient. Heureusement, ici, on n'a pas à en rougir.

Vereycken écoute. Puis, il reprend la parole.

— Je pense qu'il ne faut pas s'illusionner ; nous ne formons pas une enclave protégée échappant aux statistiques. Tant que les causes des suicides ne sont pas connues, la prudence est de mise. Vous avez nommé un certain nombre de facteurs – le stress, les frictions, les responsabilités, l'insécurité – qu'il serait intéressant d'examiner de plus près lors de nos discussions. Et nous le ferons, croyez-moi. Mais il y a autre chose. L'article mentionne une tendance toujours en hausse de la dépendance. Les médecins, les anesthésistes notamment, se tournent vers l'alcool ou les médicaments. Je ne dis pas cela pour vous accuser, mais pour qu'on puisse en parler de manière collégiale. Un autre phénomène qui survient plus souvent dans notre profession que dans d'autres, soumises à un stress comparable, les pompiers, la police – c'est la dépression.

Suzanne sursaute. Ce mot fait partie du monde de Peter et Drik. Ici, dans le service, on n'est pas sombres, on a des projets, on fait des choses.

— Les deux phénomènes peuvent être liés, poursuit Vereycken. On peut imaginer qu'une personne dépressive se tourne plus facilement vers l'alcool ou la drogue. Et vice versa, qu'un toxicomane soit davantage sujet à la dépression. Ce n'est pas mon métier, mais cet article nous confronte au phénomène et nous ne devons pas rester les bras croisés. Par exemple, nous sommes tous concernés par l'hygiène à l'intérieur du bloc ; je pense que la plupart d'entre nous ne craindraient pas d'interpeller un collègue qui ne se laverait pas les mains. J'ose l'espérer en tout cas. Il ne faut d'ailleurs pas prendre ça pour une remontrance ; nous nous aidons à respecter les règles de l'hygiène. De même que pour les règles de l'hygiène, nous pouvons, peut-être, concocter des règles pour notre bien-être psychique. Je me rends compte que je m'exprime de manière de plus en plus formelle. Ce n'est pas un sujet facile.

— On ne va pas se mettre à s'espionner et à se contrôler, dit Kees. Où irait-on ? Il ne manquerait plus que ça ! Chacun a sa propre responsabilité et, donc, respecte celle des collègues.

— On peut aussi remarquer que quelqu'un ne va pas bien, rétorque Berend. On a tous une vie en dehors du travail, enfin plus ou moins. On peut avoir un enfant malade, un mariage qui se casse la figure, des soucis d'argent, et ainsi de suite. Il m'arrive de demander à quelqu'un si ça va. Je ne trouve pas ça bizarre.

— Ça s'appelle l'amitié, dit Bibi Van den Boogaart, une petite femme aux traits indonésiens. À la voir comme ça, les jambes croisées sous elle sur sa chaise, on ne penserait pas que c'est une anesthésiste pédiatre respectée dans le monde entier. Ses cheveux, presque tous gris, dépassent de sa charlotte. Elle a un petit gâteau dans chaque main. Il ne s'agit pas de contrôle. On peut toujours répondre : "Ça ne te regarde pas", fin de l'histoire. Ou faut-il le signaler, si on a des soupçons ?

— Je ne sais pas, dit Vereycken. Je cherche. D'après l'article, nous "éviterions les soins". Les médecins ne se voient pas facilement comme des malades ou comme des gens qui ont besoin d'aide. Nous n'allons pas voir un psy quand nous déprimons.

Tjalling se redresse sur sa chaise. Quand quelqu'un plonge, ça se voit, dit-il. J'ai vécu ça dans mon boulot précédent. Un collègue qui maigrissait à vue d'œil et avait de plus en plus de mal à se concentrer. Il oubliait des trucs. Il voulait toujours faire le service de nuit. Accoutumance à l'opium, comme on s'en est rendu compte par la suite. Nous avons la clé de l'armoire à pharmacie, même le chirurgien doit passer par nous s'il veut du Fentanyl. C'est donc très facile.

— Et qu'est-ce qu'il est devenu, ton collègue ? demande Berend.

— Il s'est fait choper. Il ne réagissait pas à son bipeur, il était comme mort dans le couloir, il a fallu le réanimer. Une overdose. Pour autant que je sache, il ne travaille plus. Je sais qu'il a fait une cure de désintox en clinique.

Vereycken continue à réfléchir : Et quand un médecin va en thérapie, son traitement est souvent moins rigoureux. Le thérapeute est une sorte de confrère, il a du mal à intervenir avec vigueur. Donc, même là, on nous laisse trop de liberté, on ne nous aide pas assez à respecter les règles. C'est comme ça qu'il faut le voir. Il ne s'agit pas de soupçonner et de dénoncer, mais de montrer de l'intérêt et du soutien. Je me rends bien compte que tout ça est un peu flou, mais je ne sais pas comment le formuler autrement. Les auteurs de l'article donnent quelques recommandations : engager une personne de confiance, avoir une ligne téléphonique avec quelques psychiatres ou psychothérapeutes en dehors de l'hôpital. Tout le monde se connaît, encore un problème.

C'est moi qu'il regarde, pense Suzanne, est-ce qu'il sait ce que fait Peter ? Qu'il me laisse en dehors de ça, je ne peux quand même pas m'occuper de placer des collègues en thérapie chez mon mari ou mon frère. S'attend-il que je lui donne des conseils ? Elle fixe la table avec les madeleines et les biscuits au chocolat.

— Réfléchissez-y, dit Vereycken. Nous en reparlerons. Il ne me reste plus qu'à vous souhaiter une bonne soirée ou un bon service. La semaine prochaine, le sujet de Tjalling. Il se lève. Soudain, la salle se remplit de bruit, les gens se saisissent de leur sac, regardent l'écran de leur téléphone, s'arrachent mutuellement les charlottes et les calots de la tête. Rudolf Kronenburg, un monsieur chic dans un costume taillé sur mesure, est un des premiers à partir. Il n'est pas en très bons termes avec Vereycken, il s'est violemment opposé aux nouvelles dispositions pour les formations. Suzanne s'attendait qu'il parte en même temps que l'ancien professeur, mais apparemment, sa position de dissident ne lui déplaît pas. Il a disparu dans le couloir sans saluer personne.

Elle quitte la pièce sans se presser. Simone la rejoint en silence. Elles rencontrent Kees dans le couloir. Ils se tiennent un moment les uns en face des autres sans rien dire.

— Il a eu raison d'aborder le sujet, dit Simone. Mais que peut-on dire de sensé là-dessus ? Par-dessus l'épaule de Kees, elle regarde Berend qui se dirige vers la sortie en compagnie de Bibi, leurs têtes penchées l'une vers l'autre, en grande discussion.

Kees secoue la tête d'un air pensif. Il fallait qu'il le fasse, mais je ne suis qu'à moitié convaincu. Bonjour l'ambiance si on en vient à se surveiller les uns les autres, on va devoir traverser le pont aux betteraves.

— Le pont aux betteraves ? s'inquiète Suzanne.

— Oui, terrain glissant, entreprise désespérée, explique Kees. Vouée à l'échec. Tu ne connais pas cette expression ?

Elle voit un pont-levis au-dessus d'un paysage champêtre. Le pont est maculé de pulpe de betteraves rouge foncé, il est glissant, impraticable. Tout en haut du pont, elle voit Rose.

— Nous ne sommes pas de grands parleurs, poursuit Kees, nous sommes des hommes et des femmes d'action, nous résolvons des problèmes. Et nous avons déjà des relations très intimes avec les patients, ils sont nus sur la table d'opération et nous pénétrons en eux par toutes sortes d'orifices. Nous aurions donc plutôt tendance à prendre nos distances sur d'autres plans. Je suis aussi toujours en train de travailler. Je contrôle moi-même les appareils, les opiacés. Tout juste si j'ai le temps de demander à Simone si tout va bien chez elle.

Il pince gentiment Simone dans le cou. Suzanne voit les yeux de Simone se remplir de larmes. Qu'est-ce qui se passe ici ? se dit-elle. À cause de cette discussion, on se met tous à penser à la famille, au monde en dehors de l'hôpital, celui dans lequel on n'a pas réponse à tout, où on ne court pas d'une situation de crise à l'autre tel le plombier salvateur. Simone ne va pas bien. Moi non plus peut-être. Mais ici je suis à ma place, ici je sais où j'en suis. Je ne me laisserai pas prendre ça.

Elle entoure la taille de Simone d'un de ses bras. Allez, va te changer. Je t'accompagne.

Elles laissent Kees à ses réflexions et disparaissent vers le vestiaire. Vereycken pense bien faire, se dit-elle, et il a bien fait, d'ailleurs, d'aborder ce problème. Pourquoi alors ai-je l'impression que quelque chose s'est cassé dans notre service ? Il faudra que j'en parle à Peter ce soir.

Elle ouvre la porte avec sa carte magnétique et laisse son amie la devancer. La nuit est noire, derrière les fenêtres du vestiaire.

7

Les pavés sont encore mouillés devant la maison de Peter et Suzanne, mais il ne pleut plus. Il n'y a pas de vent, il fait froid. Une lumière chaude tombe des fenêtres sur les trottoirs. Les gens s'affairent dans leur cuisine, ont allumé la télévision, entament leur soirée.

Drik et Peter se rendent d'un bon pas au centre-ville pour assister à la conférence bihebdomadaire de l'Association de psychanalyse. Cela fait des mois que Drik manque ces conférences, mais aujourd'hui, Peter l'a convaincu de l'y accompagner à nouveau. Je reprends le collier, pense-t-il, du moins pour la forme. La promenade jusqu'à ce centre thérapeutique, les retrouvailles avec les collègues. Mon intérêt est feint, je m'en moque, en fait. Ça me fatigue, ces vieilles fables dans de nouveaux habits : "mentaliser", "schèmes d'attachement". Cette suffisance, cette façon d'idéaliser une forme de traitement vieille d'un siècle, de nier l'importance des fondements scientifiques, me sortent par le nez. Encore, ce ne serait pas si grave, s'il n'y avait pas, en plus, cette manie de dénigrer la recherche. S'il y avait un brin de curiosité pour les résultats des cures par des méthodes moins orthodoxes. Je ne comprends pas que Peter continue à s'y rendre avec autant de plaisir. L'année dernière, quand il a fait une conférence sur l'applicabilité de ce qu'ils se délectent d'appeler "la pensée psychanalytique", dans la formation psychiatrique actuelle, il s'est fait traîner dans la boue. Il bazardait les principes analytiques, il jetait "l'or" de l'analyse dans le ruisseau et en présentait une réplique bon marché aux formations. Peter avait prononcé un plaidoyer pratique et sensé pour moins de théorie et plus d'efforts en vue de jeter des ponts entre la pensée analytique, l'évolution de la psychologie et les résultats récents de la recherche neuropsychologique. Drik l'avait soutenu au cours de la discussion vaseuse qui avait suivi, en vain. On les avait considérés comme des traîtres.

Je suis fatigué, pense-t-il, c'est ce qui me rend si amer. Si j'avais plus d'énergie, je voudrais les secouer, j'obligerais mes collègues les moins bornés à regarder ce qui se passe ailleurs, à voir à quoi ressemble le paysage thérapeutique actuel. Mais je suis fatigué. J'ai à nouveau oublié de quoi on allait parler ce soir. Je suis en train de devenir gâteux ou simplement apathique ?

— *Les indications*, dit Peter. *L'étude des indications en psychanalyse*. Faut-il en faire et si oui, comment ? Tu sais à l'avance comment va se dérouler la discussion. Coller sans tergiverser tout le monde sur le divan, car Freud lui-même a commencé son œuvre salutaire sans vérifications préalables. Un interrogatoire approfondi et structuré de l'anamnèse et de la gestion des pulsions est inconciliable avec les valeurs fondamentales de l'analyse. C'est ce qu'ils vont dire, les orthodoxes. Puis il y aura la contre-attaque de ceux qui travaillent à l'Institut, parce que ceux-là font ce type de recherches d'indications et savent qu'on ne doit pas baisser les bras devant un borderline. Si ça débouche à nouveau sur une scission et un schisme, je rends ma carte. Cela fait déjà un moment que j'y pense, depuis ce fiasco sur la formation combinée. Le temps qu'on a perdu avec ça ! Et pour quel résultat ?

Il secoue la tête et serre les poings. Il y a quelques années, Drik, Peter et quelques-uns de leurs confrères s'étaient efforcés de regrouper les différentes formations psychanalytiques du pays. L'idée sous-jacente était qu'en dépit de leurs différences – l'une s'aligne sur la cure type, l'autre sur des formes de thérapie moins fréquentes –, les étudiants et les professeurs partageaient une même façon de penser. Ils voulaient déplacer l'accent des différences vers les analogies. Ils voulaient, d'un commun accord, apporter un contrepoids à la déferlante des traitements courts orientés vers les thérapies comportementales et à la surestimation de l'approche médicamenteuse que leur imposaient les politiques et les assureurs. On avait pu croire que ça allait marcher, au début. De nombreux collègues, des jeunes surtout, s'étaient rangés à leurs côtés. Finalement, leur projet, qui en était déjà à un stade d'élaboration avancée, avait été torpillé par la direction. Plus moyen de le sauver et les choses sont demeurées inchangées.

— Mais tu sais tout ça aussi bien que moi, dit Drik. Ils s'immobilisent à une centaine de mètres du bâtiment de l'Association.

— Le mouvement analytique tout entier se nourrit des différences. C'est son bouillon de culture, ça a toujours été ainsi. On s'allie contre un ennemi commun. C'est simple comme bonjour. Évidemment, tu te dis : pourquoi ne pas s'allier contre la psychiatrie biologique ? Mais ce n'est pas comme ça que ça marche. Ton plus grand ennemi, c'est toujours quelqu'un de proche. Le concurrent, le rival. Et donc, tu t'ériges contre un collègue de ton entourage, qui a eu la même formation que toi mais qui défend avec plus de véhémence l'idée qu'une analyse ne mérite ce nom que si la fréquence est de cinq et non pas de quatre fois par semaine. Le narcissisme des petites différences, nous avons suivi des cours là-dessus autrefois. C'est le vent qui fait voguer la galère.

Ils regardent le bâtiment et se remémorent l'époque où ils allaient suivre des cours ensemble une fois par semaine il y a des années-lumière, jeunes, encore remplis d'espoir, heureux d'apprendre, de se laisser initier. Ils voient des femmes aux cheveux grisonnants sortir de leur Volvo et se presser à l'intérieur. Des hommes âgés en imperméable attachent leur vélo à la grille avec un cadenas. Un vieil analyste didactique avance lentement avec une canne vers l'entrée du bâtiment.

— Tu sais quoi, dit Peter, on fait demi-tour, on n'y va pas.

Au café, ils s'affaissent sur leur chaise. Il n'y a pas foule, il n'y a pas de musique et les lumières sont tamisées. Ils sont d'humeur hilare, comme s'ils avaient soudain décidé de faire l'école buissonnière un après-midi d'interrogation écrite.

— C'est agréable de penser qu'ils sont enfermés dans cette salle, les pontifes devant et les étudiants aux derniers rangs, dit Peter. Et nous ici. Et pourtant, ce n'est pas évident de couper le cordon, c'est ce qui nous a formés. Je continue de penser que ce qu'ils prétendent est encore la façon la plus féconde de réfléchir à ce qu'est l'être humain. Mais leur bêtise, leur arrogance, leurs œillères, ça me reste en travers de la gorge. Tu as déjà pensé à résilier ?

— Comme on se défroque ? Comme on quitte un monastère ? Non, ça ne m'effleure même pas. Je suis ma propre voie, je n'ai rien à voir avec personne. Non, ce n'est pas tout à fait vrai, car mon cabinet est rempli de patients qui me sont envoyés par l'Association. Je m'y rends aussi de temps à autre, pour discuter entre confrères de l'évaluation des indications. La plupart du temps, c'est assez agréable, on peut discuter avec les membres de la direction et ils ne lésinent pas sur leur temps. C'est tout le flafla de l'Association qui me fatigue, surtout ces dernières années.

— Ça fait maintenant deux mois que tu t'es remis au travail. Ça te plaît ?

Drik vide son verre et commande immédiatement de nouvelles bières.

— Oui. Partiellement en tout cas. C'est agréable d'avoir à nouveau des journées remplies, de me concentrer plusieurs fois par jour une petite heure sur quelqu'un et de constater que j'en suis toujours capable. C'est le fossé entre le travail et la vie quotidienne qui me coûte. Quand je travaille, je pense : je fonctionne, il n'y a pas de souci. Ensuite, je me retrouve dans une maison vide dans laquelle les affaires d'Hanna traînent encore partout. Alors je m'enfuis chez vous et je me laisse materner par Suzanne. Ce n'est pas désagréable, et j'en avais besoin, mais ça m'angoisse aussi. Je ne veux pas être dépendant. Et j'ai l'impression que je suis une charge pour Suzanne, même si elle ne le ressent pas comme ça, je pense.

Peter lui jette un regard oblique. Ils se taisent. Un groupe de jeunes filles entre. Des enfants saines, insouciantes, qui balancent négligemment leurs manteaux sur les dossiers des chaises et secouent leurs cheveux. Elles vont s'asseoir à l'autre bout du café. Leurs discussions sont comme le bruissement de la mer, de temps en temps, on entend un rire comme une vague qui se soulève.

— Suzanne est très contente de faire quelque chose pour toi, dit Peter. Elle pense que tu lui as toujours servi d'exemple, d'inspiration, de moteur. Elle était la petite sœur, et maintenant, elle savoure l'ascendant qu'elle a sur toi. C'est l'impression qu'elle me fait. Mais c'est plus compliqué en fait. Ça a aussi à voir avec Hanna. Hanna était sa meilleure amie, celle en qui elle avait une entière confiance. Quand elle te fait la cuisine, elle fait plaisir à Hanna. Il y a aussi un aspect de défense : réunis ainsi autour de la table de la cuisine, à la bonne franquette et légèrement désespérés, on pourrait dire qu'on retient le temps, c'est comme si Hanna était encore en train de mourir. On n'est pas encore obligés de retourner dans la vraie vie, on est dans le moment où elle est encore là.

Les jeunes filles ont commandé des cocktails et elles taquinent le barman qui vient les apporter.

Peter soupire. Rose, dit-il. Rose ne va pas bien. Hanna était comme une seconde mère pour elle. Maintenant Suzanne devrait remplir ce vide et ça ne marche pas. Elle n'y arrive pas. Alors Rose la fuit, elle a quitté la maison en pleine crise. Elle est dans l'extérioration évidemment. Théâtrale ! Suzanne se comporte avec elle comme si elle était adulte, mais en ce moment, ce n'est qu'une ado. Suzanne ne comprend pas ça, il n'y a pas moyen d'en parler avec elle.

— Elle n'a pas eu de mère, dit Drik, elle ne sait pas comment c'est ni comment s'y prendre. Elle prend soin des gens, c'est ce qu'elle a vu tante Leida faire. C'est elle qui nous a élevés. Et maintenant qu'elle ne peut plus s'occuper de Rose, elle s'occupe de moi. Ça aurait pu se passer autrement si elle avait fait une analyse. Mais peut-être pas. Les traumatismes de la petite enfance, on ne peut pas y faire grand-chose. Essaie un peu d'imaginer ce que cela signifie d'être abandonné par sa mère à six mois. C'est impossible. Tu peux tout au plus l'incorporer comme un récit formulé par un autre. Et on fantasme que c'est arrivé parce qu'on n'est bon à rien, ce que tous les enfants adoptés s'imaginent. Depuis toujours Suzanne passe son temps à prouver qu'elle vaut la peine, c'est pour cela qu'elle excelle dans son travail. Il lui faut des applaudissements, il faut qu'on l'apprécie. Ça lui donne le droit d'exister. Il ne faut pas parler avec elle, ça la met mal à l'aise. Ce n'est pas pour rien que ses patients sont dans le coma.

— Je trouvais cela si attirant, dit Peter, quelqu'un d'absolument imperméable à toute interprétation psychologique, incapable d'imaginer ce que nous sommes quand nous sommes au plus mal – distante, contemplative, par peur de mettre le pied en terrain inconnu. C'était rafraîchissant. Elle prenait les choses comme elles venaient, elle divisait les problèmes en petits fragments qu'elle résolvait l'un après l'autre. C'est ce qu'elle faisait avec Hanna. C'était formidable. Ça fonctionnait.

Je ne suis pas vraiment d'humeur à analyser ma sœur, pense Drik. Dans quoi je m'embarque, là, quelle est ma place ? Quelque chose contrarie Peter. C'est mon ami. J'arrête de râler, je réponds présent.

— Une fois, dit Peter, Rose venait de trouver cet appartement, je suis passé devant chez elle à vélo. Je n'étais pas d'accord, qu'elle parte sur un coup de tête, mais je voulais quand même savoir où elle avait atterri. Il y avait une petite fourgonnette de déménagement devant la porte. Rose et Suzanne faisaient des va-et-vient avec des cartons remplis de lampes et de vaisselle. Il y avait des jeunes hommes aussi, des amis de Rose. Ils portaient les trucs lourds. Je suis resté à les regarder. Elles ne me voyaient pas. Suzanne était si aimable, si compétente. Rire, délibérer, donner des consignes – tout semblait très normal, très joyeux. Mais ça ne l'était pas, naturellement. Oui, bien sûr, elle a l'âge de quitter la maison, mais il aurait fallu que sa décision soit mûrement réfléchie, qu'elle la prenne indépendamment de cette crise provoquée par la mort d'Hanna. Je pensais : elle se protège, elle réagit, et elle ne se fait pas de bien. Elle rivalise avec Hanna pour obtenir l'attention de Suzanne. Elle fuit dans la solitude alors qu'elle désire ardemment ne pas rester à l'écart. J'étais là, avec mon vélo, et je voyais Suzanne participer sans réserve à ce jeu névrotique. L'enfant veut partir. Très bien, nous allons donc tout faire pour qu'elle parte dans des conditions optimales. Quelque chose dans le genre. Je n'étais pas d'accord et en même temps je me détestais, de ces commentaires analytiques standard qui tournaient en rond dans ma tête. Au fait, comment ça se passe avec le jeune homme, Schuurman, que je t'ai envoyé ?

Drôle d'association, pense Drik. Voit-il le garçon comme un cabotin névrosé ? Ou veut-il changer rapidement de sujet ? Je ne sais pas ce que je vais dire. Le garçon est un de ses internes, il va le noter. Je dois me taire. J'aimerais pourtant bien savoir ce que Peter pense de lui, comment il est dans son service. *Il ?* Pourquoi est-ce que je ne l'appelle pas par son nom ?

— Ça suit son cours. Je ne peux pas encore en dire grand-chose, j'en ai d'autres, je veux dire, d'autres analyses didactiques, des internes d'autres hôpitaux. Incroyable comme un cabinet se remplit vite.

Deux jeunes gens viennent d'entrer dans le café. Ils se joignent aux jeunes filles rieuses, traînent des chaises jusqu'à leur table, réclament des boissons à grands cris.

— Je voudrais que Rose fasse une analyse, dit Peter. Mais elle ne pense pas comme moi. Elle dit qu'elle va bien. Les études, les amis, les occupations, aucun problème. Elle pourrait faire partie de ce groupe de jeunes, là. Aucune raison d'aller en thérapie, n'est-ce pas ?

— Regarde venir. L'important, c'est de ne pas perdre le contact. Elle me téléphone régulièrement, on prend rendez-vous. Non pas qu'elle se confie beaucoup, mais je vois à peu près comment elle va. Elle a rudement bien aménagé mon cabinet. Elle a du chagrin à cause d'Hanna. Donne-lui encore un peu de temps. On en prend une autre ?

Ce n'est qu'au moment de payer au comptoir que Drik se rend compte qu'il est bien éméché. Trop bu, trop peu mangé, trop mauvaise condition. Il n'en sait rien. Il a peur de s'écrouler et s'appuie lourdement au bar. En faisant de gros efforts de concentration, il arrive à retirer son portefeuille de la poche arrière de son pantalon. À cet instant, quelqu'un veut passer, il n'y a pas assez de place ou trop de gens, en tout cas, quelqu'un le heurte dans le dos et met sérieusement son équilibre en danger. Il s'accroche à la barre qui longe le bar et laisse glisser son portefeuille. Maintenant, user de circonspection, pense-t-il. Il se penche lentement, localise la proie, tend la main, s'appuie sur le bois brun. Il voit les jambes de son assaillant se diriger vers les toilettes. Il connaît ces chaussures. Il n'en croit pas ses yeux, est-ce bien ce garçon, ce Schuurman ? Est-ce qu'il me voit avancer sur le sol, à la recherche de mes sous, en état d'ivresse ? M'avait-il vu au comptoir, m'a-t-il bousculé exprès ? Tout doux, pas de panique. Il serre le portefeuille des deux mains. Tu remontes, pense-t-il, tu te lèves, tu paies et tu disparais. Tu peux le faire.

Revenu à sa transaction, il jette un regard prudent par-dessus ses épaules vers la porte des toilettes. Rien à signaler. Peter l'attend, debout, il a déjà enfilé son manteau. A-t-il vu le jeune homme lui aussi ? Drik ne demande rien, il se débat avec son manteau, se concentre pour nouer son écharpe à son cou. C'est bon. Dehors. Peter n'a pas l'air d'avoir le moindre problème. Une fois la porte du café claquée, les paroles et les rires des jeunes gens s'éteignent abruptement. Un écho de leur gaieté semble flotter un instant dans le silence de la rue, pas vraiment agréable, pense Drik, comme un adieu, un vide. À l'intérieur, il y a la vie, et ici, dehors, deux hommes préoccupés qui traînent leur souffrance et leur chagrin. Ça me prend trop la tête. Incroyable que Peter s'inquiète à ce point, Rose est une jeune femme qui fonctionne bien, Suzanne une partenaire adéquate. Il devrait remercier le ciel. Il peut constater tous les jours, dans son hôpital, qu'il peut en être autrement. Troubles alimentaires, toxicomanies, psychoses. Qu'est-ce que c'est, un peu de mélancolie, une perturbation légère dans le contact. Du pipi de chat. Pas de quoi s'arracher les cheveux. D'ailleurs, tout va plutôt bien. Il allonge le pas, l'air frais dissipe son ivresse. Je travaille à nouveau, se persuade-t-il. Ça se passe bien et ça me plaît. Qu'il y ait tel patient que je n'arrive pas bien à saisir, que je laisse ici et là des choses de côté – ma foi, ça arrivait avant aussi. Il faut que j'arrête de ruminer moi aussi. Être plus attentif à la prochaine séance et peut-être parler du problème, tout simplement, c'est souvent la meilleure solution. Et si c'était bien Schuurman, tout à l'heure au café, quelle importance ? Je n'ai engueulé personne, tabassé personne. Un peu éméché, dans mon temps libre. Ce n'est pas un comportement scandaleux non plus. Drik essaie de marcher du même pas que Peter.

— Ne t'inquiète pas, dit-il, ça va s'arranger. Tout va déjà bien, dans les grandes lignes.

Il prend son ami par l'épaule. Merde alors ! Je suis saoul. C'est bon signe ou pas ? Peter éclate de rire.

— Donne-moi le bras. Il ne faut pas que tu tombes.

Drik passe le bras sous celui de son ami. Accrochés l'un à l'autre, ils avancent en titubant sur le trottoir comme un couple de vieillards.

— Je suis content que tu te sois remis au boulot, dit Peter. Que le pire soit passé. Qui sait, tu rencontreras peut-être quelqu'un d'autre, un jour. Une nouvelle partenaire. À la longue, je veux dire. Tu n'as que cinquante ans. Que Suzanne se soit reprise, c'est une bénédiction ça aussi. La vie suit plus ou moins son cours. Malgré la tristesse. Le manque.

Une nouvelle partenaire, se dit Drik, quelle idée ! C'est bien la dernière chose à laquelle je pense. Cependant, c'est courant, surtout chez les hommes, l'incapacité à rester seul. Au bout de trois mois, ils se mettent à la colle avec une rencontre internet ou une collègue divorcée et désespérée. Suzanne lui avait parlé d'un chirurgien qui, après la mort de sa femme, était allé se consoler en Thaïlande d'où il était revenu avec une petite femme serviable qui ne parlait pas un mot d'anglais. On s'imaginerait pourtant qu'il faut laisser du temps au temps, le temps du manque, du chagrin, de la colère. Seul. Est-ce que c'est un concept psychanalytique dépassé ? Serait-ce donc plus sage de recouvrir ce cloaque ? De mettre de solides caillebotis par-dessus. De commencer quelque chose de nouveau ? Une perte réveille la souffrance de pertes anciennes et on peut se demander si on est en mesure de résister à tout cela.

Je ne sais rien, pense Drik. Je n'ai aucun souvenir précis de maman. Je devrais, j'avais quatre ans. J'ai une image, elle est dans le jardin, elle porte une robe d'été, elle rit, elle est enceinte, on pourrait courir vers elle à tout moment, on a la certitude qu'elle se pencherait et vous prendrait dans ses bras. On sentirait ses cheveux, son rouge à lèvres. Ce n'est pas un souvenir, c'est une photo, en noir et blanc. Et un fantasme que j'y ai accroché. Ensuite, tout se recouvre d'un brouillard gris. Ce même brouillard qui s'est levé pendant les derniers mois de la vie d'Hanna. Ce serait absurde de s'y enfoncer, je dois résister, me cramponner à des choses solidement ancrées, Peter, Suzanne, Rose, mon cabinet, mes livres. La boisson, c'est mauvais, il faut que j'arrête. Assez à faire avec tout cela. Pas d'énergie pour une nouvelle femme. Non.

Quelque chose vibre contre sa poitrine. La sonnerie assourdie d'un téléphone. Ils s'immobilisent.

— C'est toi ? Ou c'est moi ? demande Drik. Il déboutonne précautionneusement son manteau et se met à en fouiller les poches intérieures. Peter a commencé à faire de même, plus énergiquement mais sans plus de résultat.

— Merde, où je l'ai foutu, ce machin ? Il fouille les poches de son pantalon et se cogne contre Drik. Celui-ci vient de trouver son téléphone, qu'il soulève triomphalement. Le choc lui fait lâcher prise. L'appareil s'écrase sur le trottoir. Il se penche. Tout me tombe des mains. J'en suis réduit à marcher à quatre pattes, comme un petit enfant sans défense, à la recherche d'un jouet cassé.

Il se relève et envoie, d'un coup de pied, son téléphone dans le caniveau. Entre-temps, Peter a sorti le sien, il le porte à son oreille. Il secoue la tête.

— Raccroché. Quel bazar ! Quand ces appareils n'existaient pas, on s'en passait bien. Allez viens, en route.

Alors que Peter remet l'appareil dans sa poche, la sonnerie retentit à nouveau. Il prend l'appel, concentré.

— Oui ? Il se tait. Il écoute. J'arrive, dit-il.

8

Il y a toujours deux salles de réservées pour les opérations imprévues. Suzanne et Winston, l'interne de cinquième année avec qui elle fait aujourd'hui le service de douze heures, se dirigent vers l'une d'elles avec une femme gémissante qui a été opérée cette nuit d'une perforation aiguë de l'estomac et on suppose maintenant qu'il y a des fuites aux sutures. Il faut ouvrir à nouveau le ventre, une procédure qui va prendre un temps fou. Suzanne endort la femme, après quoi, l'interne place une sonde dans la vessie. Il n'y a plus qu'à attendre le chirurgien.

Le bipeur de Suzanne sonne. “Lagrouw, anesthésie”, dit-elle dans le téléphone mural. Tout en écoutant, elle embrasse la salle du regard : Winston près de l'appareil d'anesthésie, Leila, l'infirmière anesthésiste en train de placer la médication sur le plateau de la table.

— Je vais faire une piqûre en salle de réveil, dit-elle, vous vous en sortirez bien sans moi, je pense. Elle tapote la poche de sa poitrine pour que Winston comprenne qu'il pourra la biper en cas de besoin. Il lui fait un signe de la main et un large sourire.

Le service de douze heures est la façon la plus agréable de pratiquer cette profession, pense Suzanne. On nous appelle de tous les coins de l'hôpital, il faut vite évaluer la situation et intervenir là où d'autres n'ont pas la compétence ou le courage de le faire. On met les choses en route et puis on se dépêche vers l'incident suivant. On va dans des services qu'on connaît à peine, on rencontre, durant ces douze heures, des dizaines de personnes, on laisse les patients qu'on a endormis entre les mains de tiers. Parfois, on ne sait même pas comment cela se termine, il nous faut continuer, aller plus loin.

C'est la raison pour laquelle elle avait choisi l'anesthésiologie. Pendant un boulot d'été, quand elle était étudiante, elle avait remarqué que quand les choses devenaient sérieuses, on allait toujours chercher l'anesthésiste. Une équipe impuissante aux urgences qui poussait un soupir de soulagement quand l'anesthésiste qu'on avait dépêché arrivait à introduire un tube de petite dimension entre des cordes vocales tuméfiées. Une infirmière pestant parce qu'elle n'arrivait pas à trouver la veine et qui s'épuisait en remerciements quand l'anesthésiste avait posé une perf vite fait et sans douleur. Quand il faut assumer, quand ça devient sérieux, l'anesthésiste prend les rênes et mène l'équipe vers une solution, si compliquée que puisse sembler la situation. Un ventre est ouvert en urgence pour sauver un bébé coincé ; un type criblé de balles est en train de hurler aux urgences ; une jambe écrasée par un tram doit être amputée. L'anesthésiste apporte la délivrance.

On est comme le gardien de but d'une équipe de football, pense Suzanne. Parfois c'est ennuyeux pendant très longtemps, on attend, on observe, on surveille pendant l'opération. Les choses se passent de l'autre côté, derrière la toile. Mais soudain, la menace se rapproche et la balle passe dans notre camp. Et là, il faut assumer, intervenir, procéder à un sauvetage adéquat avec une concentration maximum.

C'est la lutte contre la souffrance qui lui procure le plus de satisfaction. C'est sa tâche d'empêcher le patient de souffrir. Les mutilations et la souffrance qu'elles engendrent font peur à tout le monde. Cette peur, elle peut en délivrer les victimes. Elle imagine la souffrance comme une fournaise, une boule de feu rouge vif qui se précipite sur le patient allongé, impuissant, et qui menace de tout détruire. Comme elle se lève alors, tend la main vers le coffret aux opiacés, injecte la médication qui soulage. Le patient se détend, le calme se répand, la boule de feu se résorbe. Un sourire s'épanouit alors sur ses lèvres, elle ressent une profonde satisfaction.

Dans la salle de réveil, une vieille dame maigrichonne en chaise roulante regarde l'interne qui tente d'enfoncer son aiguille dans la veine au creux du coude. L'élastique du garrot qui entoure le haut de son bras, à peine plus gros qu'un manche à balai, pendouille. Suzanne le desserre et va s'asseoir auprès de la femme sur le tabouret que l'infirmier s'est empressé de libérer. Elle prend la main de la femme et en masse le dos.

— Je pense qu'il vaut mieux commencer à l'extrémité du bras, dit-elle à l'interne. Si de nombreuses piqûres ont déjà bousillé les vaisseaux un peu plus haut, on a des hématomes et autres désagréments ; si on pique distal ensuite, c'est inefficace, la perfusion ne marche pas. Il est préférable d'aller de l'extrémité vers la racine du bras. L'interne acquiesce d'un signe de tête.

Suzanne scrute le bleu blême des veines étroites ; on dirait qu'elle cherche à s'identifier à la circulation sanguine minimale de la vieille dame – elle tapote doucement la veine, allez, montre-toi, donne-moi une voie d'abord – et sans hésiter, elle y enfonce sa fine aiguille. Et voilà ! dit-elle au jeune homme. Celui-ci commence à poser des sparadraps pour maintenir le tout en place. Je n'ai rien senti, s'étonne la vieille dame. Merci docteur.

Suzanne plonge la main dans le seau à bonbons et se dirige vers la salle d'opération. Son bipeur émet un signal. Cholécystite aiguë. Je vais le chercher, dit-elle dans le téléphone. On va dans l'autre salle.

En prémédication, un homme de forte constitution est allongé sur un lit. Il regarde autour de lui avec une gaieté saugrenue et salue Suzanne comme si c'était une vieille connaissance. Une poche remplie d'urine foncée pendouille sous son lit. À la question de Suzanne, il arrive à dire son nom mais il lui est impossible de se souvenir de sa date de naissance. "Mal. Mal au ventre" est sa réponse à la question "De quoi allez-vous être opéré ?" Son nez et ses oreilles sont de dimensions extravagantes. Carcinome vésical, lit Suzanne dans le dossier médical. Opération ; depuis, stomie urinaire. D'où la poche. Il a une hernie cicatricielle énorme. Aujourd'hui, ablation de la vésicule. L'homme est incapable de dire s'il est allergique à quelque chose. Il continue à regarder autour de lui, en pleine confiance, même quand on arrive en salle d'opération. La vue des lampes et des appareils ne semble pas l'impressionner plus que ça.

Suzanne et Sjoerd, l'infirmier anesthésiste, ont du mal à le placer sur la table. Ils sont gênés par les tuyaux, il n'y a pratiquement pas de place pour sa grosse tête et il faut forcer pour fixer les appuie-bras.

Un interne en chirurgie téléphone, une fesse posée sur une table. Il ne réagit pas quand Suzanne lui demande qui va opérer.

— Dites donc, vous, je vous ai posé une question !

— Oh, dit le jeune homme, Annemiek. Je veux dire, docteur Lelieveld. Elle arrive. Il reprend sa conversation.

Cela ne sert à rien de discuter avec le patient en attendant le chirurgien. L'homme n'a pas le moindre souvenir des opérations précédentes, il continue à suivre Suzanne sans la voir d'un regard aimable mais vaseux. Quand, enfin, les opérateurs commencent à se laver les mains, elle endort le patient et l'intube sans le moindre problème.

— Ça s'est rudement bien passé ! dit Sjoerd enthousiaste. Il vient juste de commencer sa formation. Suzanne le connaît car elle a fait cours aux étudiants infirmiers la semaine dernière.

— Oui. Je te fais passer un test ? Si je dis : Mallampati 1*, ASA 4**, tu sais ce que cela signifie ?

Sjoerd rit. La maison est une ruine mais la porte est grande ouverte.

— Parfait, dit Suzanne. C'est comme ça qu'il faut procéder. Il faut pouvoir imaginer quelque chose pour chacun de ces barèmes. Du coup, chaque

* Le score de Mallampati est un score prévisionnel de difficulté d'intubation comprenant quatre classes. Les classes 1 et 2 présagent une intubation *a priori* facile ; les classes 3 et 4, une intubation difficile. *(Toutes les notes sont de la traductrice.)*

** Le score ASA, mis en place par l'American Society of Anesthesiologists (ASA) est utilisé pour exprimer l'état de santé préopératoire d'un patient. Les patients sont classés en six catégories, le score 1 indiquant que le patient est en parfaite santé, le score 5, qu'il est moribond, 6 qu'il est en état de mort cérébrale. Le score 4 indique que le patient présente une atteinte sévère d'une grande fonction qui met en jeu le pronostic vital.

chiffre évoque une image. Tu es doué, Sjoerd. Mais qu'est-ce qu'il nous fait, ce ventre ? Regarde.

L'infirmière de bloc, une des femmes recrutées en Inde, est en train d'étaler un désinfectant rose foncé sur le ventre. La paroi abdominale monte et descend au rythme de la respiration. Des trucs qui devraient rester à l'intérieur sortent par la plaie. Suzanne écoute les poumons avec son stéthoscope et observe des bruissements rassurants de chaque côté. Elle hausse les épaules.

L'Indienne s'attaque maintenant au nombril. À l'aide d'une pincette, elle enlève un noyau dur de saletés qu'elle laisse tomber d'un mouvement sec dans un haricot.

— Un calcul ombilical ! s'exclame Sjoerd, ravi. C'est la première fois que j'en vois un.

L'infirmière de bloc a pris une petite trousse de sondage vésical et s'apprête à poser la sonde. Ça prend un moment avant que chacun ne réalise que ce n'est pas nécessaire, comme si l'étourderie du vieil homme s'était communiquée à toute l'équipe. Concentration, pense Suzanne, je dois faire plus attention. Qu'est-ce qu'elle est belle, cette Indienne, les cheveux en rouleaux sous les lacets de son masque, si élégante, si distinguée. Je ne pense pas qu'elle comprenne ce que l'on dit, mais elle a l'air super-vigilante, rien ne lui échappe. Sauf la stomie, donc. À l'aide d'une longue pincette, elle manipule avec beaucoup de précautions les tampons mauves autour du nombril, doucement, sans hâte.

Le bipeur, à nouveau. Winston en a terminé avec la suture qui fuyait et vient la remplacer pendant qu'elle se rend en obstétrique pour une péridurale. La chirurgienne, une femme calme et sympathique, vient d'introduire un optique à l'intérieur du corps *via* le nombril, elle cherche la queue à laquelle la vésicule est attachée, comme une poire mûre. La tension baisse, mais Winston voit cela comme un défi.

— Tu peux y aller, dit-il, je te vois tout à l'heure.

Drôle de pièce, pense Suzanne, quand elle entre dans la chambre de la femme enceinte. Ils font comme si c'était une chambre dans une maison, avec des plantes et de petits meubles en bois, mais le côté artificiel saute aux yeux. Ne serait-ce que ce lit très haut. Elle écarte la vision du lit de mort de sa belle-sœur. La femme est assise toute droite dans son lit, elle halète. Dès qu'elle a repris haleine, elle crie qu'elle a mal, beaucoup trop mal, elle n'en peut plus, elle a droit à sa piqûre. Son mari se faufile dans le couloir au moment où Suzanne sort son aiguille. L'infirmière aide la femme à se mettre en position au bord du lit.

— Détendez-vous et faites le dos rond.

Suzanne, les genoux sur le matelas, tâte les muscles tendus de peur et d'excitation. Comme ça, elle n'y arrivera jamais. Elle asperge l'endroit où elle veut piquer de lidocaïne.

— Voilà, à présent, vous ne sentirez rien tout à l'heure. Dès que nous aurons fini, les douleurs des contractions vont disparaître.

Elle compte les vertèbres et continue à parler de la pluie et du beau temps pour que la patiente se détende. Elle doit s'y reprendre à trois fois avant de pouvoir traverser enfin le dur ligament qui entoure l'espace épidural. Elle entend la porte s'ouvrir et se refermer derrière elle. Le mari angoissé, pense-t-elle, qui repart faire un tour. C'est menaçant pour quelqu'un dont les frontières sont intactes d'assister à une telle invasion. Je dois faire peur avec mon grand tablier stérile et mes gants. N'empêche, ils seront bien contents que les cris et les plaintes cessent sous peu. Le cathéter épidural est placé et la femme peut à nouveau s'allonger sur ses coussins.

— Je les sens encore, dit-elle, je sens les contractions.

— C'est fait exprès, répond Suzanne, mais le pire est passé. On peut augmenter la dose si nécessaire, vous n'avez donc plus à vous inquiéter et votre mari peut revenir.

Elle jette le tablier dans un conteneur et va dans le bureau pour noter son intervention dans le dossier. On met les pieds sous des tables étrangères, on n'est nulle part chez soi mais toujours les bienvenus, on griffonne sa signature dans des dossiers que d'autres mettent à jour et, entre-temps, on nous offre des cafés et des pâtisseries. En obstétrique, il y a toujours des gâteaux et des boîtes de chocolats sur les tables et les étagères, on dirait une confiserie.

Suzanne retourne bien vite à la résection de la vésicule biliaire.

— Elle est énorme, dit Annemiek, la chirurgienne. Je l'ai vidée mais elle est encore beaucoup trop grosse. C'est la première fois que je vois ça.

Elle est en train de tirer comme un pêcheur qui se bat avec un brochet. Suzanne jette un œil sur le moniteur, la tension est bonne, Winston a fait du bon travail.

— Ça vient, je le sens! La chirurgienne tire de toutes ses forces et sort un sac d'un brun verdâtre d'une bonne vingtaine de centimètres par le nombril. Elle lève le bras pour que chacun puisse voir le phénomène.

— Hourra ! s'écrie Sjoerd, nous allons l'appeler Vésicule !

Il y a deux grandes tables dans la salle de détente. L'une d'elles est pour les chirurgiens et leurs assistants, l'autre pour les anesthésistes. Personne n'en a décidé ainsi, la séparation s'est faite d'elle-même. Suzanne se glisse entre Winston et Jeroen, un étudiant de première année, qui sont en train de discuter des blessures désastreuses provoquées par la fréquentation des chevaux. Doigts sectionnés, os brisés, lésions de la moelle épinière. Ils essaient de calculer combien il faut de Propofol pour endormir un cheval. Derrière les grandes fenêtres, le ciel s'est à nouveau couvert. La course des nuages témoigne de la force du vent. Un temps agité, pense Suzanne, mais ici, pas de turbulences. Sur le rebord des fenêtres, il y a des boîtes remplies de jouets et un baby-foot près du mur, comme s'ils étaient dans une cantine de scouts. L'équipe de nettoyage se prépare à désinfecter les salles d'opération, le stock de masques et de calots doit être renouvelé, les conteneurs avec les vêtements sales embarqués. Les équipes d'opérateurs arrivent les unes après les autres dans la pièce une fois leur journée de travail achevée. Les gens traînent un peu dans la salle de détente avant de rentrer chez eux, comme pour prendre leur élan avant de franchir l'abîme, ils veulent être certains de quitter les malheurs des patients en même temps que leurs vêtements de travail.

Winston va manger alors que Suzanne est appelée aux urgences où on est en train de transporter un homme corpulent qui porte de grosses chaussures de travailleur. Il a heurté quelque chose avec sa voiture et a mal à l'endroit où la ceinture de sécurité étreignait son thorax. Personne ne le comprend, la langue dans laquelle il s'exprime a des consonances slaves. Un interprète finit par arriver, un acteur de plus sur cette scène déjà trop encombrée de personnages brailleurs. Ils réunissent leurs forces pour rctourner l'homme et voir s'il n'a pas un couteau ou une balle dans le dos. Ce n'est pas le cas. Il respire, sa tension artérielle est normale, Suzanne peut s'en aller. Elle croise Bibi à l'entrée de la salle de détente.

— Tu manges avec moi, Suzanne ? Je voudrais manger un morceau ici avant de rentrer.

Ensemble, elles se dirigent vers le restaurant. Bibi a l'air fatiguée. On les sert. Du riz, quelque chose qui ressemble à des légumes, un morceau de poulet. Ça n'a aucun goût, remarquent-elles une fois assises l'une en face de l'autre près de la fenêtre.

— La réunion, quel ennui ! dit Bibi, ça m'épuise, beaucoup plus que le travail. Nouveaux systèmes, les combinaisons diagnostic-traitement. Ça nous avance à quoi ? Ce n'est pas évident.

— Nous ne soignons pas, estime Suzanne, sauf au centre antidouleur. Ce sont les opérateurs qui soignent et nous, nous rendons la chose possible. Nous sommes des soutiens. C'est la vérité, non ?

— Ils appellent ça un produit, les assureurs. Bibi prononce sa phrase sur un ton méprisant : Ablation des amygdales, amputation d'une jambe, résection des intestins – ce sont des "produits". L'opérateur décide d'un protocole de soins avec le patient, ou avec les parents, dans mon cas. Et ensuite, nous livrons le produit. C'est une boutique. On vend des produits ? Non mais, franchement ?

Suzanne réfléchit. L'oubli ? Passer un contrat sur l'oubli, c'est possible ça ?

Ces choses-là salissent la profession, trouve Bibi. Dommage, elle aime son travail et elle aimerait continuer à le faire encore un bon moment. Les gardes, ça, j'aimerais bien arrêter. C'est trop dur, à mon âge. Les réunions aussi. Je m'excite toute seule. Personne ne comprend pourquoi ça me met dans des états pareils.

Suzanne pense que c'est l'influence de l'Amérique. Si tu as un contrat, le patient peut te traîner devant les tribunaux. Si tu ne livres pas "le produit", tu es foutu. Bientôt, on va se ruiner en assurances. Moi, tant que c'est encore possible, je fais l'autruche. Toi, tu es chef de service, tu es bien obligée. Elle caresse la petite main brune de Bibi. Bibi soupire et repousse loin d'elle la barquette en plastique avec son repas.

— Et toi, Suzanne, tu vas bien ? Tu n'as pas trop de chagrin à cause de ta belle-sœur ?

— Quand je travaille, ça va. Et puis je m'occupe de mon frère. Je lui fais la cuisine, des trucs comme ça. On se voit beaucoup, ça aide. De pouvoir faire quelque chose aussi. Mais je dois faire attention. Nous sommes très différents. Il est psychiatre, il réfléchit beaucoup. Il a un rythme très lent. Il prend le temps de s'interroger sur les choses. Moi, je préfère foncer. S'il ne tenait qu'à moi, j'aurais déjà réorganisé toute sa maison, fait un tri dans les affaires d'Hanna, vidé les armoires. Non, j'ai bien fait de reprendre mon travail. Je ne sais pas comment penser à Hanna. C'est étrange quand quelqu'un de ton âge meurt. En fait, je crois que je ne peux pas mourir parce que je suis médecin. Je sais bien que c'est absurde, puéril, pourtant cette tenue bleue, c'est une protection.

Elle prend congé de Bibi et se dépêche de retourner au bloc. Dans la salle de réveil, l'atmosphère est agitée. L'opéré de la vésicule veut s'en aller. Il n'arrête pas de se hisser en se tenant au pied de perfusion. Il a rejeté ses couvertures et essaie de sortir du lit, le cul nu. Il tire sur les tuyaux et les tubes qui lui sortent du corps. Winston est auprès de lui, il tente en vain de le calmer.

Ils délibèrent avec Ron, le responsable de la salle de réveil. Elle voit que dans le seau à bonbons il n'y a plus que des bâtons de réglisse peu appétissants et des bonbons acidulés que personne n'aime. Elle pousse le seau derrière l'ordinateur.

— On va essayer l'Haldol, cinq milligrammes. Il est sept heures vingt-cinq. Tu peux rentrer chez toi, Winston. On a terminé. J'attends Tjalling et je rentre, moi aussi.

— C'était très sympa aujourd'hui, dit Winston. Merci. Salut !

— Si ça ne marche pas, tu pourras demander une consultation psychiatrique, dit Suzanne à Ron. Ça ne peut pas continuer ainsi, il va tout arracher. Elle regarde brièvement le visage terrifiant de l'homme en pleine confusion puis détourne la tête. L'intervention a été faite, le patient est réveillé, la suite de cette vie abîmée ne relève pas de ses compétences. Elle voit comment Ron s'adresse à l'homme, gentiment, à voix basse, il faut rester couché, ça va aller, vous verrez – mais le regard fixe et vitreux de l'homme qui griffe sa stomie glisse sans s'arrêter sur le consolateur.

Le bipeur. “Salle de déchoquage dans cinq minutes. Traumatisme abdominal.”

Je vais y passer, pense Suzanne, puis je demanderai

à Tjalling de prendre la relève. Elle a mal aux jambes après une journée à courir ou à rester debout.

En bas, l'équipe est prête, douze personnes au moins s'affairent autour de la table d'opération vide. Les sirènes de l'ambulance se rapprochent. Ensuite les ambulanciers arrivent en courant. Ils portent des tenues fluorescentes vert et jaune. L'un d'eux, une femme aux cheveux blonds tirés en arrière, communique les faits à haute voix à toutes les personnes présentes.

— Jeune femme, cycliste, renversée par un triporteur venant sur sa gauche, chute sur son guidon, la pointe a pénétré dans la cavité abdominale, grande plaie dans la symphyse, perfusion posée, patiente consciente, souffre énormément.

Suzanne prend position à la tête de la table. Sévoflurane, pense-t-elle, je dois l'endormir le plus vite possible. Elle lève les yeux de son appareil, la jeune fille est maintenant sur la table d'opération – est-ce que j'ai compté, est-ce qu'on l'a soulevée ? Elle ne sait pas. C'est Rose. Les boucles brunes. La veste en cuir. Ne pas s'évanouir. Prendre les choses en main.

— Coupez les vêtements, dit-elle en plaçant le masque sur le nez et la bouche de la victime. La jeune fille se relâche. Intuber. La tension est normale. La respiration est assurée. Je suis là et je supervise. La jeune fille est nue. Le chirurgien soulève le morceau de gaze qui cache la plaie abdominale. Le péritoine pend à l'extérieur. Il recouvre à nouveau la plaie.

— En salle d'opération, vite !

Pendant le transport, Suzanne reste près de la tête de la jeune fille. Elle presse le ballon régulièrement et résolument et voit la poitrine se soulever.

Dans la salle d'opération, les ordres fusent de toutes parts, c'est un incroyable chaos, Suzanne s'en rend à peine compte. Elle raccorde les tuyaux d'une main sûre. Les vêtements déchirés et les affaires de la jeune fille sont fourrés dans un sac en plastique que quelqu'un jette dans un coin.

— Pas de sang dans la vessie, crie le chirurgien. Je vais maintenant examiner le ventre. Est-ce que quelqu'un peut prendre une photo pour la police ?

Elle évite de regarder le visage de la jeune fille et suit attentivement les gestes du chirurgien. Il a ouvert le ventre en grand. Elle voit de magnifiques intestins roses, ils respirent la santé.

— Que de dégâts ! Quelqu'un peut appeler la plastique ? Le chirurgien inventorie les dilacérations et fait une estimation de la position des lésions.

— Elle a eu une chance incroyable, dit quelqu'un dans l'oreille de Suzanne. Le guidon s'est planté à un demi-centimètre de la bifurcation aortique. Un peu plus loin et elle perdait tout son sang.

Elle tourne un peu la tête. Tjalling. Un regard amical derrière ses verres de lunettes.

— C'est Rose, Tjalling, c'est Rose. Maintenant seulement, elle sent ses genoux trembler.

— Je prends ta place. Toi, tu sors d'ici. Elle s'évanouit.

Plus tard, elle est sur un tabouret devant le hublot par lequel on peut voir dans la salle d'opération. Le chirurgien plasticien s'est joint à l'équipe, les intestins sont suturés à l'aide d'appareils ingénieux, cela prend des heures. Elle voit l'infirmière anesthésiste, c'est Carla, se diriger vers le sac en plastique, fouiller à l'intérieur puis sortir un portefeuille. Carla crie quelque chose à Tjalling. Puis elle se précipite hors de la salle d'opération et se tient soudain à côté de Suzanne.

— Elle s'appelle Marieke. Ce n'est pas Rose.

Suzanne pleure. Carla l'entoure de ses bras. Ce n'est pas elle, calme-toi, calme-toi.

Suzanne est en pleine confusion. À qui va-t-elle devoir transmettre cet effarement ? Ce n'est pas sa fille, mais la fille de qui alors ? Quelqu'un est allongé à côté qui est sérieusement blessé et abîmé. La fille de quelqu'un, mais pas la sienne.

Elle saisit son téléphone.

9

La directrice de la maison de retraite médicalisée vient de lui annoncer que, cette année, le repas de Noël se fera vers la mi-décembre.

— Si nous attendons la date exacte des festivités, ce sera beaucoup trop cher, monsieur De Jong – supplément pour le personnel, vous comprenez – et, de toute façon, nos résidents sont en général incapables de dire quel jour on est. Donc, nous faisons comme ça, la décision est prise. Pour votre père, Noël sera dans quinze jours.

Drik a ravalé ses commentaires et pris rendez-vous. Son père est bien soigné, lui semble-t-il, par de jeunes Turques et Surinamiennes qui s'occupent avec beaucoup de gentillesse des résidents, déments pour la plupart. Sa colère s'adresse à l'équipe administrative, à ceux de là-haut, qui ne changent jamais une couche mais empochent de grosses sommes pour écrire des rapports bourrés de projets inutiles dans un langage qui a le don d'agacer Drik au plus haut point. Mais son père est bien ici, il a une chambre pour lui seul, il a le droit de fumer son cigare tous les après-midi dans la véranda fermée et les filles l'appellent par son nom quand elles s'adressent à lui. Drik ne va pas troubler ce bon équilibre en se disputant avec la direction, même si la chemise neuve a disparu après une première lessive. Suzanne est meilleure que lui pour ce genre de choses. Elle entre tranquillement dans le bureau pour examiner les emplois du temps et contrôler si l'inventaire des possessions est bien à jour. Elle retient le nom de la personne responsable et va lui parler à sa prochaine visite, pendant les heures de bureau. Suzanne, ils la respectent, ils l'appellent docteur. Lui, ils trouvent que c'est un raseur mal luné, il en est persuadé.

Dans sa spacieuse Audi, il a mis l'*Œdipe roi* de Stravinsky à fond la caisse. Il en rit lui-même mais il aime beaucoup cet air. Et il camoufle le bruit de mauvais augure que fait sa voiture ces derniers temps. Prendre rendez-vous avec le garagiste, le faire, ne pas reporter. J'appelle demain.

Noël le 14 décembre, rien que ça ! Ce qu'il va faire lui-même à Noël, il ne le sait pas encore. Je suppose que ce sera encore un dîner chez Peter et Suzanne. L'année dernière, Hanna était encore là et chacun savait que c'était la dernière fois. Ça ne nous mettait pas vraiment en appétit.

Drik quitte l'autoroute, il roule maintenant à travers un bois de sapins. Il ralentit en voyant un panneau représentant une biche qui traverse la route. Noël est haut placé sur l'échelle du stress – oui, il y a pire, la guerre, la mort d'un partenaire et un déménagement, mais ensuite, on se retrouve vite sous le sapin. Avec la famille. Il s'en rend compte en thérapie : les époux se disputent au sujet des visites obligées aux parents, les parents se fâchent si les enfants s'enfuient aux sports d'hiver, les chagrins d'autrefois remontent à la surface et les vieux reproches se ravivent quand la fin de l'année approche.

Colère et culpabilité. Drik a pris l'habitude d'interroger ses patients à l'avance sur leurs projets pour Noël. Ils ont ainsi le temps de se préparer aux confrontations qui les attendent et de prendre conscience des émotions qui s'y rattachent. La famille d'origine a la capacité de vous aspirer, de vous faire retomber dans le rôle que vous teniez autrefois et la plupart du temps, de même qu'alors, vous n'êtes pas en mesure de vous en libérer. En en parlant, en fantasmant le déroulement du repas familial, il est souvent possible d'utiliser les acquis de la thérapie dans la sinistre réalité. Pour la première fois, le patient ne se laisse plus provoquer par un frère qui rivalise avec lui, pour la première fois, il ne se renfrogne plus, blessé, dans sa coquille, sous les reproches voilés de sa mère, pour la première fois, il n'essaie pas, avec vingt ans de retard, d'obtenir l'approbation de son père. C'est précieux, quand ça marche, Drik est content d'exercer sa profession.

Préparer les patients à maîtriser le déroulement des fêtes de fin d'année est une chose, les passer soi-même de façon satisfaisante en est une autre. Drik n'est pas homme à partir en voyage organisé à la Terre de Feu. Rester seul chez lui et faire comme si de rien n'était, ce n'est pas trop son genre non plus. Reste la famille.

À l'accueil de la maison de retraite, il la sent déjà : l'odeur de pisse mêlée à une odeur de pin synthétique. Par les portes vitrées, il jette un coup d'œil dans la salle commune, le “salon”, où les vieilles personnes affaissées dans leur fauteuil roulant laissent errer leur regard dans le vide. S'accrocher, il doit le faire. Que cet enfer existe ne signifie pas que lui aussi y finira ses jours. C'est mon père, ce n'est pas moi.

Comme il ne voit pas Hendrik de Jong dans la salle commune – il ne s'y rend que quand il y est obligé, à l'heure des repas par exemple, parce qu'il déteste la musique populaire qu'on met toujours trop fort – il emprunte le couloir qui mène à la chambre de son père. Ça le fait passer devant le bureau de la directrice. La porte en est grande ouverte en accord avec la politique cordiale et transparente de l'établissement.

— Monsieur De Jong, vous voilà enfin ! s'exclame la femme depuis son bureau aussitôt qu'elle l'aperçoit. Je vous attendais plus tôt.

Drik est persuadé qu'elle est aux aguets depuis des heures, trop contente de pouvoir lui faire la leçon.

— Vous avez le temps de vous entretenir un moment avec moi à propos de votre père. Nous tenons à avoir des contacts réguliers avec la famille et je n'ai eu que trop peu l'occasion de discuter avec vous.

Et c'est très bien ainsi, pense Drik, qui n'a certainement pas l'intention de discuter de ses rapports avec Hendrik avec une "administrative". Il trouve que la femme est bête, égocentrique et rancunière. Il doute que le fruit de ses observations, concernant son père, puisse l'étonner. La passion de ces gens-là, c'est d'asticoter le personnel soignant et de culpabiliser les visiteurs, soupçonne-t-il.

La femme a sorti un dossier du placard et elle commence à en lire des extraits. Monsieur est de plus en plus confus. Monsieur a tendance à s'isoler dans sa chambre, et nous pensons que ce n'est pas dans l'intérêt des résidents, qui est ce vers quoi nous tendons et ce à quoi nous tenons. Monsieur semble ne pas chercher à communiquer avec les autres patients.

Drik veut savoir quels médicaments on donne à son père et comment il réagit à ceux-ci. La direction ne peut pas divulguer ce type d'informations, pour cela, Drik devra se rendre à la consultation du médecin de l'établissement. Comme vous le savez certainement, le docteur Gaarland ne demande pas mieux que de délibérer avec la famille.

Il se lève, il n'a vraiment pas envie de ça. Cette visite est déjà assez pénible en soi et c'est sur cette pénibilité-là qu'il veut se concentrer. Il n'a donc pas intérêt à s'énerver pour des broutilles. La femme semble sentir que son attention se déplace vers le véritable but de sa visite, elle lui envoie un dernier coup alors qu'il est dans l'embrasure de la porte, sous une décoration de branches de sapin et de boules de Noël.

— Vous savez, la plupart des résidents sont chez leurs enfants à Noël. C'est aussi une des raisons pour lesquelles nous avançons la fête ici. Nous ne voulons pas priver nos clients d'une immersion dans leur famille, vous comprenez ? L'année dernière, nous avons eu tellement de demandes de la part des familles, qui nous priaient de les laisser prendre un père ou une mère avec eux pour Noël. Nous répondons volontiers à ce genre de demande.

Bien sûr, pense Drik, comme ça, vous pouvez faire fonctionner la baraque avec trois pelés et un tondu et laisser les enfants, qui, soit dit en passant, paient le prix fort pour la qualité des soins mise en avant par l'établissement, se taper tout le boulot. Il sent la moutarde lui monter au nez mais serre, néanmoins, la main de la femme.

— Eh bien, je vous souhaite par avance de très bonnes fêtes de fin d'année, dit-il.

La porte de la chambre d'Hendrik est entrouverte. Le règlement, sans doute. Drik jette un dernier regard sur le long couloir, respire profondément et pousse la porte. Un lit haut sur pieds avec des barrières de sécurité domine la petite pièce. Au pied du lit, près de la fenêtre, il y a juste la place pour un fauteuil. À côté du lit, il y a une haute armoire pour les vêtements et les effets personnels. Voilà donc le pauvre domaine de son père. Finies les longues bibliothèques, l'installation musicale, les étagères avec les bottes.

Le vieil homme regarde par la fenêtre. Il a des pantoufles aux pieds et porte une chemise d'aspect satiné que Drik ne lui connaît pas. Il fait très chaud. Drik fait un pas en avant et claque la porte. Pas de réaction.

— Papa ? Je suis venu te voir.

Le vieil homme se tourne lentement. Sa chemise n'est pas boutonnée, elle pend et elle est trop serrée aux avant-bras. Elle laisse voir un maillot de corps douteux. Non mais, regarde-le, pense Drik, c'est ton père, avec un pantalon taché et un chemisier de femme. Regarde. Sous les cheveux blonds grisonnant, les yeux laiteux glissent sur Drik. L'homme farfouille dans la poche de son pantalon, il cherche quelque chose

— C'est moi, Drik, ton fils.

— Vous pouvez m'aider à retrouver mon appareil auditif ?

Drik voit les lunettes de son père sur le rebord de la fenêtre, il les lui tend. Hendrik les chausse, ses mains tremblent.

— On va s'asseoir, dit Drik. Il met Hendrik dans le fauteuil et tire un tabouret d'en dessous le lit pour lui-même. Maintenant, l'homme regarde le visage de Drik avec attention. Il cherche, pense Drik, sous son crâne, il cherche en suivant les circuits délabrés de sa mémoire, des flashes de l'assistant en audiométrie, du médecin traitant, de son reflet dans le miroir apparaissent pour disparaître à nouveau ; il sent que mon apparence a quelque chose de familier mais il ne sait pas quoi et il met si longtemps à trouver ses mots que les images mémorielles s'effacent avant que la langue ne se mette en mouvement.

— Où est Suzanne ? demande le vieil homme soudain.

Drik sourit.

— Je suis là aujourd'hui, à la place de Suzanne. On va faire une petite promenade ? Il a une envie folle de sortir d'ici. Hendrik a toujours aimé marcher, de longues marches. Alors, allons-y.

Ce n'est pas une petite affaire : les chaussures, le manteau, la canne, en informer le personnel. Et puis, ils franchissent la porte d'entrée à petits pas, pénètrent dans le parc. Drik soutient son père, dont le pas est étonnamment leste et qui lève la tête de temps à autre pour regarder les arbres. De l'espace, de l'oxygène. La bonne décision.

On ne connaît pas bien la part exacte de l'hérédité dans les différentes formes de démence, pense Drik. Leida, la sœur jumelle d'Hendrik, a l'esprit vif et elle est bien dégourdie. Est-ce que je serai épargné ? Suzanne ?

— Je ne sais pas où sont passées mes chaussures de marche, marmonne Hendrik. Tout disparaît.

— Tu faisais souvent de la marche avec maman, essaie Drik. En Angleterre. De longues distances.

— Avec des enfants en bas âge, ce n'est plus possible. Tu verras. Parfois il est préférable de prendre des bottes. Marécages, par exemple.

Qui suis-je pour lui ? Est-ce que je dois l'amener ici, au présent ? Ou le ramener au passé ?

— Quand notre fils est né, notre fils Diederik, on a abandonné la marche. Pour un temps en tout cas.

— Vous êtes pourtant bien partis encore une fois après la naissance de Suzanne?

Hendrik s'immobilise et tourne le visage vers Drik.

— Ce fut une grosse erreur. Il ne faut jamais séparer une mère de son nourrisson. Un acte criminel, je suis bien placé pour le savoir.

Ils sont debout près d'un étang, le sentier s'en approche entre des panicules de roseaux desséchées où l'on entend remuer des oiseaux. Ou des rats, pense Drik. Il ne me reconnaît pas, cependant, je lui suis familier. À moins qu'enveloppé dans les voiles de la démence, on ne fasse confiance à quiconque vous emmène d'un air résolu. Je ne devrais pas le rendre encore plus confus. Ce que je fais là, ce n'est pas bien du tout.

— C'est comment alors? demande-t-il. Il incite gentiment Hendrik à avancer, ils traînent le pas sur le sentier parsemé d'aiguilles de pin, s'éloignent de l'étang, montent une colline. Il va y arriver? Sans problème. Le corps d'Hendrik est encore solide.

— La police vient contrôler, c'est connu. Ils ouvrent une enquête. Je ne suis quand même pas obligé de tout raconter?

Je perds mon temps. Si je veux savoir ce qui s'est passé à l'époque, il faut que je demande à tante Leida. Tante Leida a encore une bonne mémoire et toutes ses capacités intellectuelles. Drik sait que ce n'est pas une garantie, la mémoire ne nous livre que des récits repris et arrangés au fil du temps. Le résultat final n'a plus grand-chose à voir avec la réalité. Il est peut-être préférable, après tout, d'écouter les éruptions soudaines de la mémoire d'Hendrik qui jaillissent comme la lave d'un volcan et qui, elles, sont des blocs de matériaux originaux.

Ils sont en haut d'une colline où ils ont vue sur le bâtiment principal. De la lumière traverse les fenêtres, c'est un après-midi sombre et nuageux.

— Vous devez me ramener à la prison, dit Hendrik. Les permissions sont très brèves ici, vous savez.

— Oui, on y va, dit Drik, le geôlier. C'est l'heure.

Ils redescendent. Drik voit sa voiture sur le parking. Il se voit déjà rouler sur les routes étroites. Encore un peu de patience.

— Le crime, c'est la prison à vie, évidemment, murmure Hendrik. C'est comme ça, on n'y peut rien, je me suis résigné. C'est pour les enfants que c'est dur. Je ne suis pas un bon père pour eux. Il pleure.

Incontinence émotionnelle, pense Drik. Qu'est-ce qu'il radote d'ailleurs ? Que la maison de retraite est sa punition pour le meurtre de sa femme ? Il frémit quand il comprend le montage que son père a conçu, quel fardeau il doit porter. Il ne sait pas quoi répondre. Devant la porte d'entrée, il sort son mouchoir et essuie le visage d'Hendrik.

— Bon, on rentre maintenant. On va sûrement nous servir du thé. Et après, je partirai.

Dans le living, les décorations des fêtes de fin d'année sont allumées, un CD diffuse des chants de Noël.

— Vous désirez prendre le thé dans votre chambre ? demande une aimable aide-soignante. Plus tard, elle apporte deux grandes tasses de thé et une petite assiette avec des gâteaux de Noël en forme de couronne. Drik met du sucre dans une tasse, tourne avec la petite cuillère puis tend la tasse à Hendrik. Le vieil homme le regarde.

— Diederik ! Comme c'est gentil d'être venu ! Je suis si content.

Merde ! pense Drik, maintenant que je m'apprête à partir ! Il va avoir l'impression que je suis passé cinq minutes alors que je lui ai consacré tout un après-midi. Une pellicule fluorescente surnage à la surface du thé. Drik pose sa tasse. C'est dommage, ce n'est pas juste, mais c'est ainsi. Il y a des limites, et la limite de ce que je peux supporter aujourd'hui est atteinte. Il se lève pour prendre congé de son père.

— Je reviendrai bientôt, dit-il, hypocritement.

— C'est bien mon garçon. Merci de ta visite, ça m'a fait bien plaisir.

Drik se dépêche de s'enfuir.

Sauvé. Drik roule trop vite, il jure quand il se retrouve coincé derrière une Suzuki conduite par une vieille femme à un feu rouge. Sur l'autoroute, il appuie sur le champignon. Il voudrait courir, haleter, transpirer. Foncer dans l'Audi qui fait un bruit assez inquiétant est un pauvre substitut qui ne réussit pas à lui vider la tête. Introspection, il a appris ça pendant sa formation, le regard tourné vers l'intérieur et ne pas craindre ce que l'on découvre. Il n'en a vraiment pas envie à présent. Pourtant les pensées jaillissent sous son crâne, malgré lui.

Ça ressemblait à quoi, l'union de ses parents, qu'est-ce qu'il en sait ? Son père avait-il voulu avoir des enfants, sa femme ne l'avait-elle pas forcé ? Il avait été un père à distance, souvent en voyage et quand il n'était pas en voyage, souvent dans son bureau. Il s'en remettait à Leida, pour l'éducation.

Je sais seulement que je voulais partir, pense Drik, loin de cette table où les gens mangeaient en silence. Travailler dur à l'école pour ne pas redoubler et partir étudier le plus vite et le plus loin possible. Suzanne faisait des efforts, elle racontait des choses intéressantes pour retenir l'attention de son père. Elle aidait Leida à faire la vaisselle sans protester. Elle réprimait sa déception quand ça ne marchait pas. Une fois qu'elle avait rapporté, toute fière, de gigantesques betteraves boueuses du jardin de l'école, Leida les avait jetées à la poubelle, comme si c'était la seule chose qu'on pouvait en faire – elles sont spongieuses, avait-elle dit, il se souvient encore qu'elle avait employé ce mot. Il se souvient aussi du visage crispé d'une Suzanne silencieuse. Il ne se souvient d'aucune allusion à sa mère, par contre. Il y avait bien cette photo sur l'étagère à bouquins.

Il m'a effrayé avec sa remarque inattendue. Comme s'il avait poussé sa femme dans l'abîme sur ce sentier du littoral. Ça pourrait aussi bien être un désir secret, qui sait, il était peut-être jaloux des enfants, ce n'est pas si rare les hommes qui rivalisent avec des bébés ou des marmots, comme si c'était des adultes. Qui ne supportent pas que leur femme soit accaparée par le nouvel enfant. Il a dû l'obliger à partir une semaine avec lui dans l'espoir qu'entre eux, tout redeviendrait comme avant. Elle était peut-être désespérée, elle voulait retourner vers son bébé et son petit garçon, il était peut-être furieux et profondément blessé. À présent, il doit expier cette fureur en fantasmant qu'on l'a emprisonné. C'est possible, c'est une hypothèse plausible. Mais impossible à vérifier, ce qui arrive souvent en psychanalyse. Nous, les psys, nous sommes des diseurs d'histoires et notre meilleure histoire est celle que nous assénons aux oreilles du patient. C'est l'histoire sur laquelle nous

nous mettons d'accord en cours d'analyse, celle qui deviendra la vérité vers laquelle convergeront toutes nos émotions et toutes nos fantaisies. Celle qui permet l'apaisement, et une structuration des pensées du patient sur l'image qu'il se fait de lui-même, et alors, nous pouvons préparer la phase d'adieu. Nous ne sommes pas des historiens, comme Rose.

J'ai pris peur. Je tourne autour du pot en philosophant sur ma profession. Il m'a fait peur. Mon père était, est, quelqu'un qui peut traduire ses émotions en actes destructifs. Qui est incapable de se refréner, de se dire : c'est juste une émotion, calme-toi, ça va passer. Il m'a fait peur.

À onze heures précises, la sonnette retentit et Drik va ouvrir. Il a ouvert la fenêtre de son cabinet quand le patient de dix heures est parti ; maintenant tout est en ordre, la fenêtre est fermée, le rideau que Rose a choisi est tiré, les lampes ont raison de l'obscurité de décembre. Il fait encore un peu froid dans la pièce.

Allard garde son écharpe. Il a jeté son manteau sur le divan. Il veut pouvoir partir sans s'arrêter à la patère, pense Drik. Il ne se sent pas en sécurité ici. Drik se déplace lentement, exprès. Il va s'asseoir tranquillement et regarde Allard. Le jeune homme a mauvaise mine. Il a l'air d'avoir maigri. Sa peau tire sur un jaune pâlichon, des ombres bleu-noir se dessinent sous ses yeux irrités.

— Comment vas-tu ? demande Drik.

Le jeune homme s'agite sur sa chaise, croise les jambes, balance les pieds. Baskets, chaussettes sales. Silence.

— Ça m'avance à quoi ? Je ne dors presque plus.

Drik pose les questions qui s'imposent : difficultés à s'endormir, dormir d'une traite, se réveiller? Rêves, pensées angoissantes? Comme il n'a pas de réponses claires, il reprend la première partie de son communiqué.

— Tu trouves que tu devrais aller mieux maintenant que tu es en thérapie?

Le jeune homme se recroqueville sur lui-même. Il ne dit rien.

— Je pense que ce que tu veux dire, c'est que je ne fais pas bien mon travail. Tu te donnes la peine de venir régulièrement ici et le résultat n'est pas à la hauteur de tes espérances. Il se pourrait que tu me le reproches.

Allard opine du bonnet. Il n'en sort rien de plus. Autant vouloir faire courir un cheval de bois, pense Drik. Il a peur mais de quoi, pourquoi, comment, Dieu seul le sait. Il me donne l'impression de ne rien savoir et de tout faire de travers. Je n'arrive pas à penser, je commence à m'irriter. Et il n'est que onze heures cinq.

Allard se tait et fixe le sol. Tout à coup, Drik comprend : c'est son sentiment à lui. C'est lui qui a peur de ne pas être à la hauteur, qui n'arrive pas à penser. Il me fait sentir à quel point il est paralysé. Cette pensée est libératrice, Drik sent son irritation refluer.

— Tu sais, Allard, j'ai l'impression que tu as très peur de quelque chose. On pourrait essayer de comprendre ce que c'est. Ce qui t'angoisse. Je sais que tu as grandi sans père, cela pourrait avoir un rapport.

Allard lève brusquement la tête. Comment ça?

— Peut-être que je suis une sorte de père et que tu dois faire de ton mieux pour me plaire. Comme tu l'as fait avec tes professeurs, en secondaire puis à l'université. Je pense que tu n'arrives pas à croire que je n'attends pas que tu sois brillant, que tu n'as pas à accepter toutes les hypothèses que je te propose. Que je ne demande qu'une chose, c'est de pouvoir parler avec toi.

— Si c'est le cas, dit Allard lentement, si je suis vraiment en train de faire tout mon possible pour être le meilleur patient qui soit et pour me sentir drôlement mieux grâce à ce que vous me dites sur mon père, ce n'est pas avec ce baratin de psy sur pouvoir-parler-ensemble que ça va me passer.

Drik lui lance un regard interrogateur.

— Je trouve que ça ne veut rien dire, poursuit Allard, et je n'y crois pas. C'est du blabla de thérapeute. J'ai du mal à croire que vous êtes sérieux.

Drik explique que c'est justement là le problème. Il essaie de féliciter le jeune homme en lui faisant valoir que, tout à l'heure, il avait réussi à manifester une partie de sa colère envers lui. Il essaie de dire que la maison ne s'est pas écroulée pour autant et qu'ils sont encore tranquillement assis l'un en face de l'autre.

Puis il y a un assez long silence. Pas un silence gêné ou ennuyeux, plutôt un silence pour souffler, pour se reprendre.

— Ça ne m'a pas échappé, vous savez, la seconde fois que je suis venu ici. Toute la pièce transformée. Tout rénové, embelli. Pour moi, c'est ce que j'ai pensé. J'ai passé un test, la première fois. Avec succès, alors vous avez acheté un nouveau tapis. Il a un rire railleur. C'est ainsi que je pense.

— Oui, dit Drik. Comme si tu devais passer des examens partout et toujours. Tu n'as évidemment pas le droit de te planter.

Allard semble se détendre. Les épaules s'affaissent, le visage est plus ouvert. Triste aussi. Mais ne pas réagir pour le moment, pense Drik.

— J'ai eu du mal à partir ce matin. C'était la panique dans mon service. Deux nouveaux internements et des cris à n'en plus finir. Un homme a menacé une infirmière, il l'a coincée dans le couloir, il a soulevé une chaise à bout de bras et faisait le geste de la jeter sur elle. L'angoisse décuplait ses forces. On se dit que c'est le moment de prendre ses jambes à son cou, mais non, justement, c'est le moment où il faut y aller. Le psychiatre doit intervenir. C'est n'importe quoi. Tu passes des années à étudier, dans des bouquins, tu es supposé réfléchir, philosopher. Et ça te sert à quoi dans la pratique ? À se mettre à cinq pour maîtriser un mec dangereux ! Un vrai cirque. Quatre pour les bras et les jambes, un pour la piqûre.

— Et comment ça s'est passé, ce matin ?

Allard se frotte les yeux.

— On était tous sur le mec. Il a mordu un stagiaire à la jambe. Tout le monde criait et hurlait. J'avais la seringue avec l'Haldol à la main. Ils criaient que je devais piquer, qu'ils ne tenaient plus. Les autres patients ont paniqué, il y avait un boucan de tous les diables dans la salle commune. La musique à fond la caisse. Borsato*. J'étais pétrifié, incapable de bouger. Ils avaient retiré le pantalon du type, il fallait que j'aille vers ses fesses blanches pour y enfoncer l'aiguille. Faire cinq pas, me pencher, piquer. L'aiguille a rebondi sur le sol. Je l'avais lâchée.

* Marco Borsato, chanteur populaire néerlandais d'origine italienne.

Drik écoute. Il ne fait plus attention à l'horloge, il n'est plus irrité, il s'absorbe complètement dans le récit d'Allard.

— Des gens sont arrivés dans le couloir derrière moi. La troupe de secours. Quelqu'un avait appuyé sur le bouton alarme évidemment. Ma tutrice était avec eux. Elle m'a poussé, elle jurait. Elle s'est agenouillée près du patient, dans sa jupe impeccable. Elle lui a fait, elle, la piqûre. Et c'était terminé. Ils l'ont traîné jusqu'à la cellule d'isolement et elle s'est relevée. J'étais toujours là, paralysé par la peur, dans l'incapacité de penser. Elle est venue vers moi, elle a remis son pull-over en place. Et je lui ai tourné le dos, je suis parti. Enfui.

— Et quel effet ça t'a fait?

— Terrible. J'ai pensé : il faut que je parte sinon je vais la tabasser. J'ai pensé : je ne vaux pas mieux que le chauve qu'ils viennent de droguer. J'ai pensé : je ne veux pas faire ce métier. Je ne suis pas fait pour ça. Toutes sortes de jeunes femmes frêles le font sans problème. Moi, j'en suis incapable.

10

Livia Labouchère attend les invités dans le hall du restaurant. Le professeur Vereycken est arrivé le premier, il est en train d'enlever ses snow-boots dans le vestiaire lorsque Suzanne entre.

Elle n'avait pas envie. Elle avait envisagé de faire un échange avec Ab Taselaar, qui est de garde ce soir bien qu'il tienne un rôle très important dans l'équipe, en tant que planificateur d'opération, il aurait dû être là pour le dîner de Noël. Peter avait remarqué sa mauvaise humeur et demandé ce il y avait. Fatiguée, avait-elle marmonné, pas envie, c'est tout. Il n'en croit pas un mot, elle adore ses collègues, non ? Elle aime son unité, elle est bien intégrée. Suzanne avait haussé les épaules et posé ses jambes sur le canapé. Parler, des mots, avait-elle pensé. Ça la pique derrière les yeux, oh non, surtout pas, pas de larmes, stop, tout de suite.

— Depuis cette nuit où tu as pris cette jeune fille pour Rose, tu n'es plus dans ton assiette, dit Peter. Notre problème a soudain fait irruption dans ton bloc. Depuis, tu ne t'y sens plus en sécurité.

Elle s'était tue. Elle n'est pas très douée pour ce genre de discussion. Elle veut qu'il arrête. Elle voudrait pouvoir effacer complètement l'image de la jeune fille de sa mémoire. Après l'opération réussie, après la réparation des intestins et la reconstruction minutieuse de la symphyse endommagée grâce à l'intervention du chirurgien plasticien, la jeune fille était décédée la nuit même d'un infarctus inexplicable. Ce n'était pas sa faute, ce n'était pas elle qui avait dû annoncer la nouvelle aux parents, son rôle était joué depuis longtemps. Pourtant, un sentiment de désarroi ne l'avait plus quittée. C'était comme si elle avait, sournoisement, fait un échange déloyal avec quelqu'un, une mère, maintenant désespérée devant le corps sans vie de son enfant. C'est elle qui aurait dû être à sa place, elle qui, par une manœuvre perfide, avait réussi à conjurer le sort.

Résultat : elle avait pris encore plus de distance envers Rose. Ça l'avançait à quoi, ces pensées ? À rien, elles ne servaient à rien, elles ne résolvaient rien. Ce n'étaient pas seulement les quatre-vingts et plus – qui se retrouvaient à tout bout de champ sur la table d'opération pour qu'on leur change les valves cardiaques alors que les veines dans lesquelles le sang devait s'écouler avec plus de force seraient vite dans un état désastreux – qui mouraient. Mais les jeunes aussi pouvaient mourir, avoir une tumeur au cerveau, un mélanome, un accident de la circulation. Quand quelqu'un mourait sur la table d'opération, le chirurgien et l'anesthésiste devaient, ensemble, prévenir la famille. Pendant leurs études, ils suivaient des cours pour apprendre à "annoncer de mauvaises nouvelles". Quel âge pouvait-elle bien avoir ? Dans les vingt ans ? Elle ne s'était doutée de rien, elle n'avait pas eu le temps de comprendre. Annoncer la nouvelle sans tarder, avait dit le psychologue. Expliquer brièvement comment ça s'est passé, les détails viendront plus tard. Insister sur le fait que tout le monde a fait de son mieux et que tous les moyens ont été mis en œuvre. Puis prendre son temps et observer les réactions. Structurer, proposer quelque chose de concret – un verre d'eau, la possibilité de téléphoner – peu importait quoi, du moment que cela aidait les personnes concernées à sortir un moment de leur enfer. Suzanne laissait toujours la parole au chirurgien. Elle se tenait à côté de lui, mal à l'aise, pas à sa place.

— Va donc te pomponner un peu, avait dit Peter, ensuite je t'amènerai au restaurant. Et je viendrai aussi te chercher, si tu veux. Tu vas voir, ça va te faire du bien. Il l'avait tirée de son canapé et poussée dans l'escalier. Elle s'était mise à rire, malgré elle.

Maintenant, elle est face à Livia. Par-dessus les épaules de la secrétaire, elle examine la salle remplie de tables rondes décorées de branches de sapin et de discrètes touffes de cheveux d'ange. Des microphones sont installés dans un coin.

— Ravie que tu sois là, dit Livia. C'est le professeur Vereycken lui-même qui a composé le menu. On va faire du *speed dating*. Bel endroit, n'est-ce pas ?

— Tu as, une fois de plus, fait un très bon choix, dit Suzanne encore un peu décontenancée par l'annonce d'un *speed dating*. Ça se passe comment, pour les places ? On s'assied où on veut ?

Vereycken, débarrassé de ses snows-boots, se joint à elles. On se mélange, dit-il. Dans la mesure du possible. Les séniors avec les internes. Le but, c'est d'apprendre à mieux se connaître, on ne va donc pas s'asseoir à côté des vieux copains. Le personnel scientifique est également invité. Le mot d'ordre est "se mélanger".

De nombreux invités se pressent déjà dans le hall. Nous sommes habitués à arriver à l'heure, pense

Suzanne, ce qui explique que nous soyons une quarantaine à accrocher nos manteaux en même temps. Sans masque ou calot, les visages des collègues la prennent parfois de court, elle met un bref moment avant d'en reconnaître certains. Tjalling a le même costume crade que l'année dernière, Bibi a couvert ses épaules d'un batik bariolé. Les jeunes internes se sont rassemblés timidement dans un coin. Suzanne reconnaît le première année Jeroen et elle le salue. Devant l'entrée de la salle à manger, Vereycken et Livia font des signes pour inviter les gens à entrer.

— Vous ne devez pas vous asseoir les uns auprès des autres, dit Suzanne. Venez avec moi, on va se mélanger. Toi aussi ?

Elle s'adresse à une jeune fille maigre qui se tient près de Jeroen. La petite hoche la tête, trop contente, et commence à parler à Suzanne d'une voix douce – elle s'appelle Hettie, elle trouve ça formidable, un dîner auquel eux aussi sont invités, elle n'aurait jamais cru ça possible, une telle ouverture d'esprit. Elle rassemble ses cheveux lisses sur sa nuque et les relève avec une barrette. Des cheveux raides, rêches et blond filasse, pense Suzanne. Les gamines se font si facilement un chignon, on n'aurait pas pu, nous, autrefois, c'était une décision à prendre, cheveux relevés ou libres dans le dos, tous les matins, une bagarre avec des épingles et de la laque. Elle choisit une table et entraîne Hettie et Jeroen avec elle. Tjalling s'y est déjà installé, ça lui fait plaisir et ça la rassure. Elle se glisse auprès de lui. Peu après, Birgit et Kees viennent se joindre à eux.

— Je n'avais pas envie, confie Suzanne à Tjalling, je ne voulais vraiment pas venir. Mais finalement, je suis contente d'être là.

— Nous nous plions à la discipline de l'unité. Très intelligent, la façon dont Vereycken s'y prend. Les internes se sentent intégrés. Les nouveaux doivent retenir des dizaines de noms en un temps très court. Ça va leur faciliter les choses. Je me prête volontiers à ce genre d'initiative. Et en plus, je peux, pour une fois, discuter tranquillement avec toi.

On sert du vin. Vereycken va se placer derrière un microphone et souhaite la bienvenue à tous. Où est Simone ? se demande Suzanne tout à coup. Est-ce qu'elle est de garde ? J'aurais dû l'appeler. Demain. Lui faire un rapport. Ne pas oublier.

— Un peu d'attention, dit Tjalling.

Le professeur remercie Livia pour tout le mal qu'elle s'est donné et témoigne sa reconnaissance à tous les séniors de s'être aussi vite impliqués dans la nouvelle structure des formations. Il a un mot gentil pour les internes et félicite les chercheurs du centre antidouleur car leur unité vient d'obtenir une grosse subvention.

— Nous sommes presque une soixantaine de personnes réunies ici. Ce n'était pas faisable d'inviter aussi les infirmières anesthésistes, les infirmières de bloc et les équipes de nettoyage. Prenons quand même conscience que tous ces employés font, eux aussi, partie de notre unité. Nous formons un ensemble, ne l'oublions pas. Voilà. Il ne me reste plus qu'à vous souhaiter un bon appétit et une bonne soirée. Et je lève mon verre aux excellents résultats de l'année passée. Merci à vous tous.

Il sait vraiment comment s'y prendre, pense Suzanne. Il nous fait une remontrance, il nous signale que nous sommes trop nonchalants vis-à-vis du reste du personnel, que nous manquons de reconnaissance envers les équipes de nettoyage, et on dirait qu'il s'agit d'un conseil amical, d'une remarque en passant ; on n'a pas du tout l'impression qu'il nous tape sur les doigts. J'aimerais pouvoir en faire autant. Dire quelque chose à Rose sans que cela ait tout de suite l'air d'une critique. Ce n'est pas donné à tout le monde.

— Complètement dingue, entend-elle Tjalling dire. Elle se retrouve, d'un coup, dans la réalité du moment présent. De quoi parle-t-il ?

— Si quatre personnes différentes viennent vous demander comment vous vous appelez et de quoi on va vous opérer, vous vous dites qu'il y a quelque chose qui cloche. Que vous êtes chez les fous. C'est complètement absurde, voilà tout.

Suzanne n'a pas la même vision sur les mesures de sécurité. Les erreurs d'identité sont des catastrophes. Avec la transparence exigée de nos jours, on ne te rate pas, et ton unité non plus. Tous les hôpitaux ont une commission des plaintes. Elle sait qu'en réalité, ce n'est pas évident de porter plainte, car sur le site, on ne trouve ni adresse, ni numéro de téléphone, mais le patient têtu s'informe ou appelle tout simplement un journal ou une émission télévisée. Tout l'hôpital est compromis et il est rayé des listes d'assurances. Des ennuis à n'en plus finir. Sans parler de ceux que vous crée le patient.

— C'est parce que nous ne nous connaissons pas, poursuit Tjalling. Trop grand. Trop nombreux. On discute de l'opération avec le patient en hôpital de jour et puis on ne le voit plus. C'est quelqu'un d'autre qui se penche sur lui le jour de l'opération. Encore un visage inconnu, qui veut connaître son nom et la nature de l'intervention. Voilà à quoi Vereycken devrait s'attaquer. Quelqu'un qui serait un tant soit peu expert en logistique concevrait un programme informatique pour cela. Si nous sommes capables d'opérer des gens à l'aide de robots, un tel schéma, ça devrait être de la gnognote.

On sert les entrées. Suzanne se fait verser un nouveau verre de vin.

— Pourquoi est-ce qu'on parle de ça, Tjalling. Raconte-nous plutôt comment tu vas. Tu vas prendre des vacances ?

— Je déteste les vacances. Je préfère travailler. Tu sais que je peux encore rester deux ans ? J'en ai discuté la semaine dernière avec Norbert Vereycken. C'est réglé.

— Pourtant elle approche, ta retraite.

— Infarctus pendant le boulot. Et ne vous avisez pas de me réanimer.

Suzanne pense à la réunion des séniors sur les suicides. Est-ce qu'elle doit maintenant dire ou demander quelque chose ? Tjalling a une femme, des enfants, des petits-enfants même. Alors pourquoi est-ce que le travail est la seule chose qui l'intéresse ? Courir au-devant de la mort, avait dit Peter un jour. Des hommes d'une soixantaine d'années qui s'entraînent comme des dingues sur des vélos de course ou des patins à glace dans l'espoir d'enrayer la déchéance.

Tjalling voit qu'il lui a fait peur et l'entoure d'un de ses bras.

— T'inquiète pas Suzanne. Quand j'en aurai fini ici, je ferai de l'humanitaire. J'irai opérer au Burundi. Il y a du travail partout.

Bram Veenstra, un jeune cadre idéaliste qui s'occupe de la formation en simulation médicale a pris le microphone et explique comment procéder pour le *speed dating*. Un tumulte de chaises déplacées s'ensuit. On dispose les chaises en deux cercles concentriques. La moitié des personnes présentes doit s'asseoir sur celles du cercle intérieur, l'autre moitié avance entre les deux cercles au son d'une musique joyeuse. Dès que la musique s'arrête, les marcheurs s'immobilisent et s'assoient sur les chaises du cercle extérieur, chacun s'entretient ensuite pendant trois minutes avec celui ou celle qui lui fait face.

— Et que ce soit un véritable entretien, s'écrie Bram. La prise de contact avec nos patients juste avant l'opération ne dure, elle aussi, que quelques minutes. Prenez le temps de mieux vous connaître. Ne posez pas de questions sur l'endroit où vous allez passer vos vacances ou sur votre nouvelle voiture mais sur quelque chose d'essentiel. Essayez d'avoir un vrai contact!

Suzanne se place dans la queue de ceux qui vont se déplacer. Bram appuie sur un bouton et une drôle de musique militaire retentit. La file se met en mouvement et Suzanne marche le long de ses collègues assis. Du coin de l'œil, elle voit Livia, Winston, Vereycken. La musique s'arrête brusquement, tout le monde s'affale sur une chaise. Elle se retrouve en face de Bibi.

— Sympa. Ça me donne l'occasion de bavarder un peu avec toi. Qu'est-ce qu'on fait exactement là, Bibi?

Bibi se penche en avant et pose sa main sur le genou de Suzanne.

— C'est comme pour une fête d'enfants! Je trouve ça rigolo. Et une bonne idée. Écoute!

Elles se taisent et, en effet, elles entendent le gazouillis enthousiaste d'une trentaine de conversations.

— Quel problème pourrions-nous aborder pour un véritable contact ?

— L'âge, dit Bibi. Des gens jeunes, comme toi, passent leur temps à opérer des vieillards. Sans savoir comment les personnes âgées vivent. Un grand nombre de ces interventions est inutile, ça ne retape personne, ou, quand ça arrive, on découvre autre chose qui se déglingue. C'est bien pour le chirurgien, ça lui permet de s'exercer. Et le planning est rempli. Elle secoue la tête : Je voudrais qu'on s'intéresse davantage aux enfants. Aux interventions qui sont vraiment nécessaires.

— Nous ne sommes pas Dieu, réplique Suzanne. Qui doit décider de laisser un cœur trop fatigué de côté ? Ils peuvent faire un pontage, donc, ils le font. Tu ne peux rien faire contre ça. Tu sais pourquoi Simone n'est pas là ?

Bibi jette un regard circulaire dans la salle. Elle avait l'intention de venir. Je ne sais pas. Peut-être des problèmes avec ses fils ?

La musique résonne à nouveau, Suzanne se lève.

— C'est un jeu de chaises musicales, voilà ce que c'est. On se reparle tout à l'heure.

Un peu plus loin, elle voit Hettie, assise, l'air abattu, avec un petit visage aux traits tirés. Juste avant que la musique ne s'arrête, Suzanne se laisse tomber sur la chaise en face d'elle. Ça provoque un certain remue-ménage, des gens qui se heurtent les uns contre les autres, mais finalement, tout le monde est à nouveau assis.

— Qu'est-ce qu'il y a ? C'était à ce point désagréable ?

Hettie renifle. Larmes.

— C'était qui ? Ça va aller ?

— Il a dit que je n'étais pas faite pour ce métier. Trop timide. Tu n'y arriveras jamais, m'a-t-il dit.

— De quoi avez-vous parlé ? Suzanne sent qu'elle se fâche. En voilà des manières, intimider une gosse comme ça. Pendant une fête en plus !

— Il a dit que je devais monter sur le marchepied, regarder par-dessus la toile. Observer le chirurgien, ne pas me laisser faire, exiger ma place. J'en suis incapable, il a dit. Des soubresauts secouent à présent ses maigres épaules.

— On laisse tomber le jeu, décide Suzanne. Viens, on va aller te rafraîchir le visage.

Elles sont près du lavabo, l'une à côté de l'autre, elles regardent dans le miroir. Hettie est secouée par un dernier sanglot.

— D'après moi, il y a deux sortes d'anesthésiste, explique Suzanne. Tu as ceux qui s'adaptent, les serviables, et tu as les dominateurs. Ces derniers se jettent dans la bataille, ils veulent être sur le podium, près du chirurgien. Ils exigent d'avoir, eux aussi, un contrat de soins avec le patient.

Hettie regarde dans le miroir. Elle retire la barrette de sa nuque. Ses cheveux lui tombent sur le visage.

— Je viens à peine de commencer, dit-elle. Je ne sais encore rien.

— Prends ton temps. Observe. Vereycken t'a engagée, non ? Cela signifie qu'il voit un potentiel en toi. Tu ne dois pas te laisser intimider aussi facilement. C'était qui ?

Hettie essuie ses joues avec une serviette.

— Je n'ai pas bien compris son nom. Il porte des lunettes.

— Jan-Peter, dit Suzanne. Oui, c'est un vrai coq. Il est très bon dans le boulot, mais il faut que ça se sache. N'attache pas trop d'importance à ses remarques.

Elle sort son téléphone de son sac et envoie un texto à Simone. Tu es où ? Tu me manques. La musique militaire pénètre jusque dans l'espace des toilettes.

— Ça va mieux ? On y retourne ?

Elles ne sont pas les seules à avoir abandonné les entretiens forcés. Hettie va rejoindre un groupe de première année qui se tient un peu angoissé dans un coin. Suzanne erre dans la salle et attrape au passage quelques bribes de conversation.

— Un dilemme ! À la fin de tes études, tu ne sais pas quoi choisir. Par exemple : tu restes. – Dans ce cas tu deviens sénior, tu fais des recherches. Statut ! Mais si tu t'installes en province, tu gagnes des milliers d'euros en plus. Des milliers !

Qui dit ça ? Suzanne se retourne et voit un homme de forte stature portant des lunettes avec une monture noire pérorer face à Winston. Le fameux Jan-Peter, infatué de lui-même.

Les discussions s'enflamment si bien que personne ne fait plus attention à la musique. Bram crie en vain dans son microphone. Des groupes se sont formés un peu partout, les chaises sont désertées.

— L'équipe antidouleur est une pustule sur le service. Une hypertrophie ! La douleur, il faut la supporter, un point c'est tout, non ?

— Quel point de vue calviniste, à rejeter. La science a fait des progrès depuis le XVIIIe siècle, tu es au courant ?

— Je trouve déplorable que des centaines de patients se fassent suivre pendant des années pour une histoire de douleur. Et déplorable que nous contribuions à cela.

Où est Berend quand on a besoin de lui, pense Suzanne. Il laisse passer une occasion de répandre la bonne parole. Mais est-ce que c'est le but ? Les langues se délient, les opinions cachées se dévoilent, violemment et sans frein.

Elle atterrit dans un groupe qui s'est formé autour de Rudolf Kronenburg et Luc, l'anesthésiste de l'hélico. Ils sont trop près les uns des autres et leurs voix sont trop fortes. Cela ressemble plus à une dispute qu'à une discussion.

— Faux, dit Kronenburg. Qu'est-ce que j'ai à voir avec l'aviation ? Qu'une de ces sauterelles nous permette d'arriver plus tôt sur les lieux de l'accident, d'accord, jusque-là, je te suis, mais ce culte pour tout ce qui vole, ça me dépasse.

— Les analogies sont nombreuses, dit Luc. Il s'agit de vie ou de mort. De se faire rapidement une idée globale de la situation. D'oser intervenir. De fonctionner sous un stress incroyable.

— Tu te laisses impressionner par l'uniforme. Dès que quelqu'un a des galons d'or sur les manches vous vous mettez à baver. Ces films d'instruction dont on gave les internes par exemple – c'est ridicule !

Le visage de Luc se fige. Je ne suis absolument pas d'accord avec toi. Tout le monde en reconnaît l'utilité. Les solutions standard pour les situations d'urgence doivent être automatisées et régulièrement répétées. C'est aussi vrai pour nous que pour les pilotes.

— C'est mortel ! Parce que ce sont des situations standard justement, on les connaît toutes et on s'ennuie à mourir pendant ces films.

— On le sait peut-être, dit Luc gravement, mais dans la pratique, il se trouve qu'on ne le fait pas bien. Cela provoque des accidents. Des victimes.

— Je ne vois pas comment un de ces chauffeurs de grosse mouche pourrait m'empêcher de commettre une faute. Tu t'extasies comme une ado devant ces frimeurs. Il n'y a vraiment pas de quoi ! Si ça continue, on va nous obliger à suivre les cours de ces képis, tu crois que ça m'enchante ? Si j'avais voulu être pilote, je serais allé à l'École de l'air.

— Ne t'excite pas comme ça Rudolf. Tjalling vient de se joindre au groupe. C'est plutôt une bonne idée de se faire la main avant de se lancer, de s'exercer dans une cabine de simulation, ou, comme c'est notre cas, sur un mannequin. Tu ne vas pas me dire que tu es contre ?

— Bon, en formation peut-être. Même si ça coûte la peau des fesses. Je suis contre l'idéalisation, le culte des héros. Il regarde Luc d'un air furieux : Ce n'est pas un gugusse habillé comme un clown qui va me dire comment je dois faire mon travail. Toi non plus, d'ailleurs.

Luc se raidit. Ah, non ? Et ce n'est pas toi peut-être qui oublies de contrôler les tuyaux à oxygène et qui fais flamber ton patient dès qu'on met la diathermie, réplique-t-il froidement. Le silence tout à coup. Suzanne voit le cou de Rudolf Kronenburg enfler. C'était un horrible drame. Le thorax s'était enflammé et le patient était décédé sur la table. Elle jette un regard circulaire sur le groupe. Luc a l'air intransigeant, les mâchoires serrées. Tjalling semble sur le point de répondre, mais à ce moment, la marche militaire éclate à nouveau dans la salle, suivie de la voix de Bram.

— Mesdames, messieurs, le plat principal va être servi. Veuillez prendre une chaise et vous asseoir auprès de votre *speed date* préféré(e). Je vous remercie.

Tout le monde mange. C'est reposant. Les gestes bien rodés – manger avec une fourchette et un couteau, ne pas parler la bouche pleine – ont un effet apaisant sur l'assemblée échauffée. Après le plat principal, les internes prennent place en ricanant dans un coin de la salle, puis ils entonnent un chant. Certains se cachent timidement derrière leur texte, d'autres chantent à pleins poumons. Winston, au premier rang, a une belle voix de basse.

Suzanne déteste les pièces de théâtre et les chants, que ce soit pour un mariage ou pour des départs. Les paroles, pour peu qu'on arrive à les comprendre, sont la plupart du temps le produit de faux sentiments, la mélodie est toujours mal choisie, le morceau pas assez travaillé. Parce qu'elle est gênée, elle n'écoute qu'à moitié. En fait, elle voudrait se rendre dans le couloir pour téléphoner à Simone. Tous les séniors ont droit à un couplet, cela, elle l'entend. Soudain, il s'agit d'elle. Elle rougit. Elle ne peut pas partir maintenant, quelle misère, elle aurait dû rester chez elle, pourquoi se laisse-t-elle influencer par Peter, ce n'est pas lui qui est assis à sa place, conne, conne, conne.

À sa surprise, les internes, dans leur chanson, la décrivent comme une jeune et sympathique maman du service, quelqu'un qui ne les intimide pas, qui ne s'agace jamais de leurs questions, qui ne rechigne pas à les aider ou à leur donner des explications. Quelqu'un qui les prend sous sa protection et sur qui ils peuvent compter. Elle se demande d'où ils sortent cela. Cela glisse un peu sur elle.

Dès qu'elle le peut, elle sort son téléphone de son sac et quitte la salle. Simone ne répond pas. Elle laisse un court message sur sa boîte vocale. Elle s'est sûrement couchée tôt. Elle a eu bien raison.

Ils sont en train de déguster une glace à la petite cuillère quand elle revient. Comme elle aimerait s'esquiver maintenant. Par solidarité, elle se glisse entre Luc et Livia. Il faut que je dise quelque chose de gentil, pense-t-elle, que je le console, après l'attaque de Kronenburg. Elle ne trouve rien.

— Tu veux ma glace ? Elle pousse son assiette à dessert vers lui. Il rit et Suzanne se détend. Elle bavarde encore un peu avec Livia puis se lève pour aller prendre son manteau. Elle ne se sent pas le courage de prendre congé. Très malpoli, pense-t-elle, carrément grossier. Râlant et jurant intérieurement, elle se faufile hors de la salle.

Il fait du vent. Sa jupe se soulève, elle a du mal à boutonner son manteau. Elle entend claquer la porte du restaurant, des bruits de pas, une voix : Je peux te raccompagner chez toi ?

Kronenburg. Il porte un chapeau à large bord. C'est risqué, pense-t-elle, ce chapeau ne va pas tarder à rouler sur la chaussée. Il est trop près, elle sent son haleine. Alcool. Comment s'en débarrasser ?

— Mon mari vient me chercher. Mais merci, quand même.

— Tu es sûre ? Il a l'air vexé. Il a une très belle voiture.

— Quelle horrible soirée, soit dit en passant. L'infantilisme de notre département ne connaît pas de limites, jusqu'à présent. Au revoir, rentre bien.

Tu ne devrais pas conduire, veut-elle lui crier alors qu'il s'éloigne, une main posée sur son chapeau. Elle ne le fait pas.

Et maintenant ? Appeler un taxi ? Elle prend son téléphone et cherche le numéro de la compagnie de taxis dans ses contacts. Son téléphone sonne avant qu'elle ne l'ait trouvé.

— Oui ?

— Suzie ? Peter. Je viens te chercher. Taselaar a téléphoné. Simone a été hospitalisée. Elle est au service de réanimation.

II

DÉVELOPPEMENT

11

Maintenant que c'est l'été, Peter et Drik se donnent rendez-vous tous les lundis matin à huit heures et demie sur le court de tennis. Pendant une heure, ils frappent des coups droits avec force, d'abord pour s'échauffer ensuite dans un match. Une haie de peupliers entoure le court. L'air est frais, il apporte l'odeur de l'herbe du terrain de football situé un peu plus loin.

Ils halètent et transpirent. Tous deux font de leur mieux pour attraper aussi les balles difficiles. Peter est souple, Drik déterminé. Le bruit des coups réussis le remplit de satisfaction, c'est un signal de paix, de compétence tranquille. Rien n'est plus important qu'une bonne frappe, au milieu de la raquette, contre une nouvelle balle de tennis.

Drik suit du regard le point jaune qui part de la raquette de Peter. Il prévoit la courbe de la balle, anticipe son trajet, se dépêche vers l'endroit d'où il pourra la renvoyer de façon optimale. C'est formidable quand il y arrive. Il n'a pas le temps de partager sa joie avec Peter, il doit regarder la balle, le filet, mais il sait qu'il est relié à l'homme qui lui fait face. Pas d'autre pensée que celle-là. Les autres reviendront quand il sera sous la douche, quand ils iront s'asseoir dehors, sous le soleil matinal et qu'ils commanderont du café.

Ils sont assis, les cheveux mouillés et les muscles fatigués. Quatre femmes leur ont succédé sur le court. Elles ont emmené les enfants à l'école, pense Drik, et maintenant elles se défoulent entre copines. Travailler ? Pas question. Elles ont fait des études universitaires coûteuses pour, finalement, jouer à la balle et ricaner ici. Mais je suis là moi aussi. Peut-être qu'elles ont une lourde nuit derrière elles, qu'elles étaient de garde comme infirmière ou agent de police. Il faut que j'arrête ces jugements négatifs.

Malgré leur joyeux intermezzo sportif, Peter a l'air abattu. Le croissant que Drik lui offre, il n'y touche pas. Ils parlent boulot. Ce n'est pas là qu'est la douleur car Peter est satisfait de la façon dont se passent les choses dans sa clinique et s'anime quelque peu quand Drik lui pose la question. Rose alors ? Un problème avec Rose ? Elle a peut-être un copain, dit Peter, même si elle ne le dit pas ouvertement. Ça fait un moment qu'elle parle d'un garçon qui l'emmène à un concert de temps à autre. Qu'elle voit le week-end. Alors elle ne vient pas manger à la maison.

— Donc, il travaille, dit Drik, s'il n'est libre que le week-end. C'est plutôt positif.

— On a envie de lui poser des tas de questions bien sûr, dit Peter. Quel âge il a, si c'est sérieux ou s'ils se contentent de voir venir, comment elle se sent avec lui et ainsi de suite. Dès qu'on la questionne là-dessus, elle détourne la conversation. Elle l'a rencontré dans l'orchestre, m'a-t-elle dit un jour en passant. Il l'aidait un peu au début. Il joue du violoncelle. En général, ce sont des gens sympas, les violoncellistes. En fait, cela ne me déplaît pas qu'elle garde ça pour elle, c'est Suzie qui a du mal à le supporter. Elle veut que les choses soient claires. S'il ne tenait qu'à elle, elle l'inviterait à dîner. Et elle lui ferait subir un interrogatoire à la table de la cuisine. Mais Rose ne veut pas en entendre parler.

— Cet orchestre doit bien donner des concerts ? Tu n'as qu'à observer le groupe des violoncellistes. À mon avis, tu te feras vite une idée.

— C'est pas bête. Je vais le suggérer. À propos, tu n'as rien remarqué chez Suzanne ces derniers temps ?

Le regard de Peter est impatient, anxieux presque. On dirait qu'il est timide, pense Drik. Le problème est donc là. Suzanne. Depuis le dîner de Noël, depuis que Peter lui a téléphoné pour la prévenir que Simone avait été hospitalisée et la conduire à l'hôpital, elle n'est plus la même.

— Tu sais, elle était persuadée que Simone avait tenté de se suicider. Taselaar nous attendait en réanimation, très sympa de sa part, et il a essayé d'expliquer ce qui s'était passé. Infarctus du myocarde. Son mari l'a trouvée, pur hasard, il venait de sortir mais il est retourné en vitesse à la maison parce qu'il avait oublié ses lunettes. Simone était dans la chambre à coucher, elle avait perdu connaissance.

Bref, on était là, Suzanne à bout de nerfs, tremblant de tous ses membres, moi inquiet et mal à l'aise et Taselaar qui parlait à voix basse de thrombolyse et d'insuffisance coronarienne. Qu'elle était sous morphine, qu'un stent était conseillé, que sais-je ? Suzanne n'avait pas l'air de réaliser, elle n'a réagi que lorsqu'il a parlé de morphine. Combien, a-t-elle demandé, et comment Simone se l'était procurée. Si elle avait laissé un mot d'adieu et pourquoi personne n'avait essayé de l'en empêcher. C'est alors que Taselaar s'est rendu compte que ça ne tournait pas rond.

Drik, qui connaît déjà l'histoire dans ses grandes lignes, fait plus attention à l'agitation dans la voix de Peter qu'au contenu du message. Peter est choqué, pense-t-il, maintenant encore. Sa femme, pragmatique et bonne observatrice, s'est laissé tromper par son imagination sous l'empire de l'angoisse. S'agit-il des séquelles d'une période très stressante ou le signe avant-coureur d'une décompensation ? Une légère inquiétude lui serre l'estomac. Il doit enfourcher sa bicyclette à dix heures et demie s'il veut arriver chez lui à temps pour la séance avec Allard Schuurman. Il jette un coup d'œil discret à sa montre. Dix heures, il a le temps.

— Elle a mis longtemps à comprendre. Nous étions dans un de ces réduits oppressants où l'on entasse des dossiers, Taselaar faisait des allées et venues avec des tasses de thé en débitant des passages du manuel des maladies cardiaques. Son bipeur a émis un signal, il a dû partir. Il faut que j'arrive à la détromper, me suis-je dit, je me suis retenu de la gifler. Oui, c'est ça, l'impuissance. Je lui ai parlé sévèrement. En la regardant dans les yeux. Je lui ai dit lentement et clairement que Simone n'avait pas cherché à se suicider. Un infarctus, une maladie cardiaque, ai-je dit, mais regarde, nous sommes à l'unité coronaire. Et là, elle s'est mise à pleurer.

Drik est énervé. Ça l'irrite de redouter une séance à ce point. Car, il faut bien le reconnaître, il répugne à se retrouver en face d'Allard. Mais pour quelle raison ? Il n'arrive pas à mettre le doigt dessus ? Le garçon, c'est ainsi que Drik le voit à présent, lui fait subtilement comprendre que sa thérapie débile ne lui apporte rien, que ses interprétations lui semblent tirées par les cheveux et ridicules, qu'il méprise profondément les psychothérapeutes et leur discipline. Il devrait être en terrain connu, Drik s'est souvent fait insulter, soupçonner, conspuer. Que je n'aie aucune prise sur lui, pense-t-il, c'est ce qui m'angoisse. Quoi que je dise, quelle que soit la chose à laquelle je relie ses moqueries, ça n'a aucun effet. Tout glisse sur ce garçon. Il dit que je comprends tout de travers, que je suis complètement à côté de la plaque, ou alors que c'est formidable, qu'il n'a jamais rien entendu d'aussi clarifiant – sauf qu'il n'en pense pas un mot, ce n'est que le préambule d'une nouvelle mise en boîte. Il faudrait que j'en parle à la prochaine soirée d'intervision, mais cela me gêne. Je vais faire piètre figure devant mes collègues. C'est ridicule, qu'est-ce que ça peut bien me faire ? Il faut que j'arrête de ruminer. Qu'est-ce que je pourrais bien dire à Peter ? Quelque chose pour l'aider à relativiser, pour l'apaiser ?

Le serveur leur apporte du café sans qu'ils aient eu besoin de le commander. Le soleil prend des forces, Drik le sent sur son visage.

— Tu ne devrais pas te faire autant de mouron. Suzie a subi une perte à la mort d'Hanna. Ça remue les pertes anciennes, tu le sais bien. Il n'est donc pas étonnant qu'elle craigne de perdre à nouveau quelqu'un. C'est pour cela qu'elle prend une patiente qu'on amène aux urgences pour Rose et qu'elle pense que sa copine a voulu se suicider. Laisse-lui le temps. Ne la presse pas trop. Suzanne est plus forte que tu ne le crois.

Je minimise son angoisse. Je veux, pour une fois, qu'il m'écoute. Qu'il me rassure à propos de cet Allard. Mais il faudrait d'abord que je laisse voir mon inquiétude et, apparemment, je ne le peux pas. Je voudrais qu'on soit encore sur le court. Je m'en vais. Besoin de pédaler.

Chez lui, il retire sa tenue de tennis de son sac et la met dans le lave-linge. Il ne sépare plus le blanc de la couleur à présent, il entasse tout dans le tambour. Ce qui en ressort coloré, il le jette. C'est tout ou rien, plus de demi-mesures. Dans les toilettes, il se regarde dans la glace. Un vieil homme au visage rougi par le soleil. Peut-on voir qu'il est seul ? Qu'il a du mal à s'en sortir ? Qu'il doit lutter contre le sentiment d'être d'une incompétence crasse ? Il claque la porte des toilettes et se dirige vers son cabinet en faisant résonner ses pas sur le sol. Le dossier d'Allard est sur le bureau, il avait l'intention de le parcourir rapidement mais il le replace sans l'avoir ouvert dans le tiroir. Aller, sans idées préconçues, à la rencontre du patient, c'est ce qu'il y a de mieux. Il se rencogne dans le fauteuil du bureau. Sympas, ces rideaux, Rose a fait du bon travail. En tout cas, sur l'aménagement de la pièce, il n'y a pas à dire, ça fait très professionnel. On sonne. Il se lève, comme mû par un ressort, pousse le fauteuil à sa place, contre le bureau, et va ouvrir.

Chaque fois qu'il s'apprête à tendre une main à Allard, il a, brièvement, peur que le garçon ne la refuse. Maintenant aussi. C'est n'importe quoi. Allard a aujourd'hui l'air aimable et s'engage sans hésiter dans le couloir. Drik ferme les portes. Ils sont assis l'un en face de l'autre, patient et thérapeute. Ils se taisent.

Après un bout de temps, juste pas trop long, Allard dit que quelque chose lui est arrivé. Qu'il veut en parler. Par où doit-il commencer ?

— Dis-le comme ça te vient. Pendant que le garçon raconte, Drik s'en veut à nouveau d'avoir parlé. Rien ne m'oblige à mettre ce garçon à l'aise. Laisse-le donc cafouiller et ramer, ça n'a pas d'importance, ça me donne des informations supplémentaires. Je me laisse enfermer dans le rôle du père sympa. Est-ce que, par hasard, je voudrais être sympa et serviable à ses yeux. Il faut que j'enregistre cela. Pour l'instant, j'écoute et je regarde. Il croise les jambes et se carre dans son fauteuil.

— Service de psychiatrie fermée pour personnes âgées, c'est là que je travaille maintenant. Pas de déments, mais le topo habituel : troubles de l'humeur, psychoses, angoisses.

Drik opine du bonnet. Il en reste là. Il ne bouge pas, ses mains sont tranquillement posées sur les bras du fauteuil.

— Les dépressions, c'est délicat. Diagnostic difficile, parfois quelqu'un donne plutôt l'impression d'être apathique et désorienté. Dans ce cas, on transfère la personne en psychiatrie parce qu'elle est atteinte de démence sénile. C'est ce qu'ils pensent. Ou que nous pensons, dois-je dire à présent.

Il rit, cela sonne faux. Silence.

— Un vieux comme ça, il a vécu des tas de choses, vu des tas de choses. Et moi j'arrive avec ma petite liste. Il ne réagit pas, il ne me regarde même pas. J'ai pas l'air malin, avec mon bloc-notes sur les genoux. La plupart du temps, ils ne me comprennent pas. Pas d'intérêt. À moins qu'ils ne soient sourds. Parfois, il y en a un qui pique une crise, et qui me chasse. Les infirmiers ne m'aident pas non plus. Ils se moquent de moi.

Il se sent observé et jugé, constate Drik. Le fil conducteur, c'est l'angoisse. Les accès de colère de ces patients lui font peur parce qu'ils reflètent sa propre colère refoulée. Nier, minimiser, projeter – elle est longue, la liste des mécanismes de défense. Il les mobilise tous.

— Si les médicaments ne suffisent pas à soulager ces dépressions, on utilise les grands moyens, les électrochocs. Et comme notre unité fait des recherches là-dessus, on n'en est pas avare. Vous avez déjà assisté à une de ces séances ?

— Cela a été interdit pendant longtemps, dit Drik. Quand j'étais en formation, c'était considéré comme un moyen barbare. Et les patients mélancoliques, personne ne savait comment les traiter. Non, je n'ai jamais assisté à une séance de sismothérapie.

— Ça marche. Personne ne sait ni pourquoi ni comment. Le mardi, ils vont à l'hôpital, c'est là que ça se passe. Les psychiatres les accompagnent. C'est à eux de le faire. Une infirmière. Et un interne. Un bus passe les prendre. Ils doivent monter dedans. De vieilles personnes très affaiblies. Quelques-unes ont peur. D'autres sont affaissées sur leur ceinture de sécurité, l'air absent. C'est quand même bizarre d'avoir recours à un remède aussi lourd alors que personne ne peut expliquer comment ça fonctionne, non ? J'ai vu comme ça les retape, au bout de quelques séances déjà. Parfois, ça dure plus longtemps, on doit y aller trois bons mois, à raison de deux fois par semaine. Les effets positifs finissent toujours par se faire sentir. Il y a quelqu'un chez nous qui fait sa thèse là-dessus. Sismo chez les personnes âgées.

Drik change de position sur son fauteuil. Allard monopolise rarement la parole aussi longtemps, ce dont il veut parler n'est pas très clair, mais Drik ne s'ennuie pas, il en conclut que le narrateur est émotionnellement en accord avec son récit.

— La semaine dernière, au dernier moment, il a fallu que j'y aille. Le collègue qui d'habitude s'en charge avait un jour de congé. J'accompagnais un homme qui en était déjà à sa seconde série de chocs. La première était restée sans effets. Il avait le visage gonflé, les paupières qui tombaient, un vrai dépressif, quoi. Il ne disait pas un mot. L'infirmière s'occupait d'une femme qui, elle, n'arrêtait pas de parler. Une fois à l'hôpital, nous avons dû prendre l'ascenseur pour nous rendre dans une petite salle accolée à la salle de réveil. Je ne voyais que des gens qui venaient d'être opérés, sous perfusion, un moniteur au-dessus de leur lit. J'ai mis l'homme dans un fauteuil roulant, il était trop patraque pour marcher. Le psychiatre a regardé l'appareil, une petite boîte posée sur le rebord de la fenêtre, un truc qui ne faisait pas très sérieux. Mon patient a dû s'allonger sur le lit, il faisait tout ce qu'on lui disait, comme s'il n'avait pas la moindre idée de ce qui l'attendait. Peut-être que ça ne l'intéressait pas. Il a fallu enlever la planche au pied du lit, il aurait pu s'y blesser. Les chocs sont si intenses que les gens peuvent se briser les os. On leur donne des antispasmodiques sinon les crampes les enverraient directement dans l'au-delà. Cet homme s'en fichait. Il laissait faire. On lui a frotté la tête pour qu'elle soit bien propre et on a placé les électrodes. Ça m'a fait penser à une exécution.

Il fixe le sol d'un air gêné. Drik fait "hum, hum" pour l'encourager. Ici, rien n'est fou. On ne blâme pas, on ne juge pas. Allard ne se rend probablement même pas compte qu'il s'identifie au bourreau. Attendre. Ne rien dire.

Allard respire profondément et poursuit son récit.

— Un type est entré en tenue d'opération, avec un de ces drôles de bonnets sur la tête. Il s'est présenté à l'infirmière, Veenstra, c'est ce que j'ai compris, quelqu'un de l'anesthésie. Il m'a serré la main, à moi aussi. Il me prend pour le chauffeur de bus, ai-je supposé. Nous n'avons pas de tenue professionnelle, pas de blouse blanche. Rien ne nous distingue des patients. Ce Veenstra discute un peu avec le psychiatre. Les chocs unilatéraux n'avaient pas eu de résultat, on allait maintenant essayer des bilatéraux. On a posé une perf dans le bras droit et mis un garrot sur le gauche afin de le mettre hors circuit avant d'injecter le curare. Pour que la partie hors circuit puisse réagir lors de l'électrochoc. Ce qui permet de voir la durée de la crise. Faut pas croire, on y a réfléchi. J'ai regardé l'anesthésiste. Il parlait au patient, même si celui-ci n'avait pas l'air d'entendre. Le refrain habituel, que ça allait faire un peu mal, une petite piqûre, et qu'il allait s'endormir. Entre-temps, il avait posé la perf, rapidement et avec dextérité. J'étais dans un coin, la porte était ouverte si bien que j'avais vue sur la salle de réveil. Un Surinamien était en train de rire avec quelques internes. Ils prenaient des bonbons dans un seau. On a injecté un hypnotique au patient. En fait, on pouvait à peine voir qu'il était dans le coma, son visage était toujours aussi impassible. Le psychiatre a tiré bien fort sur l'élastique du garrot, qui était de son côté. Quand Veenstra a injecté le décontractant musculaire, on a vu l'homme se relaxer. Je crois. Le psychiatre a dit : "On y va", et il a appuyé sur un bouton. L'homme a tremblé et a eu des convulsions, mais pas trop, me semblait-il. Il a fallu recommencer.

L'anesthésiste a demandé qu'on ferme la porte, le boucan dans la salle de réveil l'incommodait. Entre les chocs, il mettait le masque à oxygène sur le visage de l'homme, pour qu'il puisse encore respirer. Quel cirque c'était ! L'infirmière a dû partir, elle parlait trop. Le psychiatre a tripoté des boutons et annoncé la seconde tentative. On pouvait voir les muscles se tendre, malgré le produit qu'on y avait injecté. Les forces déclenchées dans le corps de cet homme étaient gigantesques. Son visage grimaçait de douleur, se couvrait de rides, il fronçait les sourcils. Il avait l'air furieux ! Le psychiatre continuait à appuyer sur le bouton, ça n'en finissait pas.

Quand ça a été fini, on a retiré le tampon de gaze qu'on lui avait mis entre les dents pour qu'il ne se morde pas la langue, ensuite, on l'a réveillé. On l'a conduit en salle avec le lit et tout le reste. Veenstra m'a dit que je devais le surveiller un peu, l'électrochoc avait été très puissant. Je devais voir s'il n'était pas trop désorienté. Et mesurer sa tension artérielle. Et ils sont allés s'occuper du patient suivant. J'étais assis sur un tabouret à côté de mon patient et je m'imaginais qu'il me regardait. Mais en fait, je ne remarquais aucun changement.

— Comment tu te sentais là-bas ?

— Différent. Les patients sont allongés sur un lit avec des tuyaux partout. La plupart sont dans les vapes. On a amené un nouveau patient sur un lit, directement de la salle d'opération, le Surinamien a tiré les rideaux autour du lit, c'est le chef du service des endormis, eux, ils disent salle de réveil, et l'anesthésiste a fait sa transmission. Très vite. Ce qu'on lui avait fait, quels médicaments il fallait lui donner et à quelle heure, en une minute et demie tout était réglé.

Elle a encore écrit deux ou trois trucs, piqué un bonbon dans le seau – et elle a disparu. Très différent.

— Ça te plaisait, on dirait.

Allard se tait. Drik jette un coup d'œil sur l'horloge, camouflée par les plantes dans l'armoire neuve, légèrement en biais derrière la tête du garçon. Encore dix minutes.

— Ce psychiatre, c'est lui le bourreau, dit Allard en haussant la voix. Il a torturé cet homme. C'est de la maltraitance. Ça me répugne, je ne veux pas devenir comme ça. Les gens qui sont hospitalisés chez nous sont au bout du rouleau. On doit les empêcher de se suicider, on leur prend leur ceinture et leurs lacets. On a accroché un filet dans la cage d'escalier. Donc, si jamais ils n'y avaient pas pensé, ça pourrait leur donner des idées. C'est absolument effrayant. Sans issue. Le fond du trou. Et qu'est-ce qu'on fait ? On leur donne d'horribles médicaments, du poison pur qui reste incrusté dans ces vieux corps, parce qu'ils ne boivent pas, il n'y a pas de circulation des fluides, ça ne s'écoule pas. Si on rate l'empoisonnement, on les fait monter dans un bus, direction l'électrochoc. C'est dégoûtant.

— Tu ne veux pas faire partie des bourreaux. Ne pas être obligé d'utiliser des moyens agressifs contre des gens en détresse.

— Exactement, c'est exactement ça.

Le silence est lourd. Presque l'heure, pense Drik.

— Ce Veenstra, lui au moins, ce qu'il fait est positif. Veiller à ce que les gens n'aient pas mal, continuent à respirer, sortent du coma. Ça, c'est utile, ça apporte quelque chose aux gens.

— L'anesthésiste laisse le travail du bourreau aux autres, dit Drik. C'est grâce à l'anesthésie que le psychiatre peut faire ses électrochocs et que le chirurgien peut couper. Quand on travaille dans la santé publique, on n'y échappe pas : on est confronté à des interventions douloureuses. Apparemment, tu traduis ça par : agressif. Il va falloir examiner cela. Je veux dire : examiner pourquoi l'agressivité t'angoisse à ce point ?

Allard se lève d'un bond.

— C'est toujours la même chose ici, crie-t-il. Je raconte quelque chose qui m'occupe, qui est important pour moi et qui touche à mon choix professionnel, et la seule réaction que j'obtiens, c'est : tu as une peur maladive de la violence ! Honnêtement, c'est censé m'aider ?

Il quitte la pièce précipitamment, sans dire au revoir. Drik entend la porte d'entrée claquer. Il sort le dossier d'Allard du tiroir et commence à écrire.

12

Suzanne passe la grande porte à tambour de l'entrée principale et se retrouve tout à coup au soleil. Une matinée rayonnante. Les gens se pressent à l'intérieur de l'hôpital, le téléphone collé à l'oreille et le sac sur l'épaule. Tous ont une longue journée devant eux. Elle, elle est libre.

Cette nuit, elle était de garde et cela n'avait pas arrêté de défiler. Jan-Peter était son assistant. Il est capable de se débrouiller tout seul, une véritable bénédiction. Les deux salles d'opération avaient été constamment occupées. Pendant qu'il prenait soin d'une césarienne, elle se chargeait d'une importante intervention orthopédique. Elle avait téléphoné à l'orthopédiste au milieu de la nuit quand on avait amené un homme avec un fémur cassé, un jeune homme lourd et tatoué qui tenait à peine sur la table d'opération. Il avait fallu tirer et pousser pour le mettre dans la bonne position ; il faut avouer qu'il offrait un spectacle risible, une fois installé sur la table, les jambes écartées et les parties génitales ostensiblement dressées. L'infirmier de bloc les avait recouvertes d'une serviette. Les gigantesques arcs métalliques de l'appareil radiographique avaient encerclé la table d'opération et le

manipulateur radio, pédalant sur son t
lant, avait connecté le moniteur.

Elle reste debout sur la petite place
trée et s'étire. Deux journées de libres. C
sir sournois de sortir ainsi de l'hôpital, sur ses deux jambes, et de laisser les patients avec leurs maladies et leurs souffrances à l'intérieur. Le jeune homme à la fracture s'était réveillé un moment, crispé de douleur après l'opération. Pas étonnant, on l'avait tailladé et buriné comme dans un atelier de charpentier, on ne pouvait pas vraiment appeler cela une opération. De la construction, voilà ce que c'était, avec des écrous, des boulons et une perceuse. L'orthopédiste sautillait gaiement autour de la table, introduisant en godillant par une large incision la longue broche du fémur afin de la plaquer sur les morceaux d'os. Même après avoir perdu une vis dans l'imposante cuisse, il avait gardé sa bonne humeur et il avait patiemment cherché l'objet à l'aide de l'appareil radiographique. Tout le monde portait un tablier plombé. Il y avait toujours un petit moment de saisissement, quand on se levait, à cause du poids supplémentaire inattendu.

Pour permettre une bonne vue sur le moniteur, le champ opératoire n'était pas délimité par une toile verte mais par un morceau de plastique transparent. Cela renforçait cette impression de travailler dans le bâtiment. Suzanne trouvait ça agréable, il n'y avait plus de séparation entre le devant et le derrière de la scène, il n'y avait plus qu'une seule et même équipe. Le jeune homme perdait des litres de sang mais personne ne s'en tracassait. Vers la fin de l'intervention, il avait tellement glissé sur la table qu'il risquait d'en tomber. L'orthopédiste et les infirmiers anesthésistes avaient placé leurs épaules sous lui et, par à-coups, avaient remis le patient en position. L'orthopédiste avait bruyamment manifesté sa satisfaction, broche et vis se trouvaient parfaitement à la bonne place – Suzanne pouvait le réveiller plus souvent pour des interventions comme celle-là, il le faisait avec plaisir. Avant de partir, il avait remercié tous les membres de l'équipe, ils riaient, les sabots dans le sang, une vraie partie de plaisir. Alors que rien ne l'y obligeait, le chirurgien avait même aidé à transférer le jeune homme sur son lit.

Un chirurgien comme celui-ci, c'était une bouffée d'air, avait-elle pensé, ça te requinquait, quel étonnant contraste avec la chirurgie cardiaque. En cardio, les gens étaient sombres et sérieux. Le bavardage les déconcentrait, ils avaient des regards réprobateurs et tout un arsenal de remarques meurtrières. Perchés sur leur marchepied métallique, ils opéraient solennellement pendant des heures, brisant parfois le silence d'un juron mordant quand on ne leur passait pas la bonne pince.

Il fait encore frais dans le garage à vélos. Suzanne cherche et trouve le sien, attache son sac sur le porte-bagage et sort en pédalant. Un quart d'heure dans ce soleil et on est tout à fait réveillé, pense-t-elle, le corps n'a plus la moindre envie de dormir. J'irai quand même me coucher tout à l'heure, ne serait-ce que pour avoir l'impression qu'il y a eu une nuit. Pendant la garde, elle ne s'est pas allongée plus de trois quarts d'heure, vers cinq heures, dans le moment creux de la nuit, quand les interventions d'urgence sont faites et que le premier accident n'est pas encore arrivé. Les petites chambres pour l'équipe de garde sont reléguées dans une aile de l'hôpital qui n'a pas été rénovée depuis des années. Des réduits, nettement plus petits que des cellules de prison servent de couche provisoire à l'interniste, au neurologue et à l'anesthésiste. Dans chaque réduit, un lit étroit, un petit bureau avec une lampe démodée et un téléphone pour réagir quand on est bipé. Quand un accidenté est signalé, ils se précipitent en même temps hors de leurs chambres, comme des pompiers après l'alarme et ils courent à la salle de déchoquage, les cheveux en bataille et les vêtements froissés.

Elle ne dormait pas mais elle n'était pas mécontente de pouvoir surélever les jambes. Elle réfléchissait aux aléas du sentiment de compétence que les gens ressentent dans le métier. Quelqu'un comme Jan-Peter, par exemple, il a presque terminé sa formation et il donne l'impression qu'il sait tout et qu'il est capable d'improviser de façon adéquate dans n'importe quelle situation. Suzanne se souvient de ce sentiment, il apparaît pendant les années de formation et persévère jusqu'au premier gros pépin. Cela peut être n'importe quoi, ça arrive, les accidents, même si, dans la plupart des cas, tout se passe bien. Une sorte de pacte implicite nous incite à minimiser les risques de fiasco. L'anesthésie, c'est sans danger. Point. Les chirurgiens font des erreurs, c'est inhérent au travail. Suzanne avait mis un certain temps avant d'oser accepter que l'anesthésiste, lui non plus, n'était pas infaillible. Pour elle, cela avait été un jeune homme en bonne santé qui devait être opéré au coude. Il voulait rester conscient et n'avait pas peur. Suzanne avait fait un bloc axillaire et était fière de l'avoir réussi rapidement. Un peu plus tard, toute l'équipe était en panique, il s'était avéré que le garçon était allergique au médicament, il était en état de choc, impossible de le réanimer. Elle frémit encore après toutes ces années quand elle y pense. Ça peut arriver. Nous y sommes tous confrontés. On peut ne pas réussir à pénétrer dans les voies respiratoires et voir le patient s'étouffer sous nos yeux. On peut faire une erreur de médication qui fait que la tension monte de façon vertigineuse et que le patient meurt d'une hémorragie cérébrale massive. D'autres perdent l'illusion d'une maîtrise sans faille après une dispute avec le chirurgien qui se termine par des coups. Pour nous tous vient un moment où on comprend que notre métier est beaucoup plus complexe et dangereux que, dans notre candeur, nous ne l'imaginions. On a besoin de l'audace du débutant pour apprendre le métier mais ce n'est qu'avec le temps qu'on en saisit la véritable nature. Cela grandit lentement, et la plupart du temps, pas grâce aux succès mais aux échecs. Sur quoi Jan-Peter va-t-il se casser le nez ? Et est-ce qu'il sera soutenu par les collègues, comme ce fut le cas pour elle à l'époque.

Elle s'était retournée dans le lit étroit. Et si ce sentiment de sécurité durement acquis qui était le sien aujourd'hui venait à vaciller de nouveau ? Elle avait déjà vécu cela pendant la formation, et elle n'était pas la seule. Après la première année, les internes débordent de confiance en soi, mais plus ils apprennent et expérimentent, plus ils se sentent impuissants. Vers le milieu de la quatrième année et, en tout cas, en cinquième année, la courbe s'élève à nouveau de façon continue. C'était peut-être un mouvement ondulatoire, cette confiance en soi allait peut-être redescendre à zéro. Pourquoi ne parlons-nous jamais de ces choses-là ?

Le bipeur la piquait à la poitrine. Elle l'avait retiré de sa poche et l'avait placé près du lit sur le sol. Est-ce un sujet de discussion pour Vereycken ? Drik dirait sûrement que non. Chacun s'arme comme il peut contre le chancellement de l'estime de soi, il n'est pas très prudent de toucher à cela. Pourtant elle aimerait bien – elle s'était endormie.

Dans le soleil matinal, elle peut à peine retrouver ses réflexions nocturnes. Elle se réjouit à l'avance de la tasse de café brûlant dans la cuisine, du journal, du lit aux draps frais pour elle toute seule, de la maison vide et lumineuse.

Elle réussit à dormir jusqu'à environ une heure de l'après-midi. Plus tard, elle est assise, douchée et habillée, devant une énième tasse de café. Qu'est-ce qu'elle va faire maintenant ? Faire des courses et préparer un repas élaboré ? Téléphoner à Simone pour lui demander si sa réintégration se passe bien ? Après trois mois de rééducation, elle a repris le travail à mi-temps à l'hôpital de jour. Il faudrait quand même qu'elle y passe, prendre un thé, la soutenir. Elle ne bouge pas et le téléphone reste dans son sac. Elle n'a pas non plus une folle envie de téléphoner à la maison de retraite pour demander si son père se remet de sa grippe estivale. Il faudrait aussi qu'elle rende visite à tante Leida, elle ne trouve jamais le temps de le faire. Quand on n'est pas malade et qu'on ne se plaint pas, personne ne vient vous voir, c'est la vie. Pas moi en tout cas, je ne me bouge que pour ceux qui ont besoin d'aide. En ce moment, il y a quantité de gens que je n'ai pas envie de voir, mais il y a aussi quelqu'un que je verrais bien volontiers.

Bien sûr, voilà ce que je vais faire. Je vais tout bonnement faire un saut chez elle. Si elle n'est pas là, je remonte sur ma bicyclette et je pédale jusque chez Simone, ou le marchand de chaussures. Si elle est là, je verrai bien comment ça se passe, si je reste ou non. Je n'emporte rien. J'y vais à l'improviste.

Le soleil de l'après-midi éclaire la façade de la maison de Rose. La fenêtre à guillotine est remontée, Rose est penchée par-dessus le rebord, sa tête couverte de boucles brunes cinq mètres au-dessus de la rue. Suzanne lève la tête et regarde sa fille. Rose fume une cigarette.

— Deux secondes, je vais ouvrir !

Le visage à la cigarette disparaît, Suzanne ferme l'antivol de son vélo et attend devant la porte. Du boucan dans l'escalier, on trifouille dans la serrure, un juron. Et puis, son enfant.

— Salut mam.

Pas de remarque sur la cigarette. Les enfants qui quittent la maison font des tas de choses qui ne plaisent pas à leurs parents. Si je ne veux pas le savoir, je n'ai qu'à ne pas venir. Elle a ouvert, elle est devant moi. Ne pas lui demander si elle ne devrait pas être à la fac. Ne rien demander. Mais qu'est-ce que je vais bien lui dire, alors ?

— En me réveillant, je me suis dit : je vais passer la voir. On pourrait aller acheter des fleurs, pour ta chambre ?

— Monte deux minutes.

Rose s'envole dans l'escalier. Elle porte de vieilles chaussettes tricotées et une chemise de flanelle à carreaux.

— Tu veux du thé ? Je viens d'en faire. Elle soulève une grosse théière et remplit deux verres. Il n'y a pratiquement pas de place sur la table, elle est couverte de livres et de papiers. Il y a des courants d'air. La porte de la salle de bains s'ouvre en claquant sous l'effet du déplacement d'air. La lampe, au-dessus du lavabo, est restée allumée, Suzanne voit un blaireau sur la plaquette en verre sous le miroir. Un blaireau ! Ne pas faire de remarques, de toute façon, j'ai dû mal voir. Quand on n'a pas dormi de la nuit, nos sens peuvent nous jouer de drôles de tours.

— C'est beau, cette musique que tu as mise.

Rose opine du bonnet. Quintettes de Mozart. Avec deux altos. C'est chouette, hein ?

Suzanne sent ses épaules se détendre. Un peu. Comment il dit Drik déjà ? En se taisant, on laisse à l'autre la possibilité de s'exprimer.

Elle regarde Rose d'un air aimable mais sans rien dire. Rose range les papiers et entasse les livres.

— Je dois écrire un petit mémoire : "Les changements d'attitude vis-à-vis de la participation des femmes au travail dans la seconde moitié du XXe siècle." Donc tout un tas d'histoires avec le féminisme et compagnie. Ça ne m'emballait pas des tonnes. Alors, dans mon groupe de travail, on s'est partagé les tâches. Un des garçons va se taper le féminisme et une copine va étudier les hommes. Ce qu'ils en pensaient. Moi, je voudrais faire un portrait, une sorte d'illustration de ce que c'était dans la réalité. Une interview, avec une femme donc, de l'époque.

— Bonne idée. Et efficace, de diviser le travail.

Suzanne rit. Rose la regarde, l'air méfiant.

— Tu penses sûrement que je ne suis pas capable de faire des recherches, que c'est pour ça que j'ai opté pour une forme journalistique. On ne peut évidemment pas comparer avec ce que tu fais, ce que vous faites, avec vos batteries d'expérimentations et vos niveaux de signifiance. Mais je sais le faire. On reçoit une formation pour ça.

— Je ne fais pas du tout de recherches, dit Suzanne, décontenancée. Je devrais, tous les séniors en font plus ou moins, mais moi pas.

— Le journalisme, ça m'intéresse. Je veux devenir journaliste. C'est pour ça que j'ai choisi cette forme.

Ne pas dire qu'il y a de très bonnes formations de journalistes scientifiques. Elle le découvrira toute seule. Ou elle le sait déjà. Un blaireau ! Elle a un copain qui dort chez elle et qui se rase devant son miroir. Qui est ici chez lui. Et moi, je ne sais même pas où elle met ses serviettes.

— Tu sais déjà qui tu vas interviewer ?

— J'ai un entretien tout à l'heure. Avec mamie Leida. Elle était ravie que j'aie pensé à elle.

Ça, c'est une pierre dans mon jardin, pense Suzanne abasourdie. Elle se reprend. Elle cogitera plus tard.

— Eh bien, on va faire un tour au marché aux fleurs, on achètera un petit bouquet pour Leida, que tu pourras lui apporter. Et des fleurs pour toi.

Leida. En voilà une idée. Tout se passe derrière mon dos. Je ne savais pas qu'elles étaient aussi proches. Pourquoi pas, d'ailleurs, Leida est comme une grand-mère pour Rose. Je devrais me réjouir, trouver formidable que Rose s'intéresse à une vieille personne comme Leida. Mais pourquoi est-ce que ça m'affecte à ce point ? Est-ce que j'aurais préféré qu'elle m'interviewe, moi, sur les femmes qui travaillent ? Si je dis que je dois aller aux toilettes, je pourrai examiner ce blaireau.

Rose interrompt ses pensées en se rendant elle-même aux toilettes. Suzanne entend le flot du pipi, le ruissellement du robinet, le déversement de la chasse d'eau. Et maintenant, sa fille est devant elle, un bloc-notes sous le bras.

— Ça te dit de venir avec moi ?

D'abord : va au diable, et puis : sois plus proche de moi. Allez comprendre !

— Je ne vais pas déranger ? Pour l'entretien ?

— Ce n'est que le premier entretien, dit Rose. Je vais lui expliquer ce qu'on va faire. Et demander si je peux l'enregistrer. Ensuite j'irai encore la voir au moins deux fois. Toute seule.

Elles achètent un bouquet de roses. Rose, elle, ne veut pas de fleurs. Peut-être que son copain est allergique, pense Suzanne, ou qu'il va être jaloux s'il voit un bouquet chez elle. Peut-être qu'elle ne veut rien accepter de ma part. Être autonome. Laisse couler. Elle marche auprès de Rose, son vélo à la main.

Dans la rue où la foule se presse, elle aperçoit soudain la vitrine du boulanger belge.

— Ils ont de très bons gâteaux ici, c'est toujours là que notre secrétaire les achète. Je vais en prendre quelques-uns pour les apporter, tu es d'accord ?

Rose hausse les épaules et attend dehors. Suzanne examine l'assortiment. Est-ce que Leida a encore ses dents. Il vaut mieux prendre des choses molles, des madeleines ou des gâteaux à la noix de coco. Quelle corvée ! Ça m'épuise. Je voudrais avoir une relation normale avec ma fille, pouvoir dire ce qui me passe par la tête. Elle tâtonne l'intérieur de son sac à la recherche de son porte-monnaie et trouve un bout de papier avec la liste des patients dont elle devait s'occuper cette nuit. Tous ceux qui sont de garde se trimballent avec des petits papiers pliés comme celui-ci, des notes griffonnées à la hâte concernant l'âge, le diagnostic, les observations anesthésiologiques. Jamais un nom, ce n'est donc pas très grave si un de ces petits papiers demeure dans la poche d'une blouse blanche. Sur le seuil de la boulangerie, elle regarde une fois encore la petite note et se met à rire en pensant au jeune homme avec la fracture du fémur. Les jeunes gens guérissent vite ; les morceaux d'os sont solidement stabilisés, ça va s'arranger.

Près du vélo de Suzanne, Rose montre des signes d'impatience.

— Qu'est-ce qui te fait rire ?

— Rien, en fait. J'ai trouvé un truc de mon travail cette nuit. C'est complètement décalé par rapport à maintenant. Je veux dire, ici, dans la rue. Avec toi.

Rose a un regard mauvais à présent. Sûrement dit quelque chose qu'il ne fallait pas. Elles marchent en silence jusqu'au bout de la rue, tournent au coin, s'engagent sur une avenue. Ça a quelque chose de sympathique, se raser à l'ancienne. C'est mieux que ces appareils bruyants dans lesquels de vilains poils restent collés ; un nuage de poussière gris foncé si le machin se déboîte en tombant. Autrefois, les infirmiers rasaient les patients de près avant une opération. Maintenant, il arrive qu'on passe rapidement la tondeuse sur la table même. L'infirmier de bloc pose prudemment du papier adhésif sur le ventre du patient et le chirurgien y enfonce son bistouri. Ça fait une drôle d'impression, on dirait qu'il coupe dans du jambon qui n'est pas sorti de son emballage. Ils préféreraient carrément couper avec l'appareil diathermique qui, dans la foulée, cautérise les vaisseaux sanguins. Une odeur de chair brûlée se répand alors dans la salle d'opération. Une odeur agréable, trouve Suzanne, une odeur qui annonce l'effort et la concentration. C'est une aberration, quelqu'un de normal éprouverait l'envie de vomir. Elle, elle aime ça.

Le petit jardin devant la maison de Leida est rempli d'hortensias de différentes couleurs. Suzanne pense : la maison de Leida, mais c'est la maison où elle a grandi, où elle a habité avec Drik et leur père. À présent, Leida y vit seule. Est-ce qu'elle a débarrassé le bureau et la chambre de papa ? Est-ce qu'elle fait comme s'il était malade, qu'il allait guérir, revenir ? Son regard glisse le long de la façade. Au-dessus de l'oriel, elle voit les grandes fenêtres du bureau d'Hendrik. Ce qu'il y étudiait a toujours été une énigme pour elle. C'est une grande pièce lumineuse.

— Elle a fait installer son lit dans le bureau de grand-père, dit Rose. J'ai aidé à ranger les affaires de grand-père dans des cartons et à les transporter dans sa chambre à coucher. On pourra toujours les remettre à leur place, dit-elle. Elle n'a pas envie de monter chaque fois les deux étages. Il ne reviendra pas, n'est-ce pas ?

— Non, il y a de grandes chances que non.

— Elle s'en doute bien, tu sais, mais elle ne veut rien jeter tant qu'il est vivant. Et après, elle déménagera. Elle préfère habiter en appartement.

Rose a sonné. Suzanne sursaute au bruit familier de la sonnette, en partie parce qu'il la ramène directement dans le passé, en partie parce qu'elle réalise qu'il y a bien longtemps qu'elle n'est pas venue. La porte s'ouvre en craquant.

Comme elle se tient bien droite, pense Suzanne, pas de déviation de la colonne vertébrale, pas la tête d'oiseau en saillie au-dessus du tronc comme la plupart des femmes de son âge. Une vieille dame majestueuse, aux cheveux courts, aux ongles courts, une belle veste bleue sur un pantalon noir. Les pantoufles jurent un peu, par contre.

— Je viens t'expliquer comment va se passer l'interview, dit Rose. Maman est avec moi. Elle était passée me voir.

— Entrez donc, dit Leida. Elle embrasse Rose et lui fait signe de pénétrer plus avant. Suzanne suit, portant les gâteaux sur le plat de la main, comme une offrande.

— Tu ne travailles pas aujourd'hui ? Leida lui offre une joue douce et distante.

— J'étais de garde cette nuit.

Leida hoche la tête et la précède dans la pièce avec l'oriel. Dans la cuisine, au bout du couloir, Suzanne trouve le plat en porcelaine avec le motif à fleurs. Elle y dispose les gâteaux et reste un instant debout près de la fenêtre. Par les portes ouvertes, elle entend vaguement les voix dans le séjour. Elle se dirige de ce côté, en hésitant, elle s'attarde près de la porte, voit Leida et Rose conversant, assises l'une en face de l'autre.

— Tu veux que je m'occupe des roses ? Le bouquet est resté sur la table.

— Il y a des vases sous l'évier, dit Leida. Suzanne emporte les roses. De quoi s'occuper. Couper les tiges, enlever des feuilles, faire attention à ne pas se piquer.

Le hêtre du jardin est un géant à présent, son tronc est recouvert d'un épais manteau de lierre. Le jardin est bien entretenu. Est-ce que Leida s'agenouille pour enlever les mauvaises herbes ou est-ce que Rose vient l'aider là aussi ? Le vase rempli de roses dans les bras, Suzanne se tient, silencieuse, sur le seuil de la porte de la cuisine.

— Il n'était pas courant que les filles étudient à l'époque, entend-elle Leida dire. Prendre une chambre, dans une ville étrangère, non, ce n'était pas fréquent. On pouvait travailler comme infirmière, dans ce cas, on était pensionnaire, on habitait à l'hôpital. C'est ce que j'ai fait. Hendrik, lui, est parti étudier. Je suis allée lui rendre visite, une fois. Il habitait dans une maison d'étudiants où il n'y avait que des garçons qui se donnaient des airs d'importance mais qui n'avaient encore rien vécu. C'est ce que je me disais, à l'époque.

— Hendrik te manquait ?

C'est bien ce que je pensais, se dit Suzanne, on aurait dû avoir un deuxième enfant. Elle aurait voulu avoir un frère. Il lui manque un frère.

— Oui. Jusque-là, nous avions presque tout fait ensemble. Mais je le voyais souvent, tu sais, surtout quand il s'est fiancé avec ta grand-mère. Elle était mon amie.

— Et c'était comment, d'être infirmière ?

— On n'était que des filles. On nous appelait "ma sœur". Maintenant, on dit infirmiers ou infirmières, car les hommes sont entrés dans la profession. On se consacrait jour et nuit à notre profession. On portait des coiffes amidonnées. On suivait les cours, on travaillait, on mangeait et on dormait à l'hôpital – en fait, rien ne nous obligeait à en sortir. Ça me convenait. Ça fait si longtemps.

— En quoi est-ce que ça te plaisait ?

Il y a un moment de silence. Tout ce qui peut aller de travers chez les gens, c'est ce qui m'intéressait. La pathologie, la biologie, la fonction des organes. Je lisais beaucoup et j'écoutais attentivement quand les médecins discutaient entre eux.

— Peut-être que tu aurais dû être médecin toi-même.

— J'aurais certainement aimé faire ce métier. Mais les choses se sont passées autrement. On peut faire des projets, mais leur exécution ne dépend pas de nous seuls. J'ai l'impression que les jeunes filles d'aujourd'hui pensent que si, mais c'est faux.

— Et comment ça s'est passé, ensuite ?

Suzanne voit le profil de Rose par l'ouverture de la porte. Elle écoute en retenant son souffle, persuadée, naturellement, qu'elle, en tout cas, pourra mener ses projets à bien. Il faut y croire, d'ailleurs, à cet âge-là, sinon on n'arrive à rien.

— Quand on se mariait, c'était fini. C'était comme ça à l'époque. Je ne voulais pas de mari. J'ai terminé ma formation, avec un diplôme de sage-femme en plus. Dans ces cas-là, on te donnait une broche avec une cigogne dessus. Je dois l'avoir encore quelque part. Je voulais tout apprendre, tout savoir, c'est la raison pour laquelle je ne pouvais ni me fiancer ni me marier. Très jeune déjà, j'ai été infirmière en chef suppléante. En gastroentérologie, mon service préféré. Il m'arrivait aussi d'envisager d'étudier la médecine, tu sais, il y avait déjà des femmes qui devenaient médecins à l'époque. Pédiatres, en général. Je ne savais pas encore comment j'allais me débrouiller, pour le temps et l'argent, mais j'y songeais. Hendrik était prêt à m'aider, il avait une bonne situation.

— Et ça s'est passé autrement, hein ?

— Complètement. Du jour au lendemain, Hendrik s'est retrouvé seul avec deux enfants en bas âge. Une catastrophe. Il était désemparé. Il était bien incapable de s'occuper d'un bébé et de la bonne marche d'un ménage. J'ai démissionné et je me suis installée chez lui. À partir de là, mon travail, c'était la famille d'Hendrik.

— C'est terrible pour toi. Tu n'as pas trouvé très dur de devoir quitter l'hôpital ?

La chaise de Leida érafle le sol, comme si elle changeait brusquement de position.

— Bien sûr que c'était terrible. Du point de vue de la personne que j'étais à l'époque. Je n'ai jamais regretté. Ça s'est présenté comme ça et je n'ai pas hésité un instant sur ce que je devais faire. Cela m'a appris qu'il faut être prudent quand on se projette dans l'avenir. Et pendant sept ans, j'ai étudié et travaillé avec beaucoup de plaisir. C'est ainsi que je le vois. Plus tard, j'ai été heureuse de constater que cet intérêt s'était manifestement reporté sur les enfants. Tous deux ont décidé d'étudier la médecine. Ce que Drik a choisi d'en faire, ça ne me dit pas grand-chose, mais je retrouve en Suzanne la passion que j'avais à l'époque. Physiologie, biochimie, anatomie. J'aime beaucoup l'écouter parler de son travail. Non, pas de regret. Les choses vont comme elles vont.

Rose se tait. Suzanne pénètre dans la pièce, cachée derrière un vase rempli de roses.

13

Dans les semaines qui suivent la visite d'Allard à l'hôpital et sa confrontation avec la sismothérapie, il ne tarit pas d'éloges sur l'anesthésiste qu'il a rencontré à l'hôpital. Drik l'écoute avec une exaspération croissante, il n'arrive pas à évaluer l'instant propice pour, éventuellement, commencer à intervenir. Dans son besoin de déprécier la psychiatrie, Allard exprime, sans aucun doute, une colère qui le vise, lui et sa cure qui ne mène nulle part, mais il semble que c'est aussi un exutoire à l'angoisse qu'il éprouve dans son service. Drik considère cette idéalisation de l'anesthésie comme un mécanisme de défense contre l'agression. Peut-être que le désir d'un père attentionné s'y mêle aussi. Tout cela est possible. Quel fil doit-il suivre, qu'est-ce qui pourrait aider au mieux son patient? Cette réflexion n'a rien d'analytique, l'analyse ne tient pas particulièrement à soigner les gens. Elle veut comprendre. Ce qui arrive, à partir de cette compréhension, est de moindre importance. Une conception à laquelle Drik n'adhère pas. Pour lui, la psychothérapie doit aider les gens à se sentir mieux. De quoi souffre Allard, qu'est-ce qui le met en danger?

Il risque de perdre sa place en formation s'il ne parvient pas à surmonter sa peur des patients, si sa colère partiellement rentrée envers les psychiatres continue à transparaître dans son comportement. Ses dernières notes n'étaient pas terribles. Drik est stupéfait de ce qu'Allard lui apprend sur les méthodes d'évaluation actuellement utilisées en formation. "Trois cent soixante degrés", c'est ainsi que se nomme le nouvel instrument. Le malheureux interne doit distribuer des formulaires d'évaluation à des dizaines de personnes – collègues, cadres, infirmiers et infirmières, patients, secrétaires – qui tous, couverts par l'anonymat, peuvent lui mettre une note reflétant, d'après eux, son fonctionnement dans un domaine donné. Cela peut être "Relation avec le patient", ou "Collégialité", ou "Comportement professionnel". La personne évaluée récolte elle-même les formulaires remplis et les apporte, sans les avoir lus, à son professeur. Le verdict tombe un peu plus tard.

Cela rend Allard furieux, il appelle ça des commérages légalisés, pour lui, c'est un instrument pour bâillonner les étudiants critiques. La valeur didactique de la méthode ne le convainc pas.

— Le travail et la formation suscitent beaucoup d'émotions en toi, essaie Drik. Des émotions qui, parfois, te submergent. Elles influencent ton comportement. C'est désagréable pour toi et c'est mauvais pour ton parcours de formation. J'aimerais que nous nous penchions tranquillement sur les causes profondes de ces émotions et qu'entre-temps, tu t'efforces de mieux te contrôler dans ton service. Tu penses que c'est possible ?

Allard le regarde d'un air renfrogné. Je suis le bourreau, pense Drik, il faut en passer par là.

— Je me demande si le fait que je sois psychiatre n'est pas un obstacle pour toi ? Si tu te méfies de moi parce que tu me vois, moi aussi, comme un jouisseur distant et pervers.

Trop fort. Je me laisse entraîner par ses jugements catégoriques. Plutôt infantile, d'ailleurs. Est-ce que je dois nuancer, dire que je suis d'abord thérapeute et ensuite seulement, psychiatre. Je parle trop, c'est à lui de réagir maintenant, que je puisse du moins sonder où se situent ses priorités.

— Il faut que je me comporte bien au travail ? C'est ça le message ?

— Je ne veux pas que tu te coupes l'herbe sous le pied sans qu'on essaie de connaître les motifs qui te poussent à le faire.

Drik trouve qu'il parle comme un père sévère et se demande s'il ne s'est pas laissé rouler dans la farine. On dirait qu'il est responsable du bon fonctionnement d'Allard à son travail.

— Je me fais du souci pour toi, dit-il. Tu peux comprendre ça ?

Dans un des plis du manteau d'Allard, posé sur le canapé, un téléphone sonne. Allard l'extirpe sans se presser d'une des poches, jette un coup d'œil sur l'écran et fait disparaître le signal. Il jette l'appareil sur le divan et regarde Drik.

— Excusez-moi. Le service. Ça les fait rire, tous les deux.

— Oui, dit Allard, comprendre, je ne sais pas, mais oui, j'en suis conscient. Moi aussi, je me fais du souci. Depuis cet incident, je veux dire, depuis que je me suis sauvé, ma tutrice est très froide avec moi. Elle me tient à distance et je n'ose pas prendre rendez-vous avec elle.

— Et donc tu ne lui réponds pas au téléphone.

— Je fais l'autruche. Vous pensez sûrement que je dois lui parler. Il le faut d'ailleurs. Mais qu'elle lui enfonce l'aiguille comme ça. Avec sa petite jupe. À vous donner la chair de poule !

— Tu as peur d'elle ?

— Il y a de quoi, non ? Le type qui fait les séances d'électrochocs n'est pas mal non plus dans son genre. C'est lui qui supervise mon travail maintenant, en psychogériatrie. Un vrai sadique. Pas étonnant que j'aie peur.

— Et ici, c'est comment ? Drik fait une nouvelle tentative, mais il lui en coûte.

Allard lui lance un regard franc qui le surprend.

— Je ne sais pas très bien. Vous n'allez pas m'attaquer à coups de piqûres ou d'électrochocs, c'est vrai. Mais je suis sur mes gardes, je m'attends à être désavoué. Je dois être capable de faire face à cette violence, dans le service. C'est le message. Je suis une lavette à vos yeux.

— Tu ne dois rien du tout, dit Drik. Et ce serait bien que tu réalises que ce désaveu, il vient de toi. Tu me l'imputes, mais c'est ton propre jugement.

— J'ai du mal à croire que quelqu'un puisse s'intéresser à moi. Oui, ma mère sans doute, mais elle ne sait rien. J'ai rencontré une jeune fille, je vois bien qu'elle est folle de moi mais je ne percute pas. J'ai l'impression qu'il y a maldonne. Elle finira par me voir sous mon vrai jour et elle me laissera tomber, c'est ce que je me dis. Ce qui m'a plu chez cet anesthésiste, c'est qu'il accepte tout le plus simplement du monde. Un patient complètement à l'ouest avec qui il est impossible d'échanger trois mots, un type profondément dépressif qui vous pompe toute votre énergie avec son pessimisme, il était aimable avec eux. Plein de sollicitude ! C'est comme ça que j'aimerais être.

— Est-ce que tu ne voudrais pas plutôt dire que tu aimerais que les autres soient comme ça avec toi ? Que personne ne te rejette ou ne te juge, un monde sans hostilité. Tu as dit que tes parents avaient divorcé quand tu avais dans les cinq ans. Il se pourrait qu'à cette époque, tu aies assisté à de violentes disputes qui ont effrayé l'enfant que tu étais. Cela expliquerait cette aspiration à une harmonie parfaite. Dans la réalité, on n'échappe pas à l'agressivité. Ton anesthésiste enfonce des aiguilles dans les gens.

Mais quel blabla pédagogique débile. Pourquoi est-ce que je ne le laisse pas tranquillement réfléchir au divorce de ses parents ? Je ne suis ni un éducateur ni un père pour lui et pourtant il m'enferme à tous les coups dans ce rôle. Je laisse faire, je m'en rends toujours compte avec un temps de retard. Ce besoin d'idéaliser me rend dingue. C'est hermétique, il veut conserver ce fantasme à tout prix.

— Veenstra pique pour la bonne cause, c'est pour sauver le patient. Il lui évite la souffrance. Il lui donne de l'oxygène. Il le garde en vie.

— Sauver, protéger, ressusciter, s'agace Drik. Ce n'est quand même pas Jésus-Christ, ton anesthésiste ! C'est entièrement irréaliste, non ? Ce que tu en fais, c'est n'importe quoi.

Est-ce que je dois lui dire que ma propre sœur exerce cette fantastique profession ? Il me croira peut-être alors ? Drik a du mal à refouler un grognement. Allard s'est levé. Ce n'est pas encore l'heure. Drik n'est pas en mesure de le retenir.

Une semaine plus tard, Allard lui signale qu'il a parlé avec sa tutrice. Il s'est excusé d'avoir fui et promis de s'amender. Entre-temps, il travaille à nouveau au service admission en étroite collaboration avec elle. Il semble avoir réussi à maîtriser sa peur. Il observe une infirmière plus âgée, sa façon d'agir avec les patients. Il essaie d'en prendre de la graine.

Drik l'écoute. Il est vaguement rassuré, même s'il a quand même un doute. En tout cas, il n'est plus irrité et il se sent moins impuissant. Son intention de discuter de la thérapie avec Peter, il l'a repoussée à plus tard. C'était un plan d'urgence, il préférerait rester discret et ne pas embarrasser son ami en lui révélant des confidences sur un de ses étudiants.

Il a commencé à ranger sa maison. Suzanne l'aide quand elle en a le temps. Drik s'étonne que sa sœur retire les vêtements d'Hanna des armoires et des tiroirs, qu'elle puisse les avoir dans les mains et décider résolument de leur destination sans montrer la moindre émotion. La plus grande partie va dans des sacs en plastique pour l'aide à la Roumanie. Elle ne met qu'une veste ou petit manteau de côté.

— Pour Rose, dit-elle. Pour elle-même, elle prend les chaussures de marche. Hanna et elle ont la même pointure.

Drik porte les sacs au rez-de-chaussée. Le couloir est encombré de cartons. La bibliothèque historique d'Hanna. Pour Rose.

— Je n'y avais pas pensé, dit Suzanne. Quelle bonne idée. Rose est d'accord ?

Drik opine. Je les lui apporte demain. Elle est ravie de les avoir.

Dans la cuisine, ils parlent de leur père. Suzanne est passée le voir récemment.

— Sa grippe l'a encore diminué. Si ça empire, on le mettra à l'infirmerie. Le terminus.

Drik veut lui parler de l'étonnante conversation qu'il a eue avec Hendrik. Mais pourquoi maintenant seulement ? C'était il y a six mois. Pourquoi lui imposer cette misère dont elle ne saura que faire ? Son complexe de culpabilité, son fantasme de prison. Il faut que j'y retourne moi-même, pour voir si ses idées délirantes persistent. Suzie a bien assez de ses propres problèmes.

— Comment va ta copine, celle qui a eu un infarctus ?

Suzanne porte bruyamment un sac de chaussures et de bottes dans le couloir. Quand elle revient, elle se lave les mains au-dessus de l'évier. Drik voit son dos.

— Elle travaille à mi-temps. Elle est en bonne santé, ni vieille, ni grosse, elle ne fume pas et elle ne boit presque pas. Alors comment expliquer les veines bouchées ? On lui a mis trois stents, tout fonctionne à nouveau très bien. Ça lui a fait un choc. C'était la première fois qu'elle était en soins intensifs en tant que patiente. Elle a trouvé ça horrible.

— Elle est dépressive ? Elle est en postcure ?

— Je n'en sais rien. Elle est tout le temps fatiguée. La postcure, chez nous, ne concerne que les soins corporels. On ne s'occupe pas du psychique. Elle a un patron sympa, Berend, tu l'as déjà rencontré. J'ai comme l'impression qu'il y a quelque chose entre eux. Il la ménage vraiment, elle fait ses recherches mais elle n'a pas à s'occuper des patients.

— Quelque chose entre eux ? Tu lui as demandé ? Elle a un mari ! une famille !

Suzanne hausse les épaules.

— Ça peut arriver, non ? Je n'en suis pas sûre d'ailleurs. Je crois que Rose a un copain. Elle t'en a parlé ?

Mais tu ne me le dirais pas, évidemment. Question de confiance.

Elle nettoie l'évier dans un excès de gestes et de bruits. Tout à l'heure, elle va casser quelque chose, pense Drik.

— Si tu me confies quelque chose, je ne vais évidemment pas le dire à un tiers. C'est à Rose de décider de ce qu'elle veut dire et à qui. Tu la vois souvent ?

— Souvent, souvent, grommelle Suzanne. Non, pas souvent. Je travaille, tu te souviens ? Je l'ai vue la semaine dernière. Elle allait voir Leida, t'imagines ? Elle m'a demandé de l'accompagner. J'étais plutôt naze, après une nuit de garde.

— Qu'est-ce que Rose va faire chez Leida ? Tu savais qu'elles se voyaient ?

— Je ne sais jamais rien, moi. C'est arrivé par hasard. Elle allait interviewer Leida sur les femmes et le travail. Pour un mémoire, quelque chose dans le genre.

Elle va s'asseoir à la table et appuie sa tête sur ses mains.

— J'ai écouté en douce. J'étais évidemment à nouveau en train de m'occuper dans la cuisine. Leida lui parlait avec enthousiasme de l'époque où elle était infirmière. Qu'elle avait dû abandonner son métier. Elle semblait ne pas en avoir gardé de rancune. Moi, je me suis toujours sentie vaguement coupable qu'elle ait dû abandonner son métier pour s'occuper de moi. De nous. Elle a dit qu'elle était heureuse que nous soyons tous deux devenus médecins. C'était la première fois que je l'entendais dire ça. J'ai toujours pensé que ça lui avait beaucoup coûté. Je la croyais jalouse. Je n'osais jamais lui parler de mes études.

— Dommage, trouve Drik. Elle t'a donné une poupée anatomie une fois. Elle avait une petite ouverture sur le ventre, on pouvait lui retirer les organes. Un petit foie. De petits reins. Ça faisait peur. Tu sais que j'avais complètement oublié qu'elle avait été infirmière ?

— Je me souviens qu'elle me parlait de circulation sanguine et de digestion quand j'étais petite. Je pensais que c'était des sujets très importants parce qu'elle en parlait d'un air extrêmement sérieux. Mais quand moi j'ai commencé à les prendre au sérieux, je n'ai pas pu lui en parler. Est-ce que je me suis trompée pendant tout ce temps ?

— Les deux peuvent être vrais. Qu'elle ait été jalouse ne l'empêche pas d'être aussi fière de toi. Elle l'exprime peut-être plus facilement en présence de Rose. Et puis, elle est vieille maintenant. Les gens deviennent plus cléments en vieillissant, enfin, c'est ce qu'on dit.

— Tu crois cela ? C'est vrai ?

— Non. Honnêtement, je vois plus souvent les gens stagner et devenir amers. Mais ceux que je rencontre ne forment pas un échantillon représentatif. Leida était déjà coincée quand nous étions jeunes, alors peut-être que, maintenant, elle se laisse un peu aller. Ne le prends pas personnellement, c'est quelqu'un de compliqué et ce n'est pas ta faute. Réjouis-toi que Rose aime aller la voir, ça nous permet d'y aller moins souvent.

Je ne suis pas en mesure de la rassurer, pense-t-il. Parce que moi aussi j'étais angoissé à cette époque et que je n'ai pas envie d'y repenser. J'aurais dû être un meilleur frère pour elle. Ce que je peux détester ces ressassements. Peut-être que je suis jaloux de Suzanne.

Elle a un métier simple : si la tension artérielle monte, on met de la nitroglycérine et si elle descend, hop, de l'épinéphrine. Mon métier à moi, c'est un bourbier de flous qu'il faut traverser en manœuvrant à l'intuition. Je n'y arrive plus. Je ne suis même plus capable de comprendre ma propre sœur. Il attrape la bouteille de whisky.

— Allez, buvons un coup. C'est vraiment sympa que tu m'aides à trier les affaires d'Hanna. Sans toi, je n'y serais jamais arrivé.

Quand ils trinquent, il voit que Suzanne a les larmes aux yeux. Il ne trouve rien à dire.

Drik a posé le dossier d'Allard sur la table et se prépare à bien l'étudier. Tout reprendre, depuis le début, ça fait neuf mois environ. Pour tous ses patients, il a pris l'habitude de noter, à la fin d'une séance, de quoi il avait été question et comment s'était déroulé le contact. Il a du mal à lire sa propre écriture. Il soupire et recule sa chaise. Il sent les prémices d'une forte migraine dans sa nuque. Trop d'alcool, hier. Un vague souvenir de la nuit dernière le fait rougir. Il se revoit, assis sur le sol du couloir, à côté des cartons contenant les livres et les vêtements d'Hanna. Sentimental, sans retenue. Il ne veut pas être ainsi. La crise de larmes ne l'a pas soulagé, elle l'a angoissé. Il devait se cramponner aux cartons pour ne pas tomber dans un abîme noir comme une mine de charbon. C'est un vieux rêve qui le réveillait hurlant quand il était enfant et qui l'empêchait de se rendormir. Que se passait-il quand il hurlait la nuit ? Leida venait voir ? Son père se réveillait ? Suzanne ! Elle venait s'allonger près de lui, il s'en souvient tout à coup. Elle n'arrivait pas à prononcer son nom, “Diederik”, c’était trop difficile. Elle l’appelait Drik. Que quelqu’un de plus petit, de plus vulnérable que lui réponde à son appel lui permettait de surmonter sa panique. Grâce à elle, il redevenait le grand frère, le frère avec des mots, celui qui rassurait.

Cette nuit, personne n’était venu, il était resté assis sur le sol frisquet jusqu’à ce qu’il claque des dents. Un verre d’eau, un pipi et au lit. Rideaux fermés contre le soleil levant.

Le compte rendu des séances donne une impression de confusion. Il n’y a pas de fil rouge, les dialogues partent dans tous les sens. Les parties concernant le développement ou l’absence de contact montrent plus de consistance. En lisant, Drik voit rétrospectivement ses efforts pour atteindre Allard et comme le garçon résiste furieusement quand il est près d’y arriver. Après un accrochage suit une période d’une quinzaine de jours que Drik désigne par “pseudo-contact”. On dirait qu’Allard fait son profit de ses interventions, il va mieux, il revient au rendez-vous de Drik. L’interaction ressemble à une comédie. Drik ne détecte aucune émotion chez le jeune homme et se sent de plus en plus mal à l’aise.

Il ferme le dossier et regarde le plafond. Que peut-il dire sur le cœur du conflit de son patient. Vas-y, essaie, se dit-il, dans des mots simples. Le garçon est furieux contre son père qui l’a abandonné. Le garçon cherche désespérément le père qui le prendra sur ses genoux. S’il s’agissait d’une véritable ambivalence, il pourrait éprouver ces deux sentiments en même temps. Ce n’est pas le cas. Il n’est même pas capable de mettre un nom de sentiment sur ce qui se passe en lui, il s’en défoule par ses actes : il étale ses affaires sur le divan de Drik, il interrompt la séance en s'enfuyant sans dire au revoir. Si Drik nomme l'angoisse, Allard réagit en en rajoutant. Si Drik veut qu'il réfléchisse à sa docilité, Allard se fâche. Ça fait des mois que ça dure. Il n'y a aucune avancée.

Il y a quelque chose que je ne fais pas bien, se dit Drik, la tête entre les mains. Qu'est-ce que je dirais si un superviseur me présentait cette analyse ? Laisser l'ambivalence de côté, le patient n'est pas encore prêt. Essaie d'abord de relier ses agissements à l'émotion qui les sous-tend. Donc : nommer chaque fois la colère en choisissant soigneusement ses mots. Ne pas accuser. La colère est normale, tu n'as pas à avoir honte. Utilise des termes qui soulignent la collaboration, pour que le patient se sente moins seul. Mais garde tes distances, sinon tu vas le faire fuir. Voilà ce que je dirais. Ça m'a l'air pas mal, ma foi. Il ne me reste plus qu'à le mettre en pratique.

Mais quand le jeune homme est à nouveau assis en face de lui, il n'est plus sûr de rien. Allard lui parle de son week-end. Il est allé à un concert, c'est sa mère qui l'avait invité.

— J'avais envisagé, avant le concert donc, de lui poser des questions sur le divorce. Je n'ai pas réussi. Elle était tellement contente de sortir avec moi. Elle s'était pomponnée et tout. On est allés dîner, on a parlé de mon travail, de son travail. Je n'avais pas envie de lui gâcher ça.

— Qu'est-ce qu'elle fait, ta mère, à propos ?

— Police. Chef des urgences sécuritaires.

— Impressionnant. Et ça lui gâcherait la soirée de parler de son divorce après toutes ces années ?

Allard se tait.

— Elle a un nouveau partenaire ?

Il y a des mois que j'aurais dû le lui demander, pense Drik, c'est une question pour un entretien préliminaire. Qu'a-t-il fait pour que je l'oublie ? Il m'amène à penser de façon aussi chaotique que lui. Mais bon, mieux vaut tard que jamais. Il pose sur Allard un regard interrogateur, comme s'il était évident qu'il allait répondre.

— Depuis des années. Harry. Violoniste. Nous allions à un de ses concerts. Très beau concert d'ailleurs. Stravinsky. Le concerto pour violon d'Alban Berg. Vous aimez la musique ?

— Je suis même un fan de Stravinsky, répond Drik spontanément. Il aurait naturellement dû commencer par demander quelle idée le garçon se faisait de ses préférences musicales. Selon la conception orthodoxe, il aurait même dû ne rien demander du tout. Selon le dogme de plus en plus en vogue du *dévoilement de soi*, il pouvait se le permettre. Drik présume qu'il ne veut pas effrayer le garçon. Ou qu'il appréhende d'avoir à essuyer un commentaire désobligeant – c'est bien un truc de thérapeute, de ne jamais répondre à une question, quelle lâcheté, quelle misère ! – non, en mettant sa passion pour Stravinsky directement sur le tapis, Drik s'en est protégé.

Allard approuve d'un signe de tête.

— C'est un compositeur que l'on peut aimer, en effet.

Il ne dit pas : moi aussi, j'aime Stravinsky. Il y a des limites à la proximité qu'il peut supporter, pense Drik. Il faut vraiment que je me taise maintenant.

— Après le concert, nous sommes allés dans un café, parler de la musique, du chef d'orchestre. Je pouvais difficilement faire d'un coup surgir le passé.

Surtout pas devant Harry. L'ambiance était sympa, je ne voulais pas jouer les trouble-fêtes.

— Cela semble plausible. Sociable, gentil. Pourtant, tu te prives d'une réponse à tes questions. Tu préfères t'adapter plutôt que de prendre ta curiosité au sérieux.

C'est mal parti. La séance va se traîner en longueur, péniblement.

— Vous voulez dire que je dois choisir pour moi-même ? Je viens déjà ici une heure par semaine pour ne parler que de moi. Il faudrait en plus que j'aille embêter ma mère avec ça ?

— Je veux dire : tu veux deux choses qui, sur le moment, ne sont pas compatibles. Tu veux qu'ils te trouvent sympa, et tu veux savoir comment s'est passé le divorce. Tu choisis d'être sympa et tu laisses tomber ta question. Tu pourrais aussi dire à ta mère : je voudrais te demander quelque chose, est-ce que je peux passer te voir cette semaine ?

Drik trouve qu'il a l'air de lui donner une tâche à accomplir, sévèrement. Apparemment, Allard le trouve aussi.

— Vous n'avez pas à vous mêler de ça. Je ne vais pas aller embêter ma mère parce que vous éprouvez le besoin de connaître en détail ce que mes parents se sont balancé à la figure au moment du divorce. C'est encore moi qui décide ce que je veux, ou pas, lui demander.

— Naturellement. Et c'est ta vie aussi. Mais je me dois de te confronter aux pensées et comportements que tu peux avoir afin que nous puissions examiner ensemble ce que tu en penses. Je ne t'impose rien. C'est toi qui décides de ce que tu fais.

— De préférence, rien, dit Allard, doucement. Elle va pleurer, j'en suis sûr. Et dire à quel point c'était difficile de m'élever toute seule. Et suggérer que je ne suis pas bien de me tourmenter encore à propos du passé. Non, je ne vais pas me prendre la tête avec ça.

— Comme tu le présentes, on dirait que tu dois te disputer avec elle, mais il ne s'agit que de t'informer, non ? Je ne pense pas que cela ait beaucoup de sens d'entrer en conflit avec ta mère. Le conflit, il est en toi. C'est ce dont nous devons nous occuper.

Drik n'est pas mécontent de cette intervention – dire que le passage à l'acte est superflu, mettre le conflit intérieur en avant. Il se perd un peu dans ses pensées, revoit sa propre mère, qui s'est peut-être laissé pousser d'un rocher. Est-ce qu'il essaie de savoir ce qui s'est passé ? Bien sûr que non, il n'ose pas plus le faire qu'Allard. Il faut continuer à espérer que les patients seront capables de faire ce que nous n'osons pas envisager pour nous-mêmes. C'est ainsi. Il se redresse sur son siège.

— À propos de choisir pour soi-même, dit Allard, j'ai encore quelque chose à vous raconter. Vendredi, j'ai eu un entretien avec le professeur d'anesthésiologie, ici à l'hôpital. Vereycken. Un type très sympa. Un Belge. Je lui ai demandé si je pouvais faire ma formation avec lui. J'ai posé ma candidature, pourrait-on dire.

Drik est stupéfait. On croit avoir réglé son compte au passage à l'acte et le voilà qui revient au galop.

— Mais tu es déjà en formation, dit-il d'une voix faible.

— Je quitte là-bas.

Allard extrait une enveloppe de la poche de sa veste.

— Ma lettre de démission. Je l'ai écrite hier. Je la donnerai tout à l'heure au responsable de la formation. J'arrête, un point c'est tout.

Restons calme, pense Drik. Creusons un peu.

— Vereycken, qu'est-ce qu'il en dit ?

— J'ai tout expliqué. Que j'ai découvert que la psychiatrie, ce n'était pas fait pour moi. Que j'ai participé aux séances d'électrochocs. Que j'ai de très bonnes connaissances en biochimie. Il a pris tout son temps pour m'écouter. Il me comprenait.

Drik s'énerve. Fin du transfert positif et je reste en plan avec la moutarde qui me monte au nez. Je dois protéger ce garçon de ses impulsions imbéciles. S'il n'est pas déjà trop tard.

— Tu as déjà décidé de quelque chose avec le professeur ?

Allard a un bon rire franc.

— Il me prend trois mois à l'essai. Je commence le mois prochain. J'en ai vraiment très envie.

14

Livia entre avec une cafetière pleine.

— Il y a trois boîtes de gâteaux dans la cuisine. Vous voulez que je vous en apporte ? Bram Veenstra a eu un fils.

Vereycken et Suzanne secouent la tête de concert. Des millefeuilles moites, des pets-de-nonne tièdes – rien que d'y penser elle frise la nausée. Vereycken, lui, essaie probablement de garder son corps en expansion dans des limites acceptables. À moins qu'il ne mange des gâteaux que quand ils sont très bons.

— Un verre d'eau s'il te plaît, Livia, et j'aimerais qu'on ne nous dérange pas.

Suzanne porte une blouse blanche par-dessus ses vêtements de ville. C'est ainsi que Vereycken aime voir ses séniors quand ils ont leur journée de tâches administratives. On est et on reste des médecins, trouve-t-il, même quand on envoie des courriels.

Un des murs de son bureau est entièrement en verre et offre une vue dégagée sur l'étendue d'un parc. Le vert foncé et mat du mois d'août colore les arbres et les buissons. Suzanne soupire. Après que Livia a apporté son verre d'eau, Vereycken approche sa chaise de la table.

— Bienvenue Suzanne. Je suis content de bavarder un peu avec toi. Il y a deux ou trois choses dont j'aimerais t'entretenir. Mais d'abord, dis-moi comment tu vas. Il a posé sur elle son regard brun de bon chien fidèle. Tu ne voulais pas de gâteaux, n'est-ce pas ?

Elle secoue la tête. Pourquoi a-t-elle toujours autant de mal à démarrer ? Qu'est-ce qui l'empêche de parler ?

— Bien, je crois. Ça va bien. J'ai fait beaucoup d'ORL ces derniers temps. C'était sympa.

Bien, sympa – quels mots ! Elle n'a rien de mieux à dire ? J'ai perdu le contact avec mon enfant. Je suis sous le choc de l'infarctus de ma copine. Je ne sais parfois plus ce que je dois faire, comme si je n'avais jamais eu d'appareils d'anesthésie sous les yeux. Il ne me licencierait pourtant pas immédiatement ?

— Et pourquoi est-ce que tu trouves les interventions en ORL si sympas ?

— Le travail d'équipe, dit-elle spontanément. Elle revoit le visage joyeux du chirurgien ORL, Ruud, avec sa charlotte ridicule parce que beaucoup trop grande sur la tête. Peut-être à cause de la position qu'on occupe, ensemble, près de la tête du patient. Ce n'est pas la même chose que de travailler derrière la toile. On délibère aussi davantage, avant de commencer. Mais c'est peut-être tout simplement la personnalité de l'opérateur.

— Oui, oui, dit Vereycken, c'est possible aussi. Nous avons des oiseaux de différents plumages dans cette maison. Ce qui m'intéresse en fait, c'est ce que tu penses de notre service. Tu t'es absentée pendant quelque temps, ça doit donner un regard neuf sur les choses. Qu'est-ce qui t'a sauté aux yeux quand tu as repris le travail ?

— Les disputes. L'irritation. Pas d'harmonisation entre le planning des opérations et l'unité de soins intensifs ou la salle de réveil. Là je n'ai cité que ce qui ne va pas. La plupart des gens aiment faire leur métier, ça aussi, je l'ai remarqué. On se remplace, on s'entraide. Je ne vais pas rouspéter ou cancaner.

— Tout ce dont nous parlons n'a pour visée que l'amélioration. C'est ainsi qu'il faut le voir. Tu parlais de l'ambiance de travail pendant l'opération en ORL. Tu penses qu'on pourrait en tirer des leçons ?

Suzanne réfléchit. Depuis que tu es ici, on fait des simulations, dit-elle. On s'entraîne les uns avec les autres, internes, infirmières et anesthésistes. La semaine dernière encore, j'avais un de ces après-midi de simulation, avec Bram Veenstra. Une fois qu'on est habitué à cette drôle de poupée en caoutchouc, tout a l'air vrai. On devait faire une RTUP*. Bram s'est mis dans la peau de l'urologue, une sorte de véritable autiste qui ne pensait qu'à une seule chose, l'énorme prostate dont il voulait, le plus vite possible, résorber le volume. Il se tenait entre les jambes du patient, à jouer le type inaccessible. Derrière la toile, nous commencions à nous agiter de plus en plus, nous craignions une carence en sodium ou un œdème cérébral, mais pour une raison quelconque, nous n'osions rien dire à l'opérateur. Jusqu'à ce que Sjoerd, le jeune infirmier anesthésiste, un garçon charmant, se mette à crier qu'il fallait qu'il arrête sur-le-champ d'irriguer, qu'on allait réveiller le patient – bon, ça a été une belle prise de bec. Pourquoi est-ce que je raconte ça ? Ah oui, j'ai pensé : nous, les anesthésistes, on devient une véritable équipe grâce

* Résection transurétrale de la prostate.

à ces simulations, mais si les chirurgiens ne jouent pas le jeu, ça sert à quoi ?

— Il faut bien commencer quelque part, dit Vereycken. Dans nos propres rangs. Faire intervenir les chirurgiens, ce sera la prochaine étape. Je suis déjà en pourparlers avec eux, mais honnêtement, ce n'est pas gagné. Ils veulent bien, du moins certains, mais ça prend des heures – et qui va payer ?

— Ils accepteraient ? Les chirurgiens cardiologues aussi ?

— Disons que ma proposition rencontre auprès d'eux une certaine résistance. On dirait qu'on a affaire à une lutte territoriale, ils se prennent pour les propriétaires des salles d'opération et ils se comportent comme si c'était le cas.

Suzanne pense à Bobby Harinxma, le cardiologue explosif qui a tendance à crier qu'il veut le silence dans *sa* salle d'opération. Cela l'irrite au plus haut point, et pourtant elle est incapable de lui signifier qu'il est un invité dans la salle d'op. Son invité en fait.

— Il faut que nous formions une équipe avec les opérateurs. L'anesthésiste est le chef de file, c'est lui qui a la meilleure vue d'ensemble. Comparable au premier violon dans un orchestre. Il ne s'agit pas de jouer les patrons, mais de prendre l'initiative dans le travail d'équipe. Dans une équipe, on en sait toujours plus ensemble que chaque membre séparément. On voit plus loin que les seules limites de son métier. C'est ça l'avenir. La nouvelle façon de travailler.

Ça semble trop beau pour être vrai, et pourtant Suzanne y croit. Elle doute que les autres en fassent autant.

— C'est une question de personnalité, trouve Vereycken. J'ai souvent constaté que nos confrères sont timides. Une conséquence de la sélection sans doute. Qui s'inscrit pour notre formation ? Des personnes réservées qui s'intéressent à la chimie. Qui n'éprouvent pas le besoin d'avoir un contact intensif et prolongé avec les patients. Je le formule de façon négative. Je pourrais tout aussi bien dire : l'anesthésiste moyen est serviable et se tient à l'arrière-plan. La timidité est un phénomène bizarre. Les timides se sentent toujours observés, comme s'ils étaient le centre du monde. Comme les chirurgiens en fait, mais à l'inverse. La même idée se traduit chez l'un par un énorme besoin de se faire valoir et chez l'autre par une forme de timidité sociale. Je m'aventure maintenant sur un terrain qui n'est pas le mien. Dis donc quelque chose, toi.

— Chez nous aussi ça peut se traduire par un besoin de se faire valoir ou de dominer. On en a des exemples. Il ne faut pas généraliser. Ni tomber dans le psychologisme. Il est bien possible que, pour les formations, nous choisissions les candidats avec lesquels nous avons le plus d'affinités, mais je ne nous vois pas comme un club de personnes socialement empotées ou phobiques.

Elle commence à se fâcher. Il la cherche avec ses idées préconçues et hostiles. La psychologie, c'est à la maison, à table avec Peter. Ici, elle n'en vcut pas.

— Je te provoque, dit Vereycken. Je voudrais savoir comment tu t'y prendrais pour stimuler le développement d'un solide esprit d'équipe.

— Je partirais de ce qu'on a, de ce qui est déjà là. Faire participer les opérateurs au programme d'entraînement à la simulation, même si ça coûte de l'argent. Ce ne serait pas de l'argent perdu mais un investissement.

— Tu accepterais de prendre la tête du programme ?

— Hors de question. Bram le fait très bien. Si tu as l'intention de lui adjoindre quelqu'un, tu devrais justement choisir un collègue qui doute de l'efficacité de ce type de programme. Qui peut facilement se mettre à la place du chirurgien – manque d'enthousiasme, horreur des bavardages – et tu ferais d'une pierre deux coups.

Vereycken hoche la tête pour montrer qu'il apprécie.

— Une approche pas très orthodoxe. Je vais y réfléchir. Pas besoin de prononcer un nom. Je suis le cours de tes pensées. C'est osé.

Il se lève et regarde par la fenêtre.

— Quelle vue magnifique ! Apaisante ! On pourrait aller faire un petit tour dans le parc, ça te dirait ?

Ils errent, dans leur blouse blanche, sur le sentier recouvert de bois broyé. La plupart des plantes sont fanées, les roseaux desséchés s'étiolent en bordure des fossés. Vereycken souffle comme une forge.

— Ce que tu peux marcher vite. Asseyons-nous un instant.

Assise sur un tronc d'arbre, Suzanne étend ses jambes devant elle. On parle mieux quand on n'est pas obligés de se regarder, pense-t-elle.

— Si j'ai bien compris, tu veux me donner une tâche supplémentaire, en plus de l'enseignement.

— Oui. Je tiens à ce que les membres de mon équipe aient un domaine spécifique, une tâche particulière ou qu'ils se consacrent à la recherche. Le service s'appelle anesthésiologie, ça sent la science, non ? Nous avons engagé des scientifiques, mais je trouve que nous devons faire des recherches nous aussi. Tu aurais des idées dans ce sens ?

— Simone écrit une thèse. Quelque chose d'aussi énorme, ça ne me dit rien. J'aime le travail pratique ; je ne vois pas quelles recherches on pourrait faire là-dessus.

— Prends le temps de réfléchir un peu mieux. On peut faire de nombreuses recherches sur la pratique. Nous y sommes d'ailleurs tenus, en tant qu'hôpital universitaire.

Pourvu qu'il n'ajoute pas que nous sommes un *centre d'excellence*, pense Suzanne, pitié, ce type d'emphase me donne la nausée. Par contre, son petit topo sur les maîtres de maison et leurs invités n'est pas fait pour me déplaire. Les invités, on les reçoit de bon gré, on discute avec eux de leurs exigences et de leurs attentes et puis on fait tout pour les satisfaire. Dans la mesure du possible, comme il a coutume de le dire. Nous devons accueillir les chirurgiens comme si nous étions les gérants d'un restaurant à plusieurs étoiles et sans oublier que la cuisine est à nous et rien qu'à nous.

Vereycken continue à parler de recherches qu'il doit mettre sur pied et de résultats. Il faut qu'elle l'écoute un peu mieux. Qu'est-ce qu'il veut, au juste ?

— Qu'est-ce qui éveille ta curiosité ? Qu'est-ce que tu veux savoir sur un patient que tu viens d'endormir ?

Il se tourne vers Suzanne, gardant difficilement son équilibre sur l'épais tronc d'arbre.

— Quelle heure il est. C'est ce que je veux savoir, dès qu'il se réveille, encore sur la table. Il ne doit pas y avoir d'horloge dans son champ de vision naturellement. Ce que je veux savoir, c'est si les gens ont ou n'ont pas la notion du temps qui passe. Et s'ils ne l'ont pas, si c'est à corréler avec la profondeur de l'anesthésie ou la durée de l'intervention. Je n'ai toujours pas de réponse.

Elle voit, à l'expression de son visage, que Vereycken va la réorienter vers un autre sujet.

— J'avais autre chose en tête, dit-il. Ces dernières années, on voit régulièrement des publications sur de malheureux incidents qui ont lieu pendant l'opération mais dont on ne se rend compte, hélas, que plus tard : le patient qui se réveille pendant l'intervention. Tu imagines ? La conscience est là, les sensations sont là, mais le patient est paralysé, on lui a injecté un relaxant musculaire, il ne peut pas bouger, pas gémir, rien ! Dans la moitié des cas répertoriés, il souffre. Énormément. Un véritable film d'horreur, on ne veut même pas l'imaginer. Cela arrive surtout pendant des opérations où l'anesthésie est la plus légère possible : cardiologie, maternité. Un tout petit pourcentage, d'accord. Mais quand même. Les patients souffrent de syndromes post-traumatiques. Ils ne dorment plus, ils sont angoissés et font des cauchemars. Je ne sais pas si cela se produit chez nous. Il y a des chances, si l'on en croit les statistiques. Le mois dernier encore, Bibi m'a parlé d'un gosse, un petit garçon qui répétait des phrases qu'il n'avait pu entendre que pendant l'anesthésie. Elle lui a demandé s'il avait eu mal, mais il ne s'en souvenait pas.

Elle essaie de l'imaginer. Tu es allongé sur l'étroite planche à repasser, les bras reposant sur les appuie-bras, les paupières fermées avec des bandelettes adhésives. Ils sont en train de t'ouvrir le thorax à l'aide d'une scie, tu entends tes côtes craquer sous l'écarteur chirurgical, tu sais que tu es ouvert. Quelqu'un dit : Tu vas pouvoir partir dans un instant, Sjoerd, il y a de la soupe à la salle de détente. Peut-être que l'on sent la douleur refoulée sous la couverture de médicaments opiacés. On voudrait crier à l'anesthésiste qu'il augmente la dose de Propofol, qu'il injecte un nouveau bolus de Fentanyl, s'il vous plaît, faites attention à moi, vous voyez bien que ça se passe mal !

— Et cela arrive fréquemment ? demande Suzanne.

— Rarement. D'après les estimations, 0, 2 %, un peu plus pour les opérations cardiaques, peut-être 2 %. Mais c'est au pif. Pour une étude sérieuse, il faut une grande quantité de patients opérés.

— Alors ça n'a pas de sens chez nous. On opère beaucoup, mais jamais assez pour cela.

Vereycken trouve que c'est un peu court. Si tous les hôpitaux faisaient de semblables recherches, en collaboration, de façon à prendre en compte tous les résultats, on obtiendrait bien un bilan statistiquement signifiant. Là aussi, penser en équipe, se dit Suzanne. Décidément, c'est son dada. Rien de ce qu'on fait seul n'a d'intérêt. Je peux oublier mes recherches sur l'expérience du temps.

Vereycken se lève et se débarrasse d'un revers de main des bouts d'écorce accrochés à son pantalon.

— S'il te plaît, marche un peu moins vite Suzanne, je suis un vieil homme. Nos bureaux ne vont pas s'envoler.

Je devrais lui donner le bras ? Non, quand même pas ? Il est trop gros, il faut qu'il se prenne en main. Des petits pas. S'adapter.

— Je parlais de premier violon tout à l'heure, mais l'image d'un quatuor à cordes est plus appropriée pour désigner une équipe qui opère. L'opérateur est bien sûr le premier violon, c'est lui qui fait le plus gros du boulot. Mais si la partie basse du violoncelle ne l'accompagne pas d'un son plein et pur, l'effet est raté. C'est grâce au violoncelle que le violon peut briller. C'est une belle comparaison, tu ne trouves pas ?

Suzanne opine du bonnet.

— Je vais toujours à la série des concerts de quatuors à cordes, explique Vereycken. Et je fais surtout attention au travail d'ensemble. Comme ils se ménagent de l'espace les uns pour les autres. Faire attention, suivre. C'est très instructif.

— Et belle aussi, j'espère, la musique. On dirait que seul ton métier t'intéresse, que tout t'y ramène.

— Absolument, confirme Vereycken. J'adore notre métier. Comme il se développe, la vitesse à laquelle il progresse, incroyable. Pas étonnant que nos collègues spécialistes aient du mal à suivre. Pour nous, déjà, ce n'est pas évident. Je trouve qu'il est de mon devoir de stimuler cette évolution. Nous devons nous identifier avec ces avancées. C'est pour cela que je voulais te parler. Pense à ma proposition.

— Une consultation postopératoire, songe Suzanne à voix haute. Tous les patients qui ont eu une anesthésie complète devront revoir l'anesthésiste deux semaines après l'opération. Un entretien. Avec une liste de questions standard.

— Tu pourras te faire aider par les psychologues, dit Vereycken enthousiaste. Ils savent formuler de très bonnes questions objectives.

— Il faudra avoir les données du patient : âge, poids, morbidité, ainsi de suite. Des données sur l'intervention et l'anesthésie. La durée, la médication, la tension, la saturation – tout ce qu'on tient normalement à jour. Cela doit se faire de façon uniforme. Leur demander leurs impressions dès la salle de réveil. Et l'entretien après quelque temps.

Qui sait, je pourrais peut-être en profiter pour leur poser ma question sur l'expérience du temps quand ils seront en train de se réveiller ? Il arrive tout de même à m'enthousiasmer, mais comment s'y prend-il ?

— Tu vois Suzanne, dès qu'on réfléchit un peu, les idées se forment.

L'hôpital étend sa masse devant eux. Facile à dire, pense Suzanne. Rien que d'imaginer l'organisation d'un tel projet, cela m'épuise ! Mettre tous les collègues sur une même ligne, les concertations, les objections qui ne manqueront pas, les discussions sur l'argent et le personnel. Ils prennent l'entrée de derrière, Vereycken lui tient la porte ouverte. Dans l'ascenseur, ils sont l'un en face de l'autre. Il rit.

— On pense mieux en plein air. L'oxygène. Maintenant nous nous plions à nouveau à la discipline du service. Qu'est-ce que tu fais cet après-midi ?

— Je fais cours à des première année. Poser des perfs, des cathéters.

Vereycken hoche la tête. Je vais te faire parvenir cet article. Un résumé de toutes les recherches sur l'*awareness*, la mémorisation peropératoire. J'aimerais qu'on teste ici les conclusions qui en ressortent. La constatation la plus étrange est que les patients qui se réveillent pendant l'opération, qui sont parfaitement conscients et endurent d'insupportables douleurs sont moins traumatisés que ceux qui ne sont qu'à demi conscients. Ceux-là pensent qu'ils sont devenus fous, ils sont en dehors de la réalité. Ceux qui souffrent le martyre savent que c'est vrai, ils n'en doutent pas un seul instant. Ils vivent l'enfer mais ils n'ont pas de syndrome post-traumatique, les autres si.

Drik aurait-il raison, pense Suzanne. Ceci en est la preuve. Si quelqu'un est capable d'affronter ce qui se passe en lui, si terrible que ce soit – douleur, fureur, impuissance et ainsi de suite, toute la gamme de la misère humaine, il s'en trouve beaucoup mieux qu'auparavant, quand il essayait de toutes ses forces de refouler ses problèmes. Il se sent complet. Il est dans la réalité. Il est guéri.

Pour Suzanne, c'est incompréhensible. Anesthésier, c'est son ambition. Là où elle soupçonne une souffrance, elle se dépêche d'intervenir avec ses médicaments opiacés. Elle insensibilise les trajets nerveux qu'empruntent les sensations douloureuses pour atteindre rapidement le cortex, elle préférerait les détruire plutôt que de laisser ces sensations se transformer en perceptions, là-haut, dans les circonvolutions du cerveau. Que cela puisse profiter à quelqu'un de savoir à quel point il souffre dépasse son entendement.

Cette conversation l'a déstabilisée. Elle ne veut pas savoir que les gens dont elle s'occupe, qu'elle endort avec beaucoup de soins, ressentent, en catimini, ce qu'on leur fait subir lorsque les scialytiques sont allumés, quand tout le monde a attaché son masque et que le chirurgien réclame le bistouri.

Vereycken la regarde d'un air encourageant. Les portes de l'ascenseur s'ouvrent.

— On sait encore si peu de chose, dit-il. Comment fonctionne la mémoire. Ce qu'on entend par souvenirs, comment nous stockons les expériences de nos premières années, cette époque où nous n'avons pas encore de langage à notre disposition. Il y a encore des mondes à découvrir. Tu peux y apporter ta contribution.

Elle voudrait être sceptique, nuancer de quelques remarques intelligentes son raisonnement qui lui semble trop général, trop influencé par son besoin de conquêtes scientifiques. Mais elle se sent prise en faute, diminuée. Elle ne sait rien de son passé, Dieu merci, elle ignore tout des scènes de désespoir qui se sont déroulées au cours de sa petite enfance. Elle était probablement un bébé furieux et brailleur, qui devenait apathique dans les bras rigides de Leida, un bébé incapable d'exprimer le manque qu'il éprouvait et qui a fini par ne plus le ressentir. Non, c'est mieux ainsi, comme elle fait, elle. Comme si Drik était si heureux avec toutes ses analyses. Ça a l'air formidable, peut-être même plausible, mais ça ne rime à rien. Elle est la spécialiste en anesthésie. Et la recherche que Vereycken lui impose va lui permettre de parfaire son art.

Livia sort de son bureau. Elle a l'air irritée.

— Vous voilà enfin. Votre prochain rendez-vous vous attend. Et Allard Schuurman a téléphoné. Il a confirmé qu'il pouvait débuter le 1er septembre. Je prépare la rédaction de son contrat ?

— Volontiers Livia. Trois mois d'essai. Fais-le-moi lire tout à l'heure.

Il se tourne vers Suzanne et lui dit qu'il va y avoir un nouvel interne, un garçon inexpérimenté mais motivé. Il n'a pas fait le choix des stages hospitaliers, il doit commencer à zéro.

— Ça serait bien pour toi, non ? Tu accepterais d'être son superviseur les premiers mois et de décider s'il est fait pour notre métier ?

15

Dans son Audi qui fait des bruits de plus en plus alarmants, Drik roule à toute allure vers son domicile. La rangée d'arbres dressés le long de la route provinciale hache la lumière solaire provoquant un effet stroboscopique qui déclencherait une crise épileptique pour peu qu'on y soit sujet. Des champs monotones s'étendent derrière la haie de peupliers. Pas de troupeau, pas de culture ; ici et là, un hangar de tôle rouillée. Comment ça, des emplois dans l'agriculture ? Ici, il n'y a pas un chat.

Le siège de la maison d'édition de Drik est dans un bâtiment bas situé dans une zone industrielle en province. Ce n'est pas tout près mais, au moins, les auteurs ont la garantie que l'éditeur ne dépense pas son argent dans une maison patricienne avec des couloirs en marbre au bord d'un canal amstellodamois. À quoi le dépense-t-il alors ? La publicité, dit l'éditeur. Les exemplaires gratuits. Une jeune femme qui harcèle les rédactions des revues scientifiques pour qu'elles parlent du bouquin. Quelques annonces dans ce type de revue peut-être. Un site internet scrupuleusement tenu à jour. Hélas, il ne pouvait pas faire plus que les dix pour cent de droits d'auteur habituels. Le livre de papier a fait son temps, toute la profession tremble sur ses bases. Dans le contrat que Drik vient de signer, il y a une clause concernant la distribution du texte sous forme électronique contre un malheureux quinze pour cent.

— Heureusement, vous avez une très bonne réputation auprès de différentes formations, a dit l'homme. On pourra facilement leur vendre un millier d'exemplaires. Les psychiatres, les psychologues cliniciens, les thérapeutes de nombreux courants et écoles. Formidable. L'écriture est si accessible que je vais même démarcher les coaches et les généralistes. Il se frotte les mains et lampe bruyamment son café.

Drik a réprimé un frisson de dégoût. Le livre était retourné sur la table en verre tape-à-l'œil. Une photo de Drik s'étalait sur la quatrième de couverture. En dessous, quelques citations bien choisies de critiques d'ouvrages précédents.

Sur la photo, il inspire confiance. Pas joyeux, mais pas sombre non plus, et en tout cas, pas pessimiste. Quelqu'un de vivant, que la vie n'a pas épargné mais qui n'a pas baissé les bras. Qui porte des chemises et des vestes dans lesquelles il se sent à l'aise, pas neuves mais certainement pas usées. Sortant du pressing, en fait. Informel, sans cravate, mais pas négligé. Pas de pull, évidemment. Un passage chez le coiffeur deux ou trois semaines avant la séance photo. L'homme, sur la quatrième de couverture, regarde le lecteur avec sympathie. Il ne cherche pas à s'imposer. Il attend, patiemment dirait-on, que l'on vienne lui confier nos secrets. Comme si ça lui plaisait de réfléchir profondément et intelligemment. Cet homme ne s'excuse pas de sa présence, il a tous les droits d'être là, mais ne donne pourtant pas l'impression d'être vaniteux. Il s'est laissé photographier parce que c'est la coutume, le lecteur a le droit de savoir à quoi ressemble l'auteur, c'est ce qu'il pense, ça se voit tout de suite. Il n'est pas sur cette couverture pour fanfaronner ou pour savourer son importance.

— Bonne photo, dit l'éditeur. Bon travail, ce garçon est un pro, on en est très satisfaits.

Drik se souvient de ce à quoi il pensait quand la photo a été faite. À des œufs, du beurre, des tomates, à ces tissus spongieux pour nettoyer le plan de travail, à de la bière, à des sacs-poubelles. Il avait visualisé la liste des courses pour ne rien oublier. Dès que le type serait parti avec ses lampes, parapluies et appareils, il se précipiterait au supermarché.

"La théorie psychodynamique actuelle nous donne une explication des plus complètes de l'évolution de la personnalité et aide les thérapeutes de diverses disciplines à situer et à comprendre leurs interventions. Drik de Jong nous fait partager de manière convaincante sa longue expérience de la psychothérapie."

Sur un morceau de route bien droit, il commence à dépasser un tracteur qui traîne une carriole remplie de betteraves ou de choux-fleurs. Le mur de son cabinet semblait impeccable sur cette foutue photo. Cela ne faisait pas de doute – vous aviez là un homme qui savait mener sa barque.

Il dépasse le tracteur à toute allure et envoie un nuage de gaz d'échappement à la figure du cultivateur stupéfait. S'ils savaient ! Derrière la façade polie, impliquée, se cache une épave de thérapeute. Un analyste qui n'a pas réussi à créer une solide relation de travail avec un de ses patients et cela pendant neuf mois. Qui a brassé du vent, avancé puis retiré une interprétation, mis en garde puis rassuré.

Tout cela sans effet. Frustré, il donne un coup sur le volant et sursaute au bruit du klaxon.

Un patient qui passe à l'acte, quelqu'un qui ruine sa vie sans qu'on puisse intervenir, c'est un véritable cauchemar. Ne sois pas si dramatique, se dit Drik. J'ai fait ce que j'ai pu. J'ai analysé l'angoisse. Abordé les désirs inconscients. Nommé le transfert, pour faire entrer le problème dans l'espace thérapeutique, qu'on puisse en parler et que le patient n'ait pas à régler ses conflits dans le monde hors du cabinet. Ça n'a rien donné mais j'ai fait de mon mieux. Il a été mal dirigé, le garçon est totalement imperméable à une thérapie devant déboucher sur une prise de conscience. J'aurais dû le rediriger vers une thérapie cognitivo-comportementale, le remède miracle, si on en croit les médias. Je peux encore le faire. Mais il n'est plus en formation, il n'est plus obligé de suivre une thérapie ! Il peut partir !

C'est comme si le soleil perçait à travers les nuages. Pourquoi n'y a-t-il pas pensé plus tôt ? Il se sent apparemment si impliqué qu'il lui semble naturel de suivre Allard et de le soutenir dans son changement de cap impulsif, comme si c'était de sa responsabilité.

Il se met à conduire plus lentement. C'est aussi sa faute. S'il avait réussi à atteindre le garçon, ça ne serait pas arrivé. Maintenant, Allard a perdu sa place en formation et il se lance dans une aventure incertaine. Anesthésie ! Un refuge pour la névrose ! Allard n'a plus besoin d'affronter sa peur, il peut la recouvrir fermement avec des techniques anesthésiantes. Il peut s'amuser avec la gestion des voies respiratoires et les stratégies de transfusion et oublier les émotions.

— Je voudrais continuer la thérapie, dit Allard. Provisoirement. Bien sûr, je ne pourrai plus le faire pendant mes heures de formation. Ce serait possible de changer l'horaire ?

Soyons large d'esprit, pense Drik. Je suis déjà bien content qu'il ne s'en aille pas abruptement. Tôt le matin, ce n'est pas envisageable, ces gens-là commencent à sept heures et demie.

— Le soir, à six heures, ça t'irait ? Comme ça, on pourrait garder le lundi.

Allard fait oui de la tête et écrit dans son agenda.

— Maintenant que tu as arrêté la psychiatrie, l'hôpital ne va plus payer ton analyse. Tu es assuré pour ça ?

— Je paierai de ma poche. Je ne veux pas être enregistré quelque part comme patient en thérapie.

— Je dois faire une demande de prise en charge. Même si c'est toi qui paies, je suis obligé de transmettre ces données, si absurde que ce soit.

Allard se tait un instant.

— Intéressant. Et quel sera votre diagnostic ?

Là, il soulève un lièvre. Un quelconque trouble de l'anxiété ? Des troubles de la personnalité ? Des problèmes d'ordre professionnel, on peut toujours dire ça, évidemment c'est un peu facile. La plupart de mes patients n'entrent pas dans le cadre de la classification du *Manuel diagnostique et statistique des troubles mentaux*, je suis bien obligé d'inventer quelque chose.

— Qu'est-ce que tu proposerais ?

— Rien, je ne marche pas, pas même pour de rire, ni comme un jeu. Je refuse. Il ne faut jamais collaborer à ce type de système opaque. J'ai refusé également le dossier électronique du patient. Qu'est-ce qui me garantit que mes données resteront confidentielles ? Les comptables et les dactylos des bureaux de la santé publique n'ont pas à connaître mes données. Je ne comprends pas que vous participiez à ces conneries. Ça me déçoit beaucoup, vraiment.

— J'y suis bien obligé. Non, ce n'est pas vrai. J'ai finalement choisi ce système parce que la plupart des gens veulent faire appel à leur assurance. Ils y ont droit d'ailleurs. Je suis d'accord avec toi. C'est un système qui est mauvais et dangereux.

— Et qu'est-ce qu'on fait maintenant ?

Drik réfléchit. S'il ne respecte pas les règles, il commet une infraction. Un "délit économique", dont le patient est au courant. Est-ce qu'on peut convenir avec un patient d'enfreindre la loi ? Qu'est-ce que ça signifierait pour la relation thérapeutique ? Le patient peut fantasmer : ce type est prêt à se faire pénaliser pour moi. Ou : il n'observe pas les règles, on ne doit donc pas être vraiment en sécurité ici. Le patient peut faire chanter le thérapeute. Le thérapeute peut traduire son malaise vis-à-vis de la situation par de la colère envers le patient.

— Les psychiatres en formation ne sont pas les seuls à pouvoir profiter d'une analyse didactique. J'ai aussi des généralistes parmi mes patients, des spécialistes, des collègues. Sur toutes mes factures, je note : analyse didactique. C'est ce que je vais aussi faire avec toi. Ça te va ?

Allard acquiesce d'un signe de tête. Il s'assied sur le rebord de son siège et regarde Drik droit dans les yeux.

— Tout doit rester secret. Sinon on n'ose plus rien dire. Je n'ai d'ailleurs jamais vu un dossier qui ne contienne pas d'erreurs grossières. L'information est vieille de vingt ans, elle a été écrite de travers et jamais corrigée ou alors elle concerne un autre patient. Et ce n'est pas en rendant ces dossiers publics qu'on améliorera la situation, c'est se moquer du monde que de le suggérer. Vous devez faire un rapport sur moi à ma formation ?

— Non, je ne fais rien du tout. C'est toi qui décides quand tu commences et quand tu arrêtes. C'est tout. Tu peux dire tout ce que tu veux ici.

— Ils n'étaient pas très contents que je parte, dit Allard. Ils ne peuvent pas remplacer quelqu'un en cours de formation, il va donc leur manquer un psychiatre pendant quatre ans. Je dupe mes collègues, disent-ils. Ils me demandent d'y réfléchir à deux fois. Le professeur était quand même très gentil, il a dit que cela arrivait régulièrement, que les gens doivent s'habituer. Que ce n'est qu'au bout d'un certain temps qu'ils réalisaient que c'était une profession formidable. J'ai tenu bon.

Ma tutrice était furieuse. Elle m'a demandé si c'était à cause d'elle, parce qu'elle ne m'encadrait pas bien. Elle a dit que je demandais énormément d'attention. Elle fait semblant de se sentir responsable et, mine de rien, elle me reproche de trop l'accaparer. Je n'avais pas envie de ce type de discours. Je lui ai offert un bouquet de fleurs, ça lui a coupé le sifflet. De toute façon, ce qu'ils disent, ça m'est égal maintenant. Je suis tellement soulagé de ne plus les voir, ces gens. Ma mère trouve que j'ai pris la bonne décision. Quand elle travaillait encore sur le terrain, elle s'est souvent rendue aux urgences. Des gens énergiques, a-t-elle dit, et qui font des choses utiles. Réanimer quelqu'un, le garder en vie. Je commence lundi.

Lorsque Allard est parti, Drik ouvre la fenêtre. Il se promène dans la pièce, une tasse de café dans les mains. Il n'est pas mécontent. Le jeune homme ne le fuit pas, provisoirement. Il doit y avoir quelque chose qui l'accroche à la thérapie. Il était d'accord pour qu'on continue à nommer le traitement "analyse didactique" ; peut-être que cela signifie qu'il veut quand même apprendre quelque chose, qu'il veut changer ? Quoi qu'il en soit, c'est positif qu'il veuille continuer.

Drik note deux ou trois trucs dans le dossier. Le téléphone sonne. Suzanne veut savoir s'il mange avec eux ce soir. Oui, sympa, pense Drik en première instance, comme ça, je pourrai parler de ce garçon, il va aller en formation dans le service de Suzanne, il faut peut-être que je la prévienne – mais avant qu'il ait pu formuler une réponse, il réalise qu'il ne peut absolument rien dire, justement parce que Suzanne va rencontrer Allard la semaine prochaine. Il prévoit soudain des soirées difficiles dans l'avenir, des soirées où des questions lui brûleront les lèvres, sur le service, les séniors, les procédures, dont il ne pourra pas attendre de réponses. Des soirées pendant lesquelles il écoutera les récits de Suzanne et devra bien faire attention de ne rien laisser transparaître de son savoir dans ses conversations avec Allard. Ça va devenir compliqué.

— Tu sais, Suzanne, je voudrais essayer d'être un peu plus autonome. Être plus souvent à la maison. Il faudra bien qu'un jour j'arrive à me débrouiller sans toi.

— Ah, bon ! dit Suzanne.

Mais qu'est-ce qu'elle s'imagine ? pense-t-il, furieux. Que je vais aller m'installer chez elle ? Qu'elle va toujours s'occuper de moi, que je suis perdu sans elle. Je ne veux pas de ce contrôle. Ça suffit ! C'est comme ça que je me sentais autrefois, quand j'étais gamin, c'est idiot, elle n'y est pour rien, évidemment. Conduis-toi comme un adulte, essaie de te mettre à sa place. Elle aime bien parler avec moi, de Rose, de tout ce qui la tracasse. Je la déçois.

— J'aime beaucoup votre compagnie, là n'est pas la question. Je veux essayer de me sentir à nouveau chez moi ici, tu comprends, c'est pour ça que je dois éviter de fuir la maison tous les soirs.

Ils prennent rendez-vous pour plus tard dans la semaine. Suzanne a la voix terne et Drik se sent coupable et irrité. Il a menti à sa sœur, mais ne voit pas comment il aurait pu l'éviter. Il ne pouvait quand même pas lui dire : écoute, j'ai un patient qui va croiser ta route la semaine prochaine et ça me met mal à l'aise. Ça n'a d'ailleurs pas de sens, c'est le genre de choses qui arrive. Il suffit de se taire, ne pas dire ce qu'on est censé ne pas savoir ou ce que l'autre doit ignorer. Pourquoi est-ce que ça poserait problème dans ce cas précis, il n'en sait rien.

Ce besoin de liberté qui lui vient de son adolescence le rappelle au passé. Il décide d'aller voir Leida dans l'après-midi, ça fait des mois qu'il ne l'a pas fait. Leida va profiter de son besoin de faire quelque chose de gentil pour se rattraper maintenant qu'il a envoyé Suzanne promener, il le sait, ça s'appelle un déplacement, mais ça ne l'empêche pas d'enfourcher sa bicyclette.

Dans une librairie, il trouve un livre sur les hôpitaux à travers les siècles avec photos et illustrations. Il demande un paquet cadeau.

— C'est tout ou rien, dit Leida une fois qu'il est entré. La semaine dernière, Suzanne est passée avec

Rose. Regarde, ses fleurs sont encore dans le vase. Et maintenant, toi. Quelle invasion !

Il voit qu'elle caresse la couverture du livre de la main. Elle consulte la table des matières.

— Comme c'est gentil ! Mon propre hôpital est dedans. Il n'existe plus.

Elle cherche la page.

— Regarde comme c'était un beau bâtiment. C'est pitié qu'on l'ait démoli. Le pensionnat des infirmières se trouvait derrière, c'est là que j'habitais.

— Il paraît que Rose t'interviewe sur les femmes au travail. C'est sympa ?

— Sympa, sympa, dit Leida l'air grincheux. Ça ne me déplaît pas qu'elle ait pensé à moi, mais le sujet est loin d'être plaisant. Cela m'a ramenée des années en arrière, j'ai réalisé à quel point je m'épanouissais dans mon travail et comme je l'ai quitté le plus naturellement du monde. Définitivement. Il n'était pas question que ce soit une solution provisoire. Du jour au lendemain, je n'étais plus infirmière.

— Pourquoi n'as-tu pas repris quand nous avons quitté la maison ? On manque toujours d'infirmières, il y a des stages de recyclage, des programmes de réinsertion, tout ça gratuitement. On vous attend les bras ouverts !

— Quand Suzanne a commencé ses études, j'avais cinquante-cinq ans.

— Tu aurais encore pu travailler une dizaine d'années, non ?

Leida se lève, pose le livre sur la table et se penche sur le service à thé. Bruits de tasses.

— Honnêtement, je ne pense pas que j'aurais pu. Il y avait eu beaucoup de changements, des trucs techniques, à l'époque déjà, des ordinateurs, des moniteurs – tout était nouveau et compliqué. De nos jours, on peut apprendre le métier à l'université. Pour moi, c'était désinfecter les bassins hygiéniques au Lysol, préparer du lait chaud pour les patients insomniaques, distribuer les médicaments, couper les ongles. Non, je crois que je n'aurais pas pu.

Elle s'essuie les yeux avec un mouchoir qu'elle a sorti de sa manche.

— Ça me touche, c'est certain. Mais ne va pas croire que j'ai des regrets. Grâce à ma formation, j'ai été capable de m'occuper de vous. J'avais un diplôme de sage-femme, je savais comment changer un bébé et comment lui faire prendre son bain. J'avais l'habitude de faire plusieurs choses à la fois.

— Hendrik ne t'a jamais encouragée à reprendre le travail ?

Leida croise les bras. Ses jambes solidement empaquetées dans des bas couleur chair se tiennent droites sur le sol.

— Mon Dieu, Hendrik ! C'est mon frère, je ne l'aurais jamais laissé tomber. Mais je doute fort que ce soit réciproque. Disons que depuis l'accident il a considérablement changé. Il n'était plus capable de construire quoi que ce soit avec vous. La vue de petits enfants le rendait malade. Il vivait à son travail, dans son bureau, pendant ses déplacements. Sa vie personnelle s'est arrêtée avec la mort de Fenny.

Fenny, pense Drik, c'est ma mère. Personne ne prononce jamais son nom. Fenny. Je parle à quelqu'un qui connaît le son de sa voix, sa façon de bouger.

— Je suis allé voir Hendrik l'hiver dernier. Avant sa grippe.

— Et il t'a reconnu ?

— Pas tout de suite. Quand je suis parti, seulement, il a compris qui j'étais. Cela m'a contrarié. Nous avons fait une petite promenade. J'y pense tout à coup parce qu'on a commencé à parler de ces funestes vacances. Tu sais, toi, ce qu'il s'est passé exactement ?

Le visage de Leida semble se fermer.

— Non. Hendrik n'a jamais voulu en parler. Je sais qu'il a été question de soupçons, au début, il aurait poussé Fenny du rocher. Ça l'avait complètement chamboulé. D'après moi, la police doit toujours faire une enquête, c'est le protocole. La plupart des crimes sont commis par des proches. Mais lui, ça l'avait marqué.

— Ce serait possible, tu crois, qu'il l'ait fait ?

— Dans un accès de colère ? Quand il était enfant, déjà, il avait des accès de colère incontrôlables. Et il supportait mal que Fenny se consacre entièrement aux enfants. L'attention se déplace à la naissance d'un enfant. Pas facile pour un homme. Il adorait Fenny. Je ne peux pas imaginer qu'il l'ait assassinée. Ou plutôt : je peux très bien l'imaginer, mais je ne pense pas que cela se soit passé ainsi. Fenny n'était pas très adroite, tu sais, dans ses mouvements. C'est tout à fait plausible, qu'elle soit tombée.

Quelle conversation débile, pense Drik. Qu'est-ce que je suis venu chercher ici, en fait ? Leida est une femme bornée, seule, bizarre. Elle nous a élevés d'une main sévère, distante, comme si elle n'osait pas s'attacher à nous. Ça nous a marqués, tous les deux.

— Une malédiction, marmonne Leida tout en passant l'arrosoir sur les nombreuses plantes posées sur le rebord de la fenêtre, le dos bien droit et les jambes solidement plantées sur le sol. Elle coince l'arrosoir contre sa poitrine et tourne son visage vers Drik.

— Une malédiction pour la famille. Il y a trop peu d'enfants. Moi, je n'ai pas d'enfants, bien sûr, toi, tu n'as pas de descendant et Suzanne n'a que Rose. La famille s'éteint, nous sommes maudits. C'est peut-être mieux d'ailleurs. Tu es aussi coléreux que ton père. Tu le caches très bien, mais je t'ai vu à l'œuvre.

Veut-elle dire que je suis un assassin en puissance ? Qu'est-ce qui peut bien se passer dans sa caboche ? Je n'ai pas d'enfant, mais de quoi je me mêle ? Quelle impertinence ! Mais pourquoi je l'écoute ?

Leida s'est assise à nouveau, l'arrosoir sur ses genoux.

— L'accident de Fenny a jeté une ombre sur tout ce qui est advenu par la suite. On ne s'attache pas. On a peur de la perte. Donc, on n'ose pas se reproduire. C'est comme ça que je le vois. Une malédiction. Mais c'est très gentil que tu aies apporté ce livre. Maintenant, il faut que tu partes. C'est un peu trop long pour moi.

Vaguement abasourdi, Drik prend congé. Il a l'impression de quitter l'antre d'une sorcière, une évasion de dernière minute. Il s'éloigne sur son vélo en secouant la tête.

La semaine suivante, Allard arrive à six heures. Drik a reçu des patients toute la journée. Il est fatigué, il a envie d'un apéritif mais il traîne consciencieusement les pieds jusqu'à la porte au bruit de la sonnette. Allard pénètre résolument dans le couloir. Il est à peine assis qu'il commence à parler, souriant, vif, gai. Drik retient un soupir.

— Quelle journée ! Formidable ! C'est le meilleur choix que j'aie jamais fait. Rien à voir avec la psychiatrie, complètement différent. Je ne savais pas que ça pouvait exister, ma parole.

Idéaliser, pense Drik. Il fait la même chose que dans sa première formation mais dans l'autre sens, cette fois.

— Qu'est-ce qu'il y a de si différent, d'après toi ?

— La clarté. Tu sais ce que tu as à faire. Les gens ne se la jouent pas, ils n'ont pas des raisonnements vaseux. Ce ne sont pas des singeries, il faut faire son travail, point barre. On n'humilie pas les internes. On les aide même ! J'ai un tuteur, un étudiant de dernière année qui me montre le chemin. Et j'ai un superviseur, elle m'accompagne pendant ma période d'essai, les trois premiers mois. Quelle femme ! Tout le monde porte la même tenue bleue là-bas, mais je l'ai tout de suite remarquée, dès les transmissions matinales. Bien balancée, les cheveux en bataille. De grands yeux gris. Et un visage adorable. Et drôle par-dessus le marché, nous avons beaucoup ri aujourd'hui. Elle répétait aux patients : Voici mon collègue, le docteur Schuurman. Trop mignonne. Tout ce que j'ignore ou que je ne sais pas faire, elle me l'explique. Elle me laisse essayer et elle est contente quand j'y arrive. J'ai hâte d'être à demain, je pourrai encore passer toute la journée avec elle. Suzanne, elle s'appelle.

Le soupir que Drik maintenant ne peut plus retenir vient du plus profond de son être.

16

Un soir de septembre d'une chaleur inespérée. La porte du jardin est ouverte.

— Je la ferme avant le dîner? demande Peter. Suzanne hausse les épaules. Elle pose deux casseroles sur la table. Puis elle va chercher un pull et des chaussettes à l'étage.

— J'ai froid, dit-elle quand Peter l'interroge du regard. Il les a servis – haricots verts, et pommes de terre.

— Merde! Le bifteck. Allumer le gaz, la poêle, le beurre, se dépatouiller avec l'emballage en plastique, un juron, le grésillement de la graisse qui brûle.

Ils sont à nouveau l'un en face de l'autre, devant des haricots tièdes et de la viande à moitié crue. Peter rit.

— Tu es de bien mauvaise humeur. Le travail ou autre chose?

Suzanne bougonne.

— Pas à cause de toi. Excuse-moi pour ce repas infect.

— Si tu ne finis pas trop tard demain, on ira au restaurant. Pour compenser.

Comment peut-il être aussi positif, aussi gentil? Quand elle est avec quelqu'un d'humeur maussade, elle pense immédiatement que c'est sa faute. Elle est incapable de renverser la vapeur, sinon par la fuite ou la violence. Si seulement elle pouvait penser comme lui : voilà quelqu'un qui est de mauvaise humeur et je n'y suis pour rien. Elle pose son assiette sur le plan de travail.

— Quelque chose qui ne va pas ?

Il trempe son pain dans le jus du bifteck. Suzanne pense au bassin qui pend sous la table d'opération pour récolter les fluides du patient. Ça ne lui donne pas la nausée. De l'albumine, des globules rouges – pas de quoi se rendre malade. Il y a bien d'autres raisons pour ça.

— Drik, arrive-t-elle à prononcer. Peter la regarde, l'air sérieux.

— Qu'est-ce qu'il a Drik ?

— Il ne viendra plus.

— Il était encore là vendredi. Il ne vient plus tous les jours, c'est vrai. Il t'a dit quelque chose dans ce sens ?

Suzanne opine. Peter attend. Elle respire profondément.

— Il veut être autonome. Ne plus dépendre de moi, c'est ainsi qu'il s'est exprimé. Comme si je le retenais prisonnier !

Peter pose sa serviette sur la table et va s'asseoir auprès de sa femme. Il lui met un bras sur les épaules.

— Nom d'un chien Suzanne, tu recommences. Tu penses que c'est à cause de toi. Ne fais pas ça. Arrête.

— Mais c'est ce qu'il dit, non ?

— Ce qu'il dit n'exprime jamais que ses propres raisons et ses propres désirs. Peut-être qu'il a commencé à faire son deuil, peut-être qu'il a une copine, peut-être qu'il veut se saouler tous les soirs. Quelque chose qui le concerne, lui, tu comprends ? Pas toi.

Elle s'essuie les yeux avec sa serviette.

— Quand j'avais dans les douze ans, j'allais souvent dans sa chambre, on écoutait des disques. Il comprenait les paroles des chansons. J'avais le droit de rester dans ses parages pendant des heures, pendant qu'il faisait ses devoirs. Je m'allongeais sur son lit. On entendait Leida passer l'aspirateur en bas, mais on était en sécurité, ensemble. À la fin de l'année scolaire, il a disparu. D'un coup. Je devais bien m'en douter, qu'il allait étudier, on en parlait souvent à la maison, mais ce que cela signifiait, qu'il allait partir définitivement, je ne l'avais pas réalisé.

— Il ne t'en avait pas parlé, auparavant?

— Il m'a laissée avec les deux autres. Comme ça, sans m'y avoir préparée.

— Et toi?

— Je ne sais plus très bien. Je lui écrivais des lettres. Et j'avais le droit d'aller le voir de temps en temps. Des heures dans le train, puis j'arrivais dans une de ces maisons où n'habitent que des garçons. Leur cuisine était dégueulasse et ils pissaient dans l'évier. Leida me donnait l'argent pour le train. Mais on ne se parlait pas.

— Peut-être qu'il ne pouvait pas t'en parler. Qu'il se sentait coupable. Il n'avait que dix-huit ans. C'était encore un enfant.

— Tu prends toujours sa défense? J'avais treize ans, des années d'école secondaire devant moi. Cela prendrait tout ce temps avant que je puisse quitter la maison. Me mettre en colère ne m'aurait avancée à rien, je ne pouvais qu'attendre. Espérer et attendre. Et maintenant, il me laisse tomber une fois de plus. Je croyais que je comptais pour lui. Avec Hanna et le reste. Il fout le camp. Tout le monde fout le camp.

— Pas pour t'embêter, voyons. Il essaie de reconstruire sa vie. Comme Rose. Il ne faut pas qu'on se sente injuriés, ni blessés. Tristes, tout au plus, parce que quelque chose nous manque.

— Rose m'en veut. Je l'appelle trop souvent ou pas assez. Elle est fâchée que je ne lui ai pas posé de questions sur ce travail avec Leida. J'avais oublié. Je ne veux pas penser à cette femme.

Peter se lève et se dirige vers le jardin.

— Viens donc. C'est une si belle soirée. Laisse la vaisselle, je la ferai tout à l'heure.

Ils sont assis sur le banc du jardin. C'est ça ma vie, pense Suzanne. Ce jardin où notre fille avait son bac à sable et, plus tard, sa planche de légumes. Ceci est la maison où les gens viennent pour reprendre des forces, se faire soigner. Qu'ils quittent quand ce n'est plus nécessaire. Comment se quitter sans colère ? Je ne sais plus à quel saint me vouer. Je voudrais pouvoir anesthésier tout ce qui s'y rapporte, de près ou de loin, pour que toute ma période scolaire se dissolve dans un brouillard. Je ne supporte pas qu'on me quitte. Je ne le supporte tout simplement pas.

Le lendemain matin, elle est assise à côté d'Ab Taselaar pendant les transmissions.

— Tu fais la stabilisation des vertèbres tout à l'heure. Tu emmènes ton poulain ?

— J'en ai bien l'intention, oui. Elle parcourt la salle des yeux et voit Allard assis auprès de Winston, son mentor. Ils sont en grande discussion. Ils rient.

— Il va y avoir foule dans cette salle d'opération, dit Ab. L'équipe de radiographie naturellement, et une flopée d'internes, et deux chirurgiens traumatologues indiens. J'espère qu'on n'aura pas d'inspection car on sera sûrement plus de quatorze autour de la table. C'est interdit.

— Demande une dispense. Un traitement expérimental, l'hôpital s'en enorgueillit, non ? On ne le fait encore nulle part ailleurs, il faut le montrer.

Taselaar marmonne.

— Oui, oui. Si seulement ils pouvaient se mettre dans une salle à part, avec une liaison vidéo. Des gens de chez nous viendront voir aussi, naturellement. Il secoue la tête.

Suzanne réfléchit à l'intervention. Interruption médullaire haute, il y a trois jours. Il va falloir stabiliser les vertèbres pour qu'à échéance le patient puisse, en tout cas, être hissé sur une chaise sans que d'autres nerfs ne se retrouvent coincés. La procédure courante consiste à ouvrir le thorax et à scier les côtes. Le chirurgien peut alors placer les tiges et les vis en titane puis refermer. Une opération qui dure des heures, très lourde, qui affaiblit considérablement le patient et lui laisse une cicatrice sur tout le haut du corps. Aujourd'hui, les chirurgiens traumatologues vont s'y prendre autrement. À l'aide de petites incisions, ils vont pratiquer quatre orifices par lesquels ils pourront introduire leurs caméras et instruments dans le thorax. Grâce à un moniteur et à un appareil radiographique ils vont pouvoir s'orienter à l'intérieur du corps du patient et effectuer leur travail de stabilisation. Technique et ingéniosité, magnifique. Elle bout d'impatience.

Allard vient la rejoindre après les transmissions.

— J'ai lu le dossier médical. Il est originaire du Maroc. Il a grimpé sur une chaise pour attraper un truc dans une armoire. Il est tombé.

Ils se rendent en prémédication.

— Tu veux le faire ? dit Suzanne.

Allard opine. Il se dirige vers le lit et fait une sorte de révérence. Il se présente et demande le nom et la date de naissance, lentement, en articulant bien. Suzanne sourit en s'appuyant contre le mur.

Il y a déjà pas mal de monde dans la salle d'opération. Suzanne et Allard se concentrent uniquement sur le patient, comme s'ils voulaient le protéger de tout le bruit qui l'entoure. Allard réussit à poser une perfusion et à endormir le patient. Alors seulement, ils se regardent.

— Il n'a pas de famille ? demande Allard. Personne ne l'accompagne. Et cela après un tel traumatisme, c'est triste quand même !

— Nous ne savons jamais ce genre de choses. Mais c'est tragique. Qu'est-ce qu'il va faire, cet homme ? Il va aller dans un établissement de soins, je suppose.

Comme l'intervention sera suivie, étape par étape, grâce à l'appareil radiographique, tout le monde doit mettre un tablier plombé. On passe une blouse stérile par-dessus celui du chirurgien, un petit homme au regard grave. Il s'appelle Hjalmar, mais dans ce contexte grave, Suzanne n'ose pas l'appeler par son prénom.

— Docteur Kooiman, nous allons intuber. Kooiman acquiesce d'un signe de tête.

Suzanne introduit une sonde à double lumière afin de ventiler un seul poumon. L'autre poumon se ratatine pour laisser de la place au chirurgien. Cela se fait sans problème. Elle pique une ligne centrale. Une ligne artérielle. Elle met le patient en position, sur le côté et place un de ses bras par-dessus sa tête pour libérer le thorax. Elle recouvre le tout de toile verte. La tête de l'homme disparaît sous la toile.

— On dirait qu'on lui a mis le moniteur à la place de la tête, dit Allard. Et l'écran vidéo à la place du thorax. Du beau matériel d'occase !

Kooiman, imperturbable, trace des traits sur le thorax. De sa voix douce, il demande régulièrement à ce qu'on fasse une photo. Guidé par les images, il pratique les incisions et fait glisser les trocarts en matière synthétique verte à l'intérieur.

La salle d'opération se remplit progressivement. Suzanne voit Tjalling se faufiler avec un appareil photo pour immortaliser cette intéressante intervention. Le mouchard qui détecte le nombre de fois où la porte s'ouvre pendant une opération s'affole. Kooiman semble ne pas le remarquer. Il manipule ses pinces, contrôle ses mouvements sur l'écran vidéo. Le poumon est replié comme une couverture grise derrière la colonne vertébrale. On voit la grosse aorte onduler comme un tuyau d'arrosage rempli d'eau. Allard passe la main sous la toile et touche le front de l'homme.

— Un peu moite, dit-il. Suzanne ajuste le sédatif. Ils sont dans l'espace étroit entre le patient et l'appareil mais ils ne se gênent pas. Les deux infirmiers anesthésistes n'ont rien à faire, ils se racontent leurs vacances.

— Regarde la saturation, dit Suzanne, inquiète. Beaucoup trop basse. Qu'est-ce qu'il se passe ?

Tous deux regardent le moniteur. Trop peu d'oxygène dans le sang. Suzanne se penche pour suivre le circuit du respirateur dans l'enchevêtrement des fils. Elle rampe sous la table. Allard s'y est déjà agenouillé pour contrôler les embranchements. Son masque s'est abaissé.

— Je ne vois aucune fuite. Tout est en ordre.

La lumière verdâtre qui s'infiltre éclaire son visage grave. Nous sommes sous une tente de camping, pense Suzanne. Tout à l'heure nous sortirons dans les dunes et nous entendrons la mer.

— Saturation soixante, crie quelqu'un.

— Je crois que je sais d'où ça vient. Allard rit gaiement. Suzanne se rapproche de lui. Qu'est-ce qui lui est venu à l'esprit, qu'est-ce qui le rend si joyeux ? Des deux mains, il abaisse le masque de Suzanne. Puis il prend la tête de la jeune femme entre ses mains et il l'embrasse. Presque naturellement, elle entrouvre la bouche en sentant ses lèvres. Les dents se touchent, les langues se mettent à danser.

— La saturation baisse à cinquante-cinq !

Allard sort d'entre les toiles en rampant puis se lève. Suzanne voit ses pieds bouger, elle entend ce qu'il dit.

— Regardez, son bras est coincé. Ce doigt est mal irrigué. Je place un capteur sur un orteil ? Pousse-toi Suzanne, je passe de l'autre côté.

Elle saisit le petit clip blanc et le passe à Allard dès qu'elle voit ses sabots apparaître de l'autre côté du patient. Elle groupe les tuyaux et les fils pour qu'aucun des chirurgiens ne trébuche ni ne marche dessus. Le chirurgien qui opère avec Kooiman a retiré ses sabots, il travaille en chaussettes.

Lorsqu'ils ressortent de dessous la table, toute l'équipe des anesthésistes observe le moniteur avec admiration. Assez d'oxygène dans le sang. Erreur de mesure. Fausse alerte.

Elle a relevé son masque et suit attentivement ce que fait Kooiman.

— Vous pouvez aller boire un petit café, dit-elle sans regarder personne. Allard et un infirmier anesthésiste sortent dans un bruit sourd de sabots.

Je dois être tombée sur la tête, pense Suzanne. Une salle d'opération pleine à craquer, une double équipe d'anesthésistes, toute une équipe de radiologues – et moi, j'échange un baiser sous la table avec un interne. Un étudiant.

En quelques coups de marteau sonores, Kooiman fixe le matériel à la structure osseuse, un bruit mécanique agréable dans le monde spéculaire des caméras et des écrans. Il ne s'est rien passé, en fait. C'était un petit coup de folie, un clin d'œil de la vie. Ça arrive quand on est en présence d'une mort apparente. Il ne s'est rien passé. Mais quel est ce goût alors, que lui raconte sa langue, que lui rappellent ses lèvres ?

Sur l'écran, on peut voir une construction Meccano impeccable qui maintient les vertèbres ensemble. Les yeux de Kooiman disent, eux aussi, qu'il est satisfait. Il aspire, par les trocarts, le sang resté sur le champ opératoire. Puis il attend. Pas d'hémorragie.

— Tu ne veux pas sortir un peu toi aussi ? dit Allard. Il est soudain derrière elle à irradier sa chaleur.

— J'attends qu'on ferme. Elle ne se retourne pas. Il ne s'est rien passé.

Quand les trocarts en plastique sont retirés et les incisions suturées, elle entre en action pour redonner vie au poumon affaissé. Sur l'écran, la masse gris clair enfle lentement, au rythme de la respiration, se déploie, vague après vague sur l'aorte et la colonne vertébrale, enfle et enfle jusqu'à ce que tout l'écran soit rempli. Tout le monde regarde. Rien passé, pense-t-elle, tu vois bien, il ne s'est rien passé. Elle écoute les poumons et fait un signe de tête à Kooiman. Tout est sous contrôle.

Ensemble, ils conduisent l'homme jusqu'à la salle de réveil. Il gémit, fort, ce sont presque des cris. Qui peut lui expliquer comment fonctionne une pompe à morphine ? Un traducteur en ligne ? N'avons-nous pas une infirmière anesthésiste marocaine ?

— Est-ce que ça pourrait être une question de culture, qu'il gémisse comme ça ? demande Allard. C'est peut-être la coutume au Maroc s'il arrive quelque chose de grave.

— On leur donne davantage d'antidouleur les premiers temps. Ensuite, c'est à eux de voir.

Suzanne transmet le patient et Allard fixe tous les raccords, accroche la poche de perfusion et borde l'homme soigneusement avec la couverture.

— C'est bizarre de le laisser comme ça. Est-ce qu'on ne devrait pas essayer de savoir s'il a de la famille, s'ils vont venir ? Ou un médecin généraliste peut-être ? On peut partir comme ça ?

Suzanne lève la tête. Elle est en train d'écrire dans le dossier. Il n'est pas à nous. Plus maintenant. C'est le patient du chirurgien, et plus tard, du médecin de salle. Pour nous, c'est fini. Cet après-midi, je vais encore voir comment vont ses poumons, s'il a mal, mais il n'est plus sous notre responsabilité.

— Mais il n'a peut-être personne ! Il est paralysé, toute sa vie s'est écroulée il y a à peine trois jours. Et personne ne le comprend. Une consultation psychiatrique est quand même le moins qu'on puisse faire ; on ne peut pas lui organiser ça ?

Suzanne secoue la tête. Elle lui montre le seau à bonbons, derrière l'ordinateur. Il plonge la main dedans. Il y a une grande variété de bonbons dans le seau et il en retire un petit cœur rose. Il le lui donne en rougissant légèrement. Ils rient tous les deux.

— Je, euh…, dit-il.

— Ne dis rien. On pourrait aller manger quelque chose avant de continuer.

Dans la salle de détente, elle tombe sur Rudolf Kronenburg qui répand le parfum discret d'une lotion après-rasage luxueuse. Elle va s'asseoir près de lui.

— Tu étais à la stabilisation de la colonne vertébrale ? Quel cirque, dis donc ! Ça s'est bien passé ?

— Très bien. Alors qu'elle le dit, elle réalise que c'est vrai. L'anesthésie s'est bien passée, le problème de saturation a été réglé à temps, le poumon s'est déplié de façon surprenante. Ça s'est bien passé. Y compris ce qui s'est passé sous la table. Elle ne peut ou n'ose pas s'y attarder mais elle est tout à fait consciente de la forme de ses hanches, de sa bouche, de ses cheveux sous le calot.

— J'ai eu une conversation avec le patron ce matin, dit Rudolf. Pas bon. Carrément déplaisant. Tu gardes ça pour toi, hein ?

Suzanne opine. À propos de quoi ?

— Mon fonctionnement. Pas satisfaisant. Le refrain habituel, tu sais bien, qu'on ne doit pas travailler en soliste mais en équipe. Et pourquoi je n'y arrive pas ? Qu'est-ce qu'on peut répondre à cela ?

— Il faut reconnaître que tu es têtu comme une mule. Tu as joué au foot autrefois ?

Il fait sinistrement non de la tête.

— Pas de sport d'équipe. J'ai fait de l'escrime. J'aime bien tout décider tout seul. Ça provoque parfois des frictions, c'est vrai. Maintenant, je dois suivre un "trajet d'amélioration", on aura tout vu. Trois mois. Avec des comptes rendus réguliers de ma part et de celle du collègue chevronné qui sera chargé de mon évolution, que Dieu le ou la garde! Ça me tue!

Dans un coin éloigné de la salle, Suzanne voit Allard en grande conversation avec une infirmière anesthésiste. Leila, une Marocaine. Elle sourit.

— Il n'y a vraiment pas de quoi rire. C'est absolument affligeant. Et hypocrite, naturellement. Il ne dit pas que je suis un mauvais anesthésiste, mais c'est ce qu'il sous-entend finalement. Non, il s'agit de valeur ajoutée à la soi-disant équipe, comme si quelques infirmiers et poseurs de perf bloqués dans leur développement professionnel pouvaient m'apporter quelque chose. Il croit vraiment que nous allons nous perfectionner en nous surveillant les uns les autres et en mettant le doigt sur nos erreurs réciproques? Un trajet d'amélioration! Si ça ne marche pas nous allons "devoir nous séparer". Et puis quoi encore? Et tu sais ce qu'il y a de pire, il a gardé ça pour la fin : je suis inscrit d'office à l'entraînement à la simulation. Qu'est-ce que tu penses de ça? Comme ça, je pourrai développer mes capacités à travailler en équipe dans un environnement sécurisé, tu vois?

— Mais c'est pas mal, tu sais. J'y ai participé plusieurs fois. On est confrontés à des situations qui ne se produisent jamais dans la réalité.

— La crise à laquelle je suis réellement confronté me suffit. Je me sens observé et jugé. Naturellement, ce n'est pas ainsi que je dois voir les choses, les critiques vont me faire avancer. Bah!

— Il faut que j'y aille. Si tu aimes la simulation, choisis donc ce groupe de travail, inventer toi-même des situations de crise, c'est peut-être ce qu'il te faut.

— Il me l'a déjà demandé ! Et je vais le faire, dans le cadre de l'amélioration.

Rudolf se détourne, l'air dégoûté. Il lui fait un gentil signe de la main quand elle s'éloigne vers Allard.

Je vais droit vers lui, pense-t-elle. Il faut qu'il vienne, le programme doit suivre son cours, il ne faut pas que cela ait d'incidence sur le travail. Pourquoi d'ailleurs ? Il ne s'est rien passé.

Sur son vélo, en rentrant chez elle, elle est satisfaite. Elle a laissé Allard travailler seul, le patient était en bonne santé, c'était une intervention bénigne, elle est restée appuyée contre le mur de la salle. Il avait l'air très convaincant. Elle n'a pas poussé plus loin, elle ne l'a pas interrogé – qu'est-ce que tu aurais fait si la tension avait augmenté, s'il y avait eu hémorragie, si la température avait monté ? Dans la salle de réveil, Leila était assise à côté du lit de l'homme opéré d'une lésion de la moelle épinière.

— Il a un neveu. Il viendra demain. De France !

Elle a regardé l'homme, qui était presque honteux d'avoir eu un accident. La douleur semblait sous contrôle, les poumons fonctionnaient correctement. Elle ne pouvait plus rien faire. Elle a remercié Leila.

— Bonne idée que tu as eue là, a-t-elle dit à Allard. Ils se sont dit au revoir dans le couloir qui séparait le vestiaire des hommes de celui des femmes. Ils se sont regardés et se sont dit "À demain".

Peter tient sa promesse et l'emmène dîner en ville. C'est comme si j'étais quelqu'un d'autre, pense-t-elle, une femme enjouée, posée, habillée avec soin, qui ne boit pas son verre trop vite et écoute son mari avec intérêt. Plus la soirée dure, plus elle coïncide avec ce rôle.

L'anesthésiste qui plonge en souplesse sous la tente verte et se laisse embrasser par son interne s'est évaporée. Jusqu'à ce qu'ils se lèvent et que Peter dise :

— On y va. Tu dois dormir. Tu travailles demain.

Elle sent des picotements au creux de l'estomac. Un jour nouveau. Demain.

17

C'est l'automne. Lorsque Allard vient pour sa séance en fin de journée, il faut allumer les lampes. Le cabinet baigne dans une lumière chaude grâce à la provision de lampes à incandescence que Drik s'est procurée. En synchronisme avec la lumière, l'alliance thérapeutique semble entrer dans une nouvelle phase : non plus dure et hostile mais souple et amicale.

Le travail lui fait du bien, pense Drik. Il se sent apprécié. Maintenant qu'il n'a plus à avoir peur, il s'autorise à apprendre, on peut dire qu'il est vraiment en formation. Il a donc fait le bon choix, même si j'ai pu émettre des doutes. Pour moi, cela s'apparentait à une fuite. Je le pense toujours d'ailleurs. Une fuite vers la soi-disant santé. Est-ce que c'est un problème ? Il va beaucoup mieux, non ? La dysphorie a disparu, il se concentre mieux et la collaboration est possible. Qu'est-ce qui me dérange alors ? L'idée de toute cette colère rentrée qu'il refoule ? J'ai appris que cela pouvait avoir des conséquences désastreuses, que ce n'était pas sain – mais est-ce toujours le cas ?

— J'ai commencé à sept heures et demie ce matin, dit Allard, et pourtant je ne suis pas vraiment fatigué. C'est un travail varié, toujours d'autres procédures, d'autres patients. J'essaie de connaître tous les médicaments, leurs dosages. On m'aide, je peux tout demander. Mon superviseur est un ange comparé à la femme de mon ancien travail. Tout va de soi avec elle, on ne se marche pas sur les pieds, on comprend ce que l'autre veut faire avant même que ce ne soit dit. Elle sait écouter. Je me sens à ma place auprès d'elle.

— À t'entendre, on dirait que tu es passé de l'enfer au paradis. Qu'est-ce que tu en penses, il y a vraiment une telle différence ou c'est toi qui veux le voir ainsi ?

— Pourquoi est-ce que je le voudrais ?

— Pour justifier ton choix ? Pour mettre de la distance entre toi et toute cette agression en psychiatrie ? Pour continuer à idéaliser la relation avec ton superviseur ?

— Elle est extraordinaire. Je n'idéalise rien, c'est la pure vérité. Je pense tout le temps à elle. Il faut dire aussi qu'elle est tout à fait charmante.

Il a rougi ? Drik n'est pas sûr d'avoir bien vu dans cette lumière. C'est bien de Suzanne que l'on parle, pense-t-il. Ça fait bizarre de l'appeler "ton superviseur" ou bien "cette femme à ton travail". Ça ressemble à une trahison. Est-ce que je dois dire que je suis son frère ? Ou, du moins, que je la connais ? Si je le fais, il ne me parlera plus d'elle. Il ne faut pas brider ses patients, aucun domaine ne doit être tabou. Il ne me reste plus qu'à supporter ses confidences.

— C'est un travail très physique. Allard continue à chanter ses louanges. Il n'y a pas de gêne dans les contacts, on est très libres. On se masse les épaules quand on a un torticolis, on se touche, on est tout près l'un de l'autre. Elle sent si bon.

Il est amoureux d'elle ? Comment je dois réagir ? Il s'agit de ma sœur là ! Ils ont vingt ans de différence, il pourrait être son fils !

Drik essaie de retrouver son calme. Entre mère et fils, il peut se passer bien des choses, il n'est pas sans le savoir. Son travail, c'est d'examiner les sentiments de son patient, ça aussi il le sait. Il regarde Allard d'un air interrogatif.

— Bon, enfin, marmonne le garçon, en fait, je suis amoureux d'elle, je crois. On s'est embrassés. Par accident. On était sous la table d'opération. J'ai vu son visage, elle avait l'air si contente, on venait de régler une situation dangereuse. C'est arrivé par surprise. Après, on a recommencé à travailler normalement.

— Normalement ?

Maintenant, les joues d'Allard prennent visiblement une belle couleur rouge.

— Oui, soupire-t-il. Puis il se tait.

— Il faut peut-être se demander pourquoi une situation dans laquelle tu vois tout en rose t'enthousiasme à ce point, dit Drik après quelques instants de réflexion.

— Parce que, pour une fois, j'ai quelque chose de positif à raconter. Je peux dire que tout va bien, parler de quelque chose que je sais faire.

Le ton est moqueur. Sous la dérision, Drik sent autre chose : le besoin de reconnaissance, d'éloges. Il explique à Allard que le désaveu à cause de son fiasco en psychiatrie n'existe que dans sa tête. Allard hausse les épaules.

— Si vous le dites. Mais ce n'est pas comme ça que je le ressens.

Drik est découragé. Ça ne nous mène nulle part. Je ne suis pas en état de penser. Il était avec Suzie sous la table d'opération ! Mais qu'est-ce qu'ils fabriquent, les anesthésistes ? Qu'est-ce que c'est que ces gens-là ?

— Tu trouvais les patients psychiatriques menaçants, mais ce que tu expérimentes maintenant, ce n'est pas rien non plus. Des gens dont le corps est ouvert, des amputations, des arrêts cardiaques. Ça ne te touche pas, ça ?

— Non. C'est le travail du chirurgien. C'est intéressant, pas effrayant. Ça arrive, c'est tout. Nous faisons en sorte que le patient ne remarque rien.

À nouveau ce sourire enjoué. On en est donc là, une mission d'endormissement collectif a pris le garçon dans son sein. Chacun bloque son angoisse ou son dégoût, ils n'ont pas le choix. Et donc, lui non plus.

— C'est l'heure, dit Drik. On reprend la semaine prochaine.

Mets un terme à ton amourette débile, voudrait-il ajouter, réfléchis à ce que cela signifie nom d'un chien – mais il sait que ce type de discours glisse sur les amoureux. Et que les thérapeutes doivent garder ce genre de commentaires pour eux.

Une fois Allard parti, Drik s'écroule sur son siège. Quelle merde ! Je ne peux plus revenir en arrière. J'aurais dû lui dire tout de suite, dès qu'il m'a parlé du service anesthésie, il y a des mois de cela, que je connaissais des gens là-bas. Très bien même. Maintenant, c'est trop tard. Faut-il que je rappelle Suzanne à l'ordre. Non mais qu'est-ce qu'elle croit ? Quel comportement débile. Ça n'a aucun sens. Mais je peux aussi ne rien dire, officiellement, je ne sais rien, je ne connais même pas ce garçon. Ça va devenir vraiment compliqué maintenant, de dîner chez Peter et Suzanne. Je vais devoir faire attention à ce que je peux et ne peux pas savoir. Surveiller mes paroles. Ce gamin a-t-il réussi à me couper de ma famille ? Et j'ai laissé faire ? Je vais mettre un point final à cette thérapie. La prochaine fois qu'il viendra, je dirai : tu vas mieux, il n'y a aucune raison de continuer. Il voulait de la reconnaissance ? Il va en avoir. Qu'il dégage, et en vitesse.

Drik a rendez-vous avec Rose à la mi-journée. Ils déjeunent à une terrasse, au soleil. Il fait tout juste assez chaud pour manger dehors. Pourquoi l'a-t-il appelée, se demande-t-il, c'est parce qu'elle est la seule de la famille à ne pas encore avoir été contaminée. Il a du mal à converser avec Peter depuis qu'il sait que Suzanne se conduit mal. Suzanne, il ne veut pas lui parler, il est trop furieux. Rose est en dehors de tout ça. Avec elle, il peut parler de tout. Sauf de sa mère bien sûr.

Elle parle de son petit mémoire, de ses entretiens avec Leida. Elle en a fait quelque chose de bien. Drik a lu son interview et a été impressionné.

— Tu sais bien écouter et tu poses les bonnes questions. Pour moi, c'était très intéressant. Ça a changé ma vision sur Leida. Tu as d'autres projets comme celui-là ? Tu écris bien.

— Bof, je ne sais pas, dit Rose. Elle n'a pas l'air très gaie. Quand Drik lui demande comment elle va, sérieusement, elle laisse tomber ses épaules et appuie sa tête dans ses mains.

— Envie de rien. Tu ne dis rien à la maison, hein ?

— Évidemment pas. Tu n'avais pas un copain, ça va comme tu veux avec lui ?

Elle replie les mains sur sa jolie petite tête. Suzanne peut faire exactement la même chose, pense Drik.

Mon Dieu comme elle est jeune, beaucoup trop fragile. Comment une enfant, car c'est une enfant, peut-elle supporter ces vagues qui la submergent les unes après les autres ? Qui la protège ?

— Oh, c'est plutôt sympa. Je le vois assez souvent et on rigole bien avec lui. Il invente toujours des trucs peu communs. Il joue dans un orchestre.

— Mais ce n'est pas le top. Je me trompe ?

Rose secoue la tête.

— Il est vieux. Presque trente ans. La vie d'étudiant que moi, j'aime bien, il connaît déjà. Mais je ne vais quand même pas cesser de voir mes amis ? Il n'a pas l'air de comprendre.

Drik écoute et se tait.

— Il va et vient. Je le vois bien. Parfois je pense que je suis condamnée à ne fréquenter que des vieux. Quand j'étais petite, il n'y avait que des grandes personnes autour de moi. Papa et maman, vous. Jamais de neveux ou de nièces, pas de frères et sœurs. J'aimais bien, ce n'est pas ça, les vacances et tout. Mais finalement, c'est bizarre. Avec les gens de mon âge, je me demande toujours ce qu'ils veulent dire, comment je dois me comporter. Avec les gens plus âgés, ça va tout seul, j'y suis habituée. Tu sais, j'ai toujours voulu avoir un frère. Comme maman et toi, vivre les mêmes choses, se ressembler. Vous avez le même type de visage, les mêmes yeux. Ne jamais être seule au monde. Je fantasmais là-dessus autrefois, avant de m'endormir.

Drik hoche la tête. C'est comme un reproche. On aurait dû avoir un enfant, un camarade pour Rose. Adopter à la rigueur. Peter et Suzanne emmenaient parfois des petites copines avec eux en vacances, elles s'ennuyaient de leur famille et leurs parents devaient venir les récupérer plus tôt que prévu, ce qui les irritait. De la famille, cela aurait été mieux pour tout le monde. Sauf pour cet enfant, qui n'aurait plus de mère à présent.

Rose continue à bavarder. Elle se plaint. Elle se sent toujours coupable quand elle n'a pas envie d'aller chez ses parents pour les anniversaires. Elle n'a personne avec qui elle pourrait en rire.

— Tu as presque vingt ans, dit Drik fermement. Tu n'as pas à te sentir coupable de ton indépendance. Tes parents peuvent trouver cela difficile, mais c'est leur problème, il ne faut pas que cela t'affecte.

— Peter est beaucoup trop gentil, pas de critiques, tout est parfait, c'est ce qu'il dit, mais je vois bien que ce n'est pas vrai. Maman est bizarre. Elle oublie ce que je lui dis. Elle fait comme si je n'existais pas. C'est pas vrai peut-être ?

— Je crois que tu lui manques. Qu'elle ne sait pas trop comment se comporter avec toi. Elle doit s'habituer à la nouvelle situation, tout comme toi.

Elle est tombée sur la tête, pense Drik, mais ce n'est pas le moment d'en parler. Elle se bat contre la perte de sa fille en imitant sa fille, elle se comporte comme une gamine de vingt ans sans se demander ce qu'elle cherche à obtenir ou à effacer par ce comportement.

— Tu viendras au concert ? On doit tous vendre des billets pour remplir la salle. Tu viendras toi aussi ?

— Je serai ravi de venir t'écouter, même si je ne suis qu'un vieux.

Rose pose sa main sur le bras de son oncle et rit.

— Il faut que j'y aille, dit-elle. Elle coince ses livres d'étude contre sa poitrine et s'éloigne, le dos bien droit. Drik la suit des yeux.

— Nous étions de garde ensemble la semaine dernière, dit Allard. Deux nuits de suite, et puis quelques jours de libres. De nombreux collègues détestent ça, mais moi, je trouve que c'est plutôt agréable. Il n'y a pas beaucoup de monde à l'hôpital, on va d'un service à un autre et tout le monde est content de nous voir. On peut partir après les transmissions matinales, c'est comme si on vivait à contre-courant.

On a commencé par une césarienne. La femme accouchait de jumeaux, elle en avait déjà mis un au monde, le second ne voulait pas sortir. Il n'allait pas bien, il fallait intervenir. Suzanne a piqué. Une fois qu'on a démarré l'anesthésie, tout va très vite. La patiente criait qu'elle sentait encore ses pieds, qu'il ne fallait pas encore couper mais attendre. C'était terriblement violent, personne ne pensait à la rassurer. Elle hurlait encore quand nous avons soulevé le bébé au-dessus de la toile verte. Le père transpirait, les parents qui vont en salle d'opération doivent enfiler une tenue débile, un survêtement d'un vert criard beaucoup trop grand, comme on en porte dans *1, rue Sésame*, ridicule – il a disparu derrière la sage-femme qui tenait le nourrisson jusqu'à la pièce où le pédiatre les attendait.

J'ai regardé à l'intérieur du ventre qui était ouvert. Ils allaient recoudre l'utérus, "en respectant l'anatomie", a dit la chirurgienne. Elle a dit à son assistant de le faire, mais il avait du mal parce qu'elle ne le quittait pas des yeux. Il était clair qu'elle désapprouvait. Moi, je trouvais que ça avait l'air correct. Il avait d'abord tout bien nettoyé avec des compresses. Le placenta était dans un récipient sur une table. J'avais donné un tranquillisant à la mère. Elle a demandé comment allait son bébé, j'ai regardé par l'ouverture dans la porte. Ils étaient quatre ou cinq autour de l'enfant, le père l'air un peu paumé. Suzanne m'a dit d'aller le chercher, elle trouvait que sa place était auprès de sa femme. Quand il est entré dans son espèce de grenouillère, j'ai compris qu'il y avait un problème. L'enfant était mort. La mère avait l'air hagard, comme si elle ne saisissait pas bien ce qu'il se passait. Entre-temps on faisait les derniers points de suture. Pour nous, c'était terminé, elle était stable et avait pris des calmants. Mais qu'est-ce qu'il allait faire, ce couple dans cet environnement étranger ? C'est à ça que je pensais. Nous avons emmené la mère dans la salle de réveil. Le père nous accompagnait en traînassant, il essayait de tenir la main de sa femme dans la sienne.

Drik se demande s'il va parler du soulagement qu'on éprouve quand on fuit ce type de situation désespérée et insoluble, mais l'urgence de l'histoire d'Allard le retient.

— La nuit passe à toute allure, on perd la notion du temps. On boit du café, on mange un truc puis on y retourne. Suzanne s'est occupée d'une opération des poumons, moi d'une fracture de la mâchoire. L'entretien préliminaire, sous supervision bien sûr. On a été débordés tout à coup, je pouvais l'appeler dans l'autre salle d'opération si j'avais des questions. C'étaient des cas désespérés, tous les deux. Le sien avait des tumeurs partout, le mien, des dommages irréversibles au cerveau. J'ai vu le patient plus tard en salle de réveil, confus, délirant. La césarienne y était encore, elle perdait énormément de sang. Le gynéco était auprès d'elle. Tout allait de travers cette nuit-là.

On a été appelés aux petites urgences où un homme évanoui venait d'être transporté. Comment et pourquoi, mystère! Pas de données. Sa respiration était très faible, Suzanne l'a intubé. Ses enfants étaient là, c'est eux qui l'avaient découvert. S'il buvait, prenait des médicaments, de la drogue? Ils étaient indignés, enfin, quelle idée, leur père n'était pas comme ça, toujours de bonne humeur, joyeux, entreprenant ; nous sommes montés aux étages pour un scan, après tout, ça pouvait aussi être une hémorragie cérébrale. Le radiologue n'a rien trouvé, le neurologue non plus. Les résultats du test d'intoxication sont arrivés : alcool et opiacés, assez pour y laisser sa peau. Suzanne a aussitôt injecté un contre-poison. Pour finir, c'était encore à nous de nous y coller. Quand tous ces spécialistes ne trouvent rien qui soit de leur domaine, ils tournent le dos, ils ne prennent pas le temps de s'asseoir et de réfléchir avec nous. Les heures passaient et on ne savait toujours rien. L'homme a commencé à bouger. On a pu retirer le tube, il respirait à nouveau. On a décidé de l'emmener aux soins intensifs. Ses enfants se traînaient derrière le lit, encore frappés de stupeur. Je me sentais mal à l'aise.

— Qu'est-ce que tu pensais?

— Appeler le médecin de famille. Faire intervenir le service psychiatrie. J'étais bien content de ne pas être le psy de garde. Je pensais à ce type : tout le courage qu'il a dû rassembler, avaler les cachets, attendre. Puis se réveiller. Une perf au bras, tes gosses pleins de reproches à ton chevet, un couillon avec un bloc-notes qui te dit qu'il est psychiatre et te demande de lui parler de tes fantasmes de suicide. Je ne voulais pas être présent quand il reprendrait clairement conscience. Suzanne, elle aussi, était démoralisée. Il n'y avait plus rien sur la liste, on pouvait aller dormir.

Jusqu'ici, Drik avait regardé Allard sans problème et il était entré dans son récit. Maintenant, le regard du jeune homme se fait évasif et ses mouvements ont un air affecté. Il se caresse le menton, se rencogne dans son fauteuil et fixe le sol. Drik attend.

— Nous avons marché vers les chambres. Nous étions silencieux tous les deux. C'est terrible de penser que quelqu'un va mal au point de s'ôter la vie. On avait bien fait notre travail, mais d'un point de vue médical, cette nuit-là, tout avait échoué. Un nourrisson décédé, des patients incurables, une tentative de suicide. J'ai posé un bras sur les épaules de Suzanne, je voulais la consoler.

Drik se fige, sa capacité de réflexion frappée instantanément de paralysie. La vision de sa sœur, gracile dans les bras d'Allard, marchant lentement dans un couloir parcimonieusement éclairé, en direction – ne pas y penser, à l'endroit vers lequel ces deux-là se dirigent.

— Nous sommes entrés dans sa chambre. Elle a verrouillé la porte. On se taisait. Je l'ai enlacée. Pour la consoler.

Il parle tout bas, c'est presque inaudible. Drik s'enfonce dans son fauteuil. Allard tousse et se redresse.

— J'ai, euh… on a… fait l'amour. On a couché ensemble, oui, dans ce semblant de chambre. Je vous le dis tout simplement. Ce n'est pas permis, évidemment, quand on est en formation. Avec son superviseur. Voilà.

Se taire, pense Drik, surtout, se taire. Ne pas mettre de l'huile sur le feu. Nom de Dieu de merde !

— Dans ce lit d'auberge de jeunesse, elle n'était pas mon superviseur. Elle est formidable ! Si belle ! Je savais ce qu'elle ressentait, je le ressentais aussi.

C'était bien. C'était fantastique. Je ne regrette pas, on ne peut pas regretter quelque chose d'aussi merveilleux. Au contraire même, je suis heureux. Même si je sais que vous désapprouvez.

Une invitation, pense Drik, avec les morceaux de son cerveau de thérapeute encore en état de fonctionner. Il me laisse distribuer les punitions au lieu de se blâmer lui-même. Ne rien dire.

— Nous nous sommes endormis, peu de temps. Le bipeur a sonné. Aux urgences dans cinq minutes. Elle s'est habillée en moins de deux. J'ai pensé : elle entre à nouveau dans son rôle de superviseur. J'ai dû attendre, parce que le neurologue et le gastroentérologue allaient aussi se précipiter dans le couloir. Je n'avais pas le droit de sortir avant que tout le monde ne soit parti. Elle m'a donné sa clé et elle est sortie. Je suis resté allongé, les draps avaient son odeur. Quelle nuit !

Aucune thérapie n'est possible avec des gens gravement amoureux, pense Drik. Cela ressemble à une psychose, ils n'ont qu'un seul sujet de conversation, s'en écarter est impossible. C'est l'heure, Dieu merci, je peux conclure.

— Il t'est arrivé beaucoup de choses, se force-t-il à dire. On n'a plus le temps d'analyser tout cela. On se voit la semaine prochaine.

Allard a-t-il l'air déçu ? Il se lève, tend une main molle à Drik et sort, la tête basse.

Dans ces circonstances, il ne peut pas arrêter la thérapie. C'est un festival de passages à l'acte et il doit se charger de ramener Allard les pieds sur terre. En faisant le moins de dégâts possible. Drik ouvre le dossier. Il n'a pas le courage d'écrire ce qu'Allard vient de lui confier. Quand ce sera écrit, ce sera vrai.

Si je change, si je détourne les faits, pense Drik, est-ce que je pourrai discuter de ce cas avec Peter ? Peut-être. Ça ne m'aiderait pas beaucoup, c'est de ce cas spécifique qu'il s'agit. Il s'agit surtout de moi. Un patient s'incruste dans ma vie et je ne sais pas quoi faire.

Mon analyste didactique est mort, mes anciens superviseurs ont de graves troubles de mémoire. Même en supposant que je puisse faire confiance à un membre de l'Association, par respect pour Peter, je ne pourrai pas discuter avec lui de ce désastreux vaudeville. Je suis dans une impasse. Tout à l'heure, je vais manger chez Suzanne. J'ai promis.

La force de son mécanisme de défense lui permet de faire comme si de rien n'était. Il discute avec Peter d'un article qu'ils écrivent ensemble sur l'utilité de l'analyse didactique pour les psychiatres. Il n'accorde pas une pensée à l'analyse didactique catastrophique qui l'obsède. Suzanne est enjouée, elle parle de son projet de recherche. Elle en a fait une ébauche et concocté des questions avec un doctorant en psychologie.

— Une étude-pilote, dit-elle. Drik la voit, debout près du fourneau, gesticulant avec une cuillère en bois.

— C'est sur l'*awareness*, comment tu traduis ça ? L'éveil ? La mémorisation peropératoire ? Elle espère que ça ne lui arrivera pas, avec aucun patient.

Il veut bien le croire. C'est ce qui la sauve, d'être totalement inconsciente. Il la déshabille en pensée, jette le grand tablier de cuisine, la petite jupe, les doux sous-vêtements. Ainsi nue, elle était allongée près d'Allard. Machinalement, il secoue la tête. Ça ne se peut pas.

On peut supposer que ce n'est pas vrai, qu'Allard a tout inventé ? C'est plausible. Mais admettons que ce soit vraiment arrivé ?

Drik blêmit, tout son sang se retire de son visage. Allard sait-il que Suzanne est sa sœur, est-ce la raison pour laquelle il est amoureux d'elle ? Prend-il plaisir à le voir s'enfoncer petit à petit ? Espère-t-il le voir craquer ? Un sourire cynique sur les lèvres, Allard mesure jusqu'où va la solidarité avec le patient, comment il permet que sa vie privée soit empoisonnée afin de rester disponible pour son patient.

Stop. Évidemment que le garçon ne sait rien. Il me faut mieux réfléchir. Discipline. Il est possible qu'il mente, ne pas écarter cette éventualité.

Il voit Suzanne et Peter rire ensemble. Il n'y a rien, pense-t-il, pas de quoi s'inquiéter. En voici la preuve.

18

Quatre heures et demie. Harinxma suture les deux moitiés d'un sternum avec une pince et du fil d'acier. Il sifflote une chansonnette sous son masque. L'équipe de perfusion est en train de ranger, le pied de perfusion est poussé sur le côté, les tuyaux enroulés.

Ils ont travaillé toute la journée dans une concentration extrême. Côté sud du lit, l'interne en chirurgie dégageait une artère de trente centimètres pendant que, côté nord du diaphragme, le chirurgien écartait le thorax. Le cœur, à moitié recouvert d'une couche de graisse jaunâtre, avait été arrêté et le patient se refroidissait. Il était quasiment nu sur la table, plus rien ne bougeait en lui, comme si la mort avait gagné la partie. En apparence seulement : les perfusionnistes pourvoyaient les organes en oxygène par des tuyaux colorés, rouge pour l'alimentation, bleu pour aspirer le sang dépourvu d'oxygène. Plus de bleu !, criait Harinxma, PLUS DE BLEU ! répétait le perfusionniste dans un étrange chant alterné. Suzanne jonglait avec de l'héparine pour combattre la coagulation et accrochait, les unes après les autres, des poches de solutés au pied de perfusion pour assurer un bon remplissage. L'absence de vie n'était qu'une apparence trompeuse qui dissimulait un métabolisme complet bien qu'artificiel.

Harinxma, jurant et tempêtant, avait réussi à découper les valvules cardiaques pourries et s'attaquait à une série infinie de points de suture pour la valve de remplacement. Un travail de bénédictin qui le faisait fulminer ; heureusement que l'infirmière de bloc, en face de lui, une Indienne, ne comprenait pas ce qu'il disait et continuait à lui tendre les ciseaux et les pinces en souriant. Sur le ventre du patient, elle avait posé un tapis magnétique sur lequel les outils restaient fixés. Suzanne voyait comme elle suivait les mains d'Harinxma avec attention et essayait d'anticiper la suite en se basant sur le rythme de ses mouvements. Chaque accroc s'accompagnait d'un juron. Suzanne s'était demandé si elle devait lui en faire la remarque. Il avait commencé dès le matin – les nouvelles lampes étaient nulles, l'ordinateur mural naze –, il avait râlé et ronchonné tout au long de la journée. C'est sa façon de travailler, avait-elle pensé, je perturbe sa concentration si je lui fais une remarque. Il est insupportable, mais quand ses collègues ne savent plus quoi faire, ils s'adressent à lui et il répond toujours présent. Quand il s'agit de ses patients, rien n'est trop pour lui.

Des heures plus tard, la valve artificielle pendait à un faisceau de fils noirs et atterrissait dans le cœur du patient refroidi. Fil après fil, le chirurgien a noué les points de suture.

Un soupir de soulagement a parcouru la salle d'opération. Harinxma a commencé à faire le pontage avec le vaisseau préparé à part, ver de terre pâlichon qui attendait dans un haricot.

— Absurde, toute cette opération, a-t-il sifflé entre ses dents. Avec des vaisseaux dans un tel état, il ne va pas faire long feu. C'est gâcher une valve qui vaut la peau des fesses.

Une fois l'opération terminée, ils ont attendu de voir ce qui allait se passer : le cœur allait-il se mettre à battre de lui-même ? Le chirurgien avait déjà les pales du défibrillateur à portée de mains. Retenant leur souffle, ils ont regardé le muscle cardiaque trembler, se tordre puis s'abandonner au rythme familier. Harinxma a découvert une nouvelle fuite et inséré un point de suture supplémentaire sous le cœur.

Quelqu'un s'est approché de lui avec un gobelet de café. Il l'a siroté à la paille et s'est affaissé sur un tabouret. Suzanne a bourré le patient de perfusions sous pression réchauffées. Elle a glissé un tuyau d'aspirateur qui soufflait de l'air chaud sous le drap dont on venait de recouvrir le patient. Il fallait que la température monte, ça allait prendre du temps. Les compresses qui avaient disparu dans le corps du patient étaient notées sur un tableau mural, le nombre, le type. Les infirmiers de bloc ont lentement et soigneusement plié les guenilles sanglantes. Ils les ont empilées après les avoir pourvues d'étiquettes. Ils les ont comptées, les ont rayées sur le tableau, les ont recomptées.

Il était quatre heures et demie.

Pendant le repas rapide, préparé par Peter, Suzanne repense à l'homme qui est resté la journée entière comme mort sur la table et qui, réchauffé et réveillé dans son lit, conversait avec son épouse dans la salle de réveil vers les six heures. Elle imagine le sang qui, entre-temps, cherche son chemin à travers le pontage sous la peau recousue et coule avec force par la valve de porc. Combien de temps pour oublier cette incursion dans le royaume des morts ? Immédiatement, pense-t-elle, dès l'instant où on se remet à vivre.

Elle pédale vers la salle de concert où Rose se produit avec son orchestre. À l'entrée, elle tombe sur Drik, qui a convaincu Leida de venir et qui est allé la chercher en voiture. La vieille dame franchit la porte la tête haute au bras de son neveu. Ils cherchent leurs places, au milieu de la salle, Drik et Leida à gauche de l'allée centrale, Peter et Suzanne à droite.

— C'est bien qu'elle fasse ça, dit Peter. L'alto, c'est fait pour elle. C'est elle qui l'a choisi. Comme ça, elle se fait de nouveaux amis. Je me demande d'où lui vient ce goût pour la musique. Pas de nous, en tout cas.

De nouveaux amis, pense Suzanne. Le blaireau. Ne pas y penser. On va se comporter comme des parents fiers de leur enfant, comme autrefois à l'école de musique. C'est bien que Drik ait entraîné Leida. On a l'air d'une vraie famille.

Les musiciens montent sur l'estrade avec leurs instruments. Peter lui donne un coup de coude lorsque Rose apparaît dans une robe noire moulante. Le contraste avec l'alto d'un brun roux est du meilleur effet.

— Une image, murmure Peter, regarde comme elle est belle, avec ses boucles brunes, regarde.

Mais Suzanne regarde le groupe des violoncellistes qui entrent en scène. Un grand garçon soulève son violoncelle haut devant lui et prend place derrière le premier pupitre. Une fois assis, il tend son archet et contrôle rapidement les accords de ses cordes. Puis, il regarde autour de lui. Il croise le regard de Rose et Suzanne voit le visage de sa fille s'illuminer dans un sourire désarmé. Le jeune homme balaie le public du regard, comme s'il cherchait quelqu'un.

Dieu du ciel, pense Suzanne, ce n'est pas vrai ! Que dois-je faire ? Rien, pour le moment, rester assise. Je suis la mère d'un des membres de l'orchestre, assise entre des tantes, grands-pères et amis des membres de l'orchestre, rien d'anormal à ça, tout va bien, je vois très mal au loin.

Nouveau coup de coude de Peter.

— Tu vois cet homme sur le devant de la scène, parmi les violoncellistes ? Je le connais, il était en formation chez nous, Schuurman, c'est comme ça qu'il s'appelle. Je ne savais pas qu'il était musicien.

Le hautboïste s'est levé, il souffle, un son long et pur se fait entendre, tous les musiciens le reprennent. Ils accordent leurs instruments. C'est une cacophonie qui cesse dès que le chef d'orchestre apparaît.

Les morceaux s'enchaînent sur le podium, Suzanne ne suit pas, elle ne quitte pas la scène des yeux. Elle voit Rose regarder sagement le chef d'orchestre, elle voit Allard enlacer son instrument, elle voit le percussionniste se pencher sur ses peaux. Ce qu'ils jouent lui échappe. Elle sursaute quand le public applaudit.

— Il a arrêté la formation, dit Peter. Ce n'était pas le bon choix. Il faisait son analyse didactique avec Drik.

Suzanne jette un regard oblique sur son frère, de l'autre côté de l'allée centrale. Il est en train de lire le programme d'un air renfrogné. Leida a croisé les bras, elle regarde le podium où on fait de la place pour le soliste. Deux étudiants poussent un grand piano sur le devant de la scène. Allard et ses compagnons se sont levés, ils poussent leurs chaises sur le côté. Du bruit, pense Suzanne, qu'ils commencent et qu'ils fassent du bruit, cela me permettra peut-être de réfléchir.

Mais elle n'a pas la force de réfléchir. Paralysée, pétrifiée, elle est assise près de Peter, incapable de réaliser pleinement ce qui se passe. Une jeune pianiste joue fort avec virtuosité. L'orchestre doit avoir du mal à suivre car les musiciens ont le regard grave et inquiet. Soudain, le premier violoncelle joue en solo. Suzanne voit la gestuelle d'Allard : parcimonieuse, rien de trop, pas la moindre fioriture. La mélodie échappe totalement à Suzanne. Elle entend Peter soupirer d'aise.

L'analyse didactique. Comment ça fonctionne ? Comme une analyse normale, pense-t-elle, peut-être plus centrée sur les problèmes au travail. Qu'est-ce qu'elle en sait ? Rien. Que c'est obligatoire, si on se spécialise en psychiatrie. Plus maintenant, Allard ne sera pas psychiatre. Elle peut être tranquille, c'est en septembre qu'il a commencé en anesthésie, non ? Chez nous, on n'a pas besoin d'analyse, au contraire, pense-t-elle, moins nous sentons, mieux c'est. Détends-toi, il n'y a pas de danger, tu dois juste faire attention de ne pas le rencontrer tout à l'heure, à l'entracte. Devons-nous aller saluer Rose dans les coulisses, ou les loges, ou quel que soit leur nom ? Je n'irai pas. Je m'enfermerai dans les toilettes. Peter se débrouillera très bien tout seul. S'il parle à Allard ? S'il lui demande ce qu'il fait à présent ? Elle aura un problème. Peter va trouver bizarre qu'elle n'ait pas mentionné qu'elle le connaissait. Ils sont tellement nombreux là-dedans, pourra-t-elle toujours alléguer. On ne se reconnaît même pas sans nos tenues d'opération.

— Tu connais ma femme ? dira Peter. Et ensuite. Il bégaiera une réponse. Non, pas de rencontre, elle doit trouver un prétexte, dès maintenant. Il ne faut pas que Rose se déconcentre. On la verra, à la fin du concert, c'est mieux.

Elle ferme les yeux et essaie de se souvenir de ce que Peter a raconté sur ses patients en analyse didactique. Qu'il est fréquent qu'ils continuent au-delà de la durée imposée. Elle sursaute. Peter lui jette un regard étonné. C'est possible ! Supposons qu'Allard voie encore Drik toutes les semaines, ne serait-ce que pour parler du changement de formation. Il n'en reste évidemment pas là. Elle sait qu'on doit dire tout ce qui nous passe par la tête. Elle gémit et se croise les bras sur le ventre.

— Mal au ventre, murmure-t-elle. Peter pose une main consolatrice sur sa cuisse.

Essaie de réfléchir. Peut-être qu'Allard n'a rien dit. On ne raconte quand même pas à son thérapeute qu'on fait l'amour avec sa sœur ? Je ne sais pas s'il réalise que je suis la sœur de Drik. Mais Drik a sûrement arrêté l'analyse quand il a su qu'Allard allait travailler dans son service. Quand les gens sont trop proches, on ne peut pas les prendre en charge, c'est ce qu'ils disent tous les deux, Peter et Drik. Les amis, la famille, pas question. C'est exclu. Dans ce cas, il y a peut-être quelque part dans la ville un autre thérapeute qui sait ce qu'il s'est passé pendant cette nuit de garde.

Je ne sais rien. Je ne sais pas si Allard est encore en thérapie, pas s'il a dit quelque chose à Drik, pas si Drik en a discuté avec Peter. Intervision. Ne pas y penser. Je fais l'innocente, on verra bien. Je tends la main à Allard, je lui dis mon nom. Ah ! bon, vous travaillez chez nous ? Le service est tellement grand vous savez, mais en effet, votre visage ne m'est pas inconnu.

Un tonnerre d'applaudissements. Des fleurs pour la pianiste, le chef d'orchestre fait signe à Allard de se lever, on l'applaudit, lui aussi, pour son beau solo.

— Tu as vu le jeune Schuurman ? demande Peter à Drik pendant l'entracte. Qu'est-ce qu'il joue bien, dis donc. Je n'aurais pas cru cela de lui. Au fait, il vient toujours te voir ? Tu savais qu'il jouait du violoncelle ?

— Excuse-moi, dit Drik, je dois m'occuper de Leida, je reviens tout de suite.

Il va chercher du thé au buffet et fait encore deux aller et retour pour le sucre et une petite cuillère. Quand il vient enfin s'asseoir auprès de Leida, Suzanne disparaît aux toilettes. Elle s'enferme dans un des cabinets et s'assied sur le couvercle.

Épuisée. Je veux rentrer. Respirer tranquillement à présent, tout passe, cette soirée aussi. Être sur ses gardes tout à l'heure. Ne pas faire d'erreur. “Les internes délimitent bien la frontière entre le travail et le privé”, peut-on lire dans le nouveau manuel de formation. On voit maintenant ce qui arrive quand on ne s'y tient pas. Je n'aurais pas dû venir, mais comment aurais-je pu savoir ? Elle se lève, boit de l'eau au robinet et laisse longtemps ses mains sous le jet d'eau froide. Quand elle sort des toilettes, le public est en train de regagner la salle.

— Ça va ? demande Peter. Tes mains sont toutes froides. Tu te sens bien ?

— Ça peut aller, dit Suzanne. L'orchestre est prêt, on applaudit le chef d'orchestre qui s'incline devant le public puis se tourne vers les musiciens. Trois quarts d'heure dure le morceau qu'ils ont entamé, dure l'attente. Quand c'est fini, elle regarde le visage de Rose, rouge d'avoir joué, excitée par le succès. Elle est fière un instant, puis l'angoissante tension la reprend.

Les membres de l'orchestre pénètrent les uns après les autres dans le foyer pour saluer la famille et les amis. Drik a laissé Leida attablée dans un coin avec un verre de vin rouge. Suzanne va s'asseoir à côté d'elle. Comme ça, elle a vue sur la salle. Allard est assez loin, il lui tourne le dos. Il parle à une petite femme mince dont les traits du visage rappellent vaguement les siens. Les yeux, les sourcils. Sa mère, donc. Il y a un homme négligé auprès d'elle, avec un corps mou et un visage sympathique. Il donne une tape sur l'épaule d'Allard. Il boit de la bière.

Rose tombe sur le petit groupe en entrant dans le foyer. Allard pose sa main sur le dos de Rose, on dirait qu'il la présente aux autres. Rose rayonne.

Maintenant, elle va dire qu'elle va saluer ses parents, pense Suzanne. Maintenant elle vient vers nous. Est-ce qu'Allard vient avec elle ? Son sang ne fait qu'un tour. Elle sent la nausée l'envahir, tout à l'heure, ça va être le trou noir, non, s'il te plaît, ne t'évanouis pas, reste sur tes gardes.

Rose vient seule. Peter l'enlace et ils surenchérissent sur l'immense succès de l'orchestre. Drik n'est pas là. Au moment même où Rose demande où il est, il surgit, des manteaux sur le bras.

— Tu étais très bien, dit-il à Rose. J'étais en admiration. Une très belle soirée. Mais je dois raccompagner Leida à présent. C'est trop fatigant pour elle.

— Balivernes, dit Leida. Je n'ai même pas fini mon vin.

Drik insiste et enveloppe la vieille dame de son lourd manteau. Soudain, ils ont disparu.

— Il est bien pressé, dit Rose. Il n'aime pas ici ? Elle regarde Suzanne, puis Peter puis Suzanne à nouveau. Je voudrais vous présenter un ami. Vous venez ?

Peter s'apprête à la suivre mais Suzanne reste assise.

— Pas maintenant Rose, je veux rentrer. Je commence tôt demain.

— Maman a mal au ventre, dit Peter. C'est plus raisonnable de rentrer. Mais tu pourras peut-être nous le présenter une autre fois.

— Oh ! Bon, eh bien…, je reste. Je suis contente que vous soyez venus.

Elle prend congé et sautille en direction d'Allard. Le buveur de bière au ventre mou est en train de discourir devant un groupe de musiciens, ils rient, cela retentit dans la salle. Rose se faufile parmi eux jusqu'à ce qu'elle soit près d'Allard. Pas de signe de la main, pense Suzanne, sinon les gens vont se retourner pour voir à qui elle fait signe. Peter et Suzanne quittent le foyer en cinq enjambées.

— J'ai demandé à Kronenburg de se joindre à nous pour réfléchir à des situations d'urgence, dit Bram Veenstra. Il va le faire. L'amener ensuite à les simuler, ce n'est pas gagné. Le mieux, c'est de lui donner le rôle du chirurgien arrogant. En vérité, il trouve ça débile, ces simulations. Vereycken m'a bien eu en me le collant sur le dos.

Suzanne hausse les épaules. C'est bien pour s'exercer, non ? Des empêcheurs de tourner en rond, on en verra d'autres, si on élargit le training. Comment va ton gosse ?

Ils sont en train de manger de la soupe après une horrible ablation des seins. Alors que Bram s'apprête à répondre, le téléphone de Suzanne sonne. C'est Drik. Répondre. Il faut bien.

— La maison de retraite a téléphoné. Ils n'arrivaient pas à te joindre. Papa ne va pas bien. Il est très agité et agressif tout à coup. Le médecin n'était pas là. C'est cette femme de la direction qui a appelé.

— Physiquement, Il est comment ?

— Mal en point, du moins, d'après ce que la femme pouvait en juger. Je n'ai pas confiance, j'y vais. J'ai annulé mes trois derniers patients de la journée. Tu peux m'accompagner ?

— J'ai encore une opération devant moi. Je vais essayer, un instant.

Bram veut bien et il peut. Les collègues, pense Suzanne. Formidable.

— Drik ? Bram Veenstra va me remplacer. Tu passes me prendre.

— Dans un quart d'heure, devant l'entrée.

Dans le vestiaire, elle balance sa tenue d'opération dans le panier à linge. Elle est à genoux devant son casier pour récupérer ses chaussures. Il faudrait que je nettoie, pense-t-elle. Ça pue, mes affaires dégringolent dès qu'on ouvre la porte. J'ai foutu un sacré bazar.

Un vieux jean et un pull avec le logo de Snoopy qui a appartenu à Rose il y a des lunes. Ridicule. Les anesthésistes s'habillent n'importe comment, elles ne portent presque jamais leurs propres vêtements. On n'use rien, nos armoires débordent de vêtements qu'on n'a jamais portés et qui ne nous plaisent plus depuis longtemps. C'est comme ça, je n'ai pas le temps de passer chez moi. Va pour Snoopy, donc.

L'Audi glisse devant l'entrée au moment où elle sort de la porte à tambour. Drik se penche pour ouvrir la portière et Suzanne se faufile à l'intérieur du véhicule.

— Je n'ai rien emporté. Comme médicaments, je veux dire. Pour le cas où ils n'auraient pas ce qu'il faut là-bas.

Drik se tait et s'engage sur l'autoroute. Suzanne écoute le bruit du moteur et s'efforce de ne penser à rien. Combien de temps avant que le silence ne semble louche ? Combien de temps faut-il se taire pour que l'autre soupçonne que tu as quelque chose à cacher ?

Au bout d'une heure et demie, Drik prend la sortie vers la sapinière.

— J'ai l'impression que c'est la fin, dit-il. Il faut qu'on discute avec leur médecin, Gaarland. Demander ce qu'ils font comme palliatifs. Se mettre d'accord sur la réanimation.

— Il était en très bonne condition. Depuis sa grippe, il va de plus en plus mal. Un de ces jours, un organe ou un autre va lâcher.

— Le cœur ? Les reins ? Je ne tiens pas notre collègue en haute estime. Les médecins des maisons de retraite se méprisent et pensent qu'on les méprise. Du coup, c'est ce qu'on fait. On devrait leur être reconnaissants, ils offrent des soins que nous préférons ne pas prendre à notre charge. Ce type est un couillon prétentieux. Prend les choses de haut, n'a jamais le temps de délibérer. Je n'ai pas la moindre idée de ce qu'il sait faire. Toi ?

— Il m'a dans le nez, dit Suzanne. Je suis beaucoup trop perspicace à son goût. Bah, on verra bien.

À l'infirmerie, trois des six lits sont occupés. Deux très vieilles femmes aux lèvres tremblantes et aux joues creuses, immobiles sous leurs couvertures couleur pêche, sont reliées à une poche de perfusion. En face d'elles, Hendrik, près de la fenêtre. Ses bras sont attachés au lit à l'aide de bandages. Il soulève constamment sa tête de l'oreiller et regarde autour de lui, la peur dans les yeux. La vue de ses deux enfants semble le calmer. La tête s'affaisse, les muscles du cou se relâchent.

— Aide-moi à détacher ces saloperies, je ne peux même pas me gratter la tête.

Hendrik s'adresse à Suzanne qui regarde Drik d'un air interrogateur. Sur un signe de tête de Drik, Suzanne détache les bandages. Hendrik se masse les poignets.

— Il doit bien y avoir du personnel quelque part, dit Drik, je vais voir où ils sont passés.

— Suzie, murmure Hendrik, je suis fatigué.

On entend la voix d'un Drik passablement irrité sortir d'un bureau. Un peu plus tard, il pénètre à pas lourds dans la salle.

— Le médecin refuse de venir. Il a terminé sa journée.

Drik renifle et tape du pied. Hendrik sursaute dans son lit. Il mouline l'air qui l'entoure de son bras libéré.

— Trahison ! crie-t-il. Une bande d'imposteurs ici ! Il tiraille, agité, sur sa couverture. Puis il regarde Drik dans les yeux. C'était à perpétuité pourtant ? Ils ont changé le verdict. Vous venez pour l'exécution ?

— Monsieur De Jong, allongez-vous calmement. Vous devez reprendre des forces. L'infirmière qui vient d'arriver serre les mains de Drik et de Suzanne. Il est très confus. Il ne sait pas du tout où il est. Je pense qu'il serait mieux à l'hôpital mais le docteur Gaarland veut attendre encore un peu. Elle caresse les mains d'Hendrik.

Suzanne replie à moitié les couvertures et tâte le ventre.

— Rétention d'urine, constate-t-elle. Il délire. Vessie distendue. Vous avez une sonde à proximité ?

L'infirmière s'empresse d'aller en chercher une.

— On a le droit de faire ça ? demande Drik. Sans délibérer avec l'autre épave ?

— Cas d'urgence. On n'a pas le choix.

Suzanne déchire résolument l'emballage. Elle enfile des gants stériles, baisse le pantalon de pyjama d'Hendrik et glisse, sans la moindre gêne, la sonde dans le sexe de son père. L'infirmière accroche la poche au lit. Tous trois regardent l'urine qui commence à jaillir.

— Je vais le noter dans le dossier, dit l'infirmière en rigolant. C'est le docteur Gaarland qui va être étonné demain.

— Donnez-lui aussi de l'Halopéridol, dit Drik, deux fois trois milligrammes par jour. Tant qu'on y est.

Hendrik semble soulagé par l'énorme écoulement d'urine. Ils attendent un peu qu'il se soit endormi et vont discuter avec l'infirmière dans son bureau.

Il fait nuit noire quand ils se remettent en route. Il faut que je dise quelque chose, pense Suzanne, je suis là, à avoir peur.

— Drik ?

Drik grommelle et continue à regarder droit devant lui. Suzanne pleure. Elle s'essuie la morve avec la manche du pull Snoopy. Ses larmes sont intarissables.

— Je ne peux rien dire, Suzanne. Mais si, toi, tu me parles, on peut en discuter.

La violence de ses sanglots l'empêche de prononcer le moindre mot. Ce n'est qu'une fois sur l'autoroute qu'elle retrouve la maîtrise de sa voix.

— Hanna, dit-elle, elle aurait su, elle, comment je dois m'y prendre avec Rose. Je ne saurai jamais, toute seule.

Au moment où elle le dit, elle sent la colère monter en elle. Une sainte, sa belle-sœur, une femme sereine qui comprenait tout et pouvait tout. Mais qui l'a bien laissée tomber et qui ne sert plus qu'à se faire admirer.

— Tu pourrais chercher de l'aide. Pour retrouver ton équilibre. Si tu me demandes de trouver quelqu'un pour toi, je le ferai immédiatement.

— Je ne sais pas en parler. Quand je le mets en mots, ça ne ressemble plus à ce que je ressens. Je désire tellement. Que tout soit bien. De rentrer chez moi. Mais je n'ai plus de chez-moi. Et je ne sais plus ce qui est bien. Je sais seulement que je brûle de désir. Cela me déchire. Le désir me détruit. Quelqu'un doit me prendre dans ses bras.

Elle sent la main de Drik sur sa cuisse. Ils roulent en silence dans la nuit, le frère et la sœur.

19

Ce qu'il y a de pourri, dans ses rapports avec Allard, a des répercussions sur ses autres analyses. Drik n'a plus confiance en lui, a du mal à se concentrer, oublie des choses essentielles. Il a un choc quand un de ses patients, qui n'a pas sa langue dans sa poche, lui demande s'il n'a pas recommencé à travailler trop tôt après la mort de sa femme. Une gentille étudiante, qui le consulte pour une névrose d'angoisse, pense qu'il a besoin de vacances. "Vous avez l'air absent, cela ne vous ressemble pas, vous ne seriez pas surmené ?"

Chaque journée de travail a de ces heures creuses pendant lesquelles rien ne se passe. Les patients parlent de leur semaine, de ce qu'ils ont fait, des gens à qui ils ont parlé. Drik les écoute et il n'est pas en état de faire des rapprochements avec des conflits ou problèmes sous-jacents. Il attend que l'heure passe et que le patient s'en aille, légèrement désappointé. Certains commencent à sauter des séances. Cela se fait en douce, imperceptiblement presque. Ses patients sont pour la plupart névrotiques, des gens inhibés, pas le genre à chercher des noises ou à se révolter. Ils se taisent. Ils ne reviennent plus.

Dimanche, en fin d'après-midi, il se rend au cimetière avec des fleurs. Entre-temps, la tombe d'Hanna a été recouverte d'une pierre sur laquelle son nom et des dates sont inscrits. Suzanne s'est chargée des plantes et les bouquets qu'il n'a pas déposés lui-même lui montrent que les amis et étudiants d'Hanna ne l'ont pas encore oubliée. La tombe bien entretenue d'une personne aimée qui est partie trop tôt. Tragique, malheureux, terrible.

Et moi alors, pense-t-il, qui se soucie de moi ? Tu t'apitoies sur ton sort – et alors ? Il l'accepte, s'assied sur un seau retourné, appuie ses bras sur ses cuisses et se prend d'une immense pitié pour lui-même. Il est seul, dans une impasse, hermétiquement séparé de ses meilleurs amis. Sa femme est sous terre, silencieuse, inaccessible, parfaite. Délivrée de tout.

Ça le met en rage. Quand il se rend compte qu'il est en train de jurer à voix haute, il se rappelle à l'ordre. Réfléchir, s'éclaircir les idées, faire un plan. Il remet le seau à sa place et commence à marcher.

J'ai l'impression d'être la victime d'un patient compliqué, mais je suis en partie responsable de la situation. Je refuse d'entendre ce qu'il me raconte sur Suzanne, pourtant je le laisse revenir tous les lundis. Et raconter. Je peux mettre fin à cela. Demain, quand il viendra, je le ferai d'emblée, avant qu'il ne l'ouvre. Je lui dirai : "C'est notre dernière séance. Je ne vois pas l'intérêt de cette thérapie, cela ne t'apporte rien, c'est donc irresponsable de continuer." Qu'est-ce que je ferai s'il proteste ? Je tiendrai bon. Annulation du contrat par décision unilatérale. Lui proposer quelqu'un d'autre, prendre la possibilité d'une thérapie de groupe en considération. Autre approche, autre technique. Cela vaut le coup d'essayer. Peut-être que les autres membres du groupe auront le courage de lui dire : Tu es complètement cinglé de t'amouracher de ton superviseur!

C'est à moi de garder un œil sur la situation, il ne faut surtout pas que je l'envoie à l'Institut, où il mettrait toutes ces informations délicates sur la table. Téléphoner, tout simplement, à ce vieux collègue qui, à soixante-quinze ans, reçoit encore des groupes entiers chez lui, dans un garage aménagé rempli de canapés élimés.

Maintenant qu'il a un plan, il franchit la porte du cimetière d'un bon pas. Combien de fois n'a-t-il pas expliqué à ses patients qu'il pouvait être utile de se répéter, à l'avance, une conversation compliquée dans sa tête? Un très bon conseil, trouve-t-il lui-même.

Il se sent toujours prêt à affronter Allard quand celui-ci sonne un peu avant six heures. Il laisse le garçon le précéder dans le cabinet et s'étonne une fois encore de son corps athlétique et élancé. Il s'assied dans le fauteuil du thérapeute et attend, une fraction de seconde de trop.

— C'est fini, dit Allard le visage fermé. Maintenant Drik ne peut pas faire autrement que de demander des éclaircissements. Il décide de lui parler un peu plus tard de son intention de mettre fin à la thérapie, à six heures et demie dernier délai, quoi qu'il arrive. De préférence avant.

— On avait une séance de simulation. Suzanne avait endossé le rôle de l'infirmière, moi celui de l'anesthésiste. Rudolf Kronenburg celui du chirurgien. Cela ne fait pas longtemps qu'il nous a rejoints. Ça a complètement dégénéré. Toute l'équipe doit se concerter avant l'intervention, sur la façon de s'y prendre. Le contrôle fait partie de la concertation ; si c'est le bon patient et si toutes les choses dont nous avons besoin sont prêtes. Tout le monde doit dire son nom et sa fonction, afin de se connaître. Le chirurgien avait soi-disant oublié de s'exécuter et je lui en ai fait la remarque. Il s'est mis tellement en colère que j'ai commencé à douter, il n'avait pas l'air de jouer un rôle. J'ai trouvé ça très désagréable. Menaçant. Mais j'étais l'anesthésiste. Si cela était arrivé pour de bon, il aurait fallu que je réagisse. Donc j'ai dit qu'on ne pouvait pas opérer dans une atmosphère aussi pourrie. Que je refusais de coopérer. Je trouvais qu'il fallait renvoyer le patient.

Il a piqué une vraie crise. Au début, Suzanne est restée dans son rôle, elle faisait celle qui ne savait pas à qui elle devait obéir, au chirurgien ou à moi. Quand Kronenburg a commencé à jeter des ciseaux, elle a enlevé sa charlotte et elle a essayé de le raisonner. En tant que collègue, je veux dire. Je suis sorti de la pièce, cela me semblait préférable. Dans la salle d'observation, Veenstra regardait par la glace sans tain. Il a demandé s'il devait intervenir, mais j'ai pensé qu'elle était capable de le ramener à la raison. Et en effet, ils nous ont rejoints peu après et il s'est excusé. C'est qu'il a une sainte horreur des règles et des protocoles, a-t-il dit. Il voit rouge quand il y est confronté et pourtant, dans ce jeu de rôle, il était obligé de les défendre. Ça le touchait de trop près, il avait pété les plombs, pardon, pardon. Suzanne était très silencieuse. Kronenburg et Veenstra devaient faire une mise au point et nous sommes partis.

C'est alors qu'elle l'a dit. Il faut en finir. C'est n'importe quoi ce qu'on fait. Elle a dit que notre relation était comme un jeu de rôle. Pas pour de vrai. Une pièce de théâtre. Voilà ce qu'elle a dit.

Drik note qu'il ressent un immense soulagement : Suzanne a retrouvé ses esprits, Dieu merci ! Un peu de ce soulagement transparaît probablement sur son visage car Allard laisse éclater sa colère.

— Oui, évidemment, vous trouvez que c'est pour le mieux. Mais vous pouvez vous le garder, votre petit rire satisfait, car c'est une catastrophe. Une catastrophe. Vous n'avez pas la moindre idée de ce que cela signifie pour moi, vous n'avez jamais voulu entendre à quel point elle compte pour moi. Je croyais que votre tâche, c'était de chercher le sens profond des choses, mais vous voulez seulement que ce soit terminé au plus vite. N'y comptez pas. J'aime cette femme. Elle me donne tout ce dont j'ai besoin pour ne pas flancher. Je ne peux pas me passer d'elle.

Allard se met à pleurer à fendre l'âme. Il a raison, pense Drik, je n'ai jamais voulu ni osé voir ce que signifie cette relation idiote. Il fallait que ça s'arrête, un point c'est tout. Je n'avais pas envie d'en entendre parler, c'est vrai.

Allard pleure à chaudes larmes, sans retenue, les larmes et la morve coulent sur son visage, il respire par à-coups, de façon irrégulière. Drik lui tend la boîte à kleenex. Allard la laisse tomber sur ses genoux.

— Mouche-toi, dit Drik. Je vais te chercher un verre d'eau.

Quand il revient, Allard n'a pas bougé sur son siège, les kleenex sont toujours sur ses genoux. Drik lui présente le verre d'eau. L'image se fige un court instant : l'homme plus âgé se penche, plein de sollicitude, vers le jeune homme. Puis Allard lève les bras et saisit le verre des deux mains.

— Cela mettrait ma formation en danger, a-t-elle dit. Si elle savait comme je m'en fiche ! Elle venait d'écrire son rapport pour Vereycken. Elle me l'a fait lire. Je suis formidable : j'ai beaucoup appris en peu de temps, bonne vue d'ensemble, très bons contacts avec les patients et le personnel, collaboration agréable. Tout ça, c'est écrit noir sur blanc. Et maintenant, elle met un point final à cette collaboration. Pourquoi ?

— Donc, ta période d'essai est terminée ?

Allard acquiesce d'un signe de tête. Il s'est mouché et fait une boule de son mouchoir qu'il garde serré dans sa main.

— Peut-être que ton superviseur t'aide à regarder la réalité en face et à terminer ta formation sans danger. En marge de ton chagrin, est-ce que tu n'es pas un peu soulagé d'être sorti de cette situation explosive ?

Les sanglots reprennent de plus belle.

— Je me sens largué, abandonné.

— Comme lorsque ton père est parti ?

Allard lui jette un regard furieux puis s'affaisse à nouveau dans son fauteuil.

— Non. Si. J'en sais rien. Dépatouillez-vous avec ça.

— Tu lui en veux ?

Pas de réaction. Que faire ? pense Drik. Il n'est plus question que je le renvoie dans ces conditions, je devrais plutôt lui proposer une heure supplémentaire, maintenant qu'il est complètement déboussolé.

— Écoute, dit-il fermement, ce qui vient d'arriver provoque chez toi de violentes émotions. Un sentiment de désarroi qui, en partie, a certainement un lien avec des événements passés. Nous laissons cela de côté pour l'instant car l'urgence, maintenant, c'est de réussir à traverser les jours qui viennent. Dormir, manger, te rendre à ton travail, sortir avec des copains. Tu penses que tu vas y arriver ? Je peux faire quelque chose pour toi ?

— Quoi par exemple ?

— Te prescrire un truc qui t'aidera à dormir. On peut aussi décider d'une séance supplémentaire, le jeudi, par exemple.

— Je ne veux pas qu'on m'aide, je veux que tout redevienne comme avant. Vous m'avez toujours rejeté et maintenant que je suis au plus bas, vous vous mettez à être gentil avec moi. Je me sens humilié, trompé, on ne peut rien faire contre ça.

— Gentil ou pas gentil, là n'est pas la question, dit Drik en pesant ses mots. Je conviens avec toi que tu viendras jeudi à six heures et qu'entre-temps, tu ne feras pas de bêtise. D'accord ?

Allard se lève. Son visage est bouffi et il tremble un peu.

— Je la revois demain. C'est un malentendu, elle va revenir sur sa décision. Elle ne peut pas vivre sans moi. Elle était intimidée par la crise de Kronenburg. Ce n'est tout simplement pas vrai, j'en suis certain.

Drik est sorti épuisé de la séance. Il écrit brièvement quelques mots-clés dans le dossier et ferme son cabinet. Whisky, pense-t-il en grimpant à l'étage. Avant même qu'il n'ait eu le temps de se verser un verre, le téléphone sonne. Il s'est jeté sous une bagnole, la police a trouvé ce numéro dans son agenda – des pensées fugaces qui lui traversent l'esprit.

— Oncle Drik ? C'est moi, Rose. On peut dîner ensemble ? Il n'est pas trop tard ?

Drik va s'asseoir pour réfléchir, il a besoin d'un peu de temps pour atterrir dans le monde réel. Dîner avec Rose ? Pourquoi pas ? Parce qu'elle connaît Allard, voilà pourquoi. Mais je ne peux quand même pas réduire toute ma vie sociale à cause d'un patient compliqué. C'est ma nièce quand même, merde, je suis dingue si je me laisse entraver. Il y a des limites. Je fais ce que je veux.

Ils conviennent de se retrouver une demi-heure plus tard dans un restaurant italien. Drik s'envoie l'alcool dans le gosier et se gratte la tête. Travail bâclé, pense-t-il, négligence ! J'aurais dû mentionner les urgences psychiatriques, quoique, ses anciens collègues y travaillent, il n'y serait pas allé. Il aurait dû, en tout cas, téléphoner à son médecin de famille. Je ne sais même pas s'il a un médecin de famille. Il n'a pas vraiment confirmé le rendez-vous. Je l'ai laissé partir comme ça. J'étais content qu'il parte. J'ai cédé à la tentation de le délaisser. C'est ce qui arrive avec les gens délaissés. J'aurais dû anticiper. Il y a eu un moment où il m'a sincèrement fait pitié, quand j'ai fait le lien avec son père. Un pauvre enfant qui ne vaut pas la peine qu'on reste pour lui, j'ai senti son chagrin. Il n'a pas su quoi faire de ma remarque. On aurait dit un ado incompris et furieux qui fait le geste de balayer des paroles en prononçant un "laisse tomber" découragé. Et s'il allait nous faire une crise psychotique ? Se pendre ? Mettre le feu à la maison de Suzanne ?

Qu'est-ce que je suis en train de me raconter des histoires, comme si c'était la première fois que j'étais confronté à ce type de problème. Le garçon a vingt-huit ans et, jusqu'ici, il n'a jamais décompensé, donc pas de raison que ça arrive maintenant. Cependant, et considérant son âge justement, il est encore dans une zone dangereuse. Et puis, on ne peut pas se fier aveuglément aux statistiques. J'aurais dû assurer sa protection. Je l'appellerai demain, je lui demanderai comment il va et je confirmerai le rendez-vous.

Il se rend dans la chambre à coucher pour mettre d'autres chaussures et enfiler un pull.

Il doit quand même se presser pour arriver à l'heure. Rose est en train d'écrire un texto, elle lève la tête quand l'ombre de Drik couvre ses mains. Elle porte une jupe gaie et une veste noire. Des vêtements trop légers et trop étriqués, pense Drik, elle devrait faire plus attention à elle. Ne pas se balader avec son argent, son passeport et son téléphone dans un panier en osier, par exemple.

— Tu veux que je t'offre un beau sac, avec un rabat et une fermeture éclair ?

— Pourquoi ?

— Parce que tu m'as aidé à réaménager ma maison ?

— Mais ça fait une éternité !

— Dans ce cas, sans raison. Parce que ça me fait plaisir de t'offrir quelque chose.

— D'accord. Sympa. On fait les boutiques ensemble la semaine prochaine.

Enfin quelqu'un qui accepte ce que je lui offre, pense Drik. En même temps, il se sent ridicule et pathétique d'être à l'affût de ces choses-là.

Rose commande une assiette pleine de délicieuses entrées, légumes grillés, salami vermillon et jambon fumé mais lorsque ces bonnes choses s'étalent dans toute leur splendeur sur la table, elle pose sa fourchette.

— J'ai un problème. Je peux t'en parler ?

Drik réussit de justesse à retenir un soupir.

— Cela va de soi. Il observe le visage grave de Rose, si grave, si confiant que c'en est presque pénible.

— Mon copain. Je t'en ai déjà parlé, non ? Tu l'as vu l'autre jour, dans l'orchestre ? Je voulais vous le présenter mais vous avez tous disparu si soudainement.

— Le violoncelliste ? dit Drik. L'impression d'être un traître.

— Oui. J'ai rencontré sa mère. Et quelqu'un qui est proche de sa mère, un violoniste. Il nous a trouvés bons !

— Tu m'as dit l'autre jour que la différence d'âge pouvait poser problème.

Rose presse sa serviette en une boule et Drik revoit Allard, ses mouchoirs roulés en boule dans les mains. Que d'agitation, de soucis, d'histoires. Difficile de dire à une enfant, car c'est ce qu'elle est finalement, que tout cela est sans importance, que cela passera comme tout passe.

— Je crois qu'il a quelqu'un d'autre. Sûrement quelqu'un de plus âgé que moi. Il en a besoin, il me trouve un peu puérile, je crois. Mais qu'il le dise alors !

Sa voix tremble. Drik boit une gorgée de vin. Le salaud, pense-t-il, quel enfoiré ! Séduire cette enfant et ne pas se retirer alors qu'il sait que ça n'aboutira à rien. Un lâche. Un traître. Je ne vais pas l'appeler demain. Qu'il se démerde !

— Que sais-tu de lui, en fait ?

Rose raconte. Qu'elle l'a rencontré quand elle est allée jouer dans l'orchestre, qu'il l'avait tout de suite remarquée parce que, tous les deux, ils éclataient de rire au même moment, qu'il avait d'abord admiré et voulu tenir son instrument, et puis elle.

— Il est super-sympa. Il me rapporte des bricoles, il pense à moi. Je peux parler de tout avec lui. Ou m'affaler devant la télé, regarder des films. Il est resté dormir dès le premier soir. J'étais amoureuse, tu comprends ?

— Tu fais bien attention ? Je veux dire, tu ne prends pas de risques ? Pas de maladies, pas de grossesse ?

— Allô ! Je te dis amoureuse et tu me parles de maladies. Bien sûr que je fais attention. Lui aussi.

— Mais que sais-tu de lui ? Son travail, ses amis, sa famille, ce genre de choses.

— Il travaille dans un asile, quelque chose dans le genre, ou un hôpital. Mais on n'en parle jamais. J'ai eu ma dose à la maison. Mais pourquoi tu veux savoir ça ?

— Tu lui fais confiance ?

Maintenant, Rose se tait. Drik remplit son verre et observe son visage avec attention.

— Au début, oui. Ces derniers temps, il est bizarre. Ou il ne vient pas, ou beaucoup trop tard. Récemment, nous étions au lit, en plein après-midi, et, tout d'un coup, il se lève, il s'habille et il disparaît. Sans rien dire. Je n'y comprends plus rien.

— Pourquoi est-ce que tu penses qu'il a quelqu'un d'autre ?

— Il ne me demande jamais si je vois d'autres hommes. Donc il trouve ça normal. Que ça doit être possible. Ben moi pas. Une fois, il sentait le parfum. Il avait un suçon dans le cou. Ça te suffit comme ça ?

Elle donne l'impression d'être en colère, blessée.

— Après le concert, il m'a présentée à sa mère. Il a dit : Voilà Rose. Pas : c'est mon amie. Comme si ça devait rester secret.

— Tu lui as demandé des explications ?

Elle hoche la tête. Il dit alors : Rose, ma petite Rose, ne sois pas si méfiante, je suis là, non ? Ça ne m'avance pas à grand-chose. Qu'est-ce que je dois faire ?

— Largue-le, dit Drik fermement. Tu te fais du mal si tu continues.

— Mais je suis bien avec lui.

— Non, tu te trompes. Quelqu'un qui te laisse ainsi dans l'incertitude n'est pas digne de toi. Une relation avec quelqu'un qui ne peut pas répondre à tes questions et à tes soupçons ne te mènera nulle part. Égocentrique, infantile. Sans intérêt.

À présent, Rose écoute attentivement.

— Je pensais, il le sait mieux que moi, comment ça se passe, ce qu'on peut faire et ne pas faire, parce qu'il est plus âgé. Il est adulte, non ?

— Les adultes peuvent aussi se conduire comme des enfants. Tu dois prendre ce que tu ressens au sérieux. Si tu lui fais des reproches et qu'il fait comme si de rien n'était, tu l'envoies paître. Point.

— Alors je dis : "Dégage ! Voilà un sac en plastique pour ta brosse à dents, ton blaireau et tes DVD." C'est aussi simple que cela ?

Elle s'est redressée sur sa chaise et a rougi.

— Non, dit Drik, ce n'est pas facile. C'est toujours triste. Mais l'alternative est encore pire. Penses-y. Tu peux faire plus que tu ne penses, toi.

Rose fait oui de la tête. Puis ils se mettent à manger.

20

— Cela fait maintenant trois mois que je supervise Schuurman, dit Suzanne à Ab Taselaar. Cela s'est très bien passé, mais je trouve qu'il est temps de lui donner un autre superviseur.

— Mais j'avais l'intention de le faire. Je le mets avec Kees la semaine prochaine. Il pourra se faire une petite idée de ce que c'est que l'anesthésie cardiaque. Cette semaine, il peut aller jeter un œil ici et là. Il ne l'a pas fait jusqu'ici mais tous les internes débutants y ont droit. Il vient de passer deux jours avec Berend, au centre antidouleur. Et à propos, tu en es où de ton projet de recherches ? Ça avance un peu ?

— J'y travaille. Ça va être très compliqué à planifier, avec ces consultations postopératoires. Pour le contenu, je vais m'en sortir. Il y a un psychologue sympa qui me seconde. On a déjà préparé les questions. Reste à voir ce que ça va donner dans la pratique.

— On appelle ça l'implémentation, dit Taselaar d'un ton docte. Si j'étais toi, j'en parlerais un jour en réunion, après en avoir discuté avec le patron et obtenu son approbation. Comme ça, les collègues sauront que c'est ton projet et ça fera toute la différence. Pour toi, ils accepteront de se bouger. Et ensuite, on prendra le temps de réfléchir à la façon de régler le problème des consultations postopératoires. On va y arriver. Je ne m'attends d'ailleurs pas que tu trouves quelque chose, on est très précis dans les dosages de Propofol.

Suzanne n'en est pas si sûre. Dans les opérations d'urgence, on fait une estimation du poids du patient, ce qui laisse la place à l'erreur. Et il en faut plus à certains qu'à d'autres pour plonger dans le coma.

— Depuis que je me penche sur la question, je suis plus prudente avec les curares, dit-elle. Qu'ils puissent encore un peu bouger la jambe, lancer un signal. Le chirurgien n'apprécie pas, mais moi, ça me rassure. Merci Ab, de tes bons conseils. Je vais continuer mes écritures.

Elle remplit un gobelet à la machine à café et marche vers la cage d'escalier pour se rendre à son bureau, un étage plus haut. L'escalier en béton est entouré de verre, on peut voir l'entrée de l'hôpital et les unités de soins dans l'aile d'en face. Il y a des gens qui fument près de l'entrée ; dans la minuscule figurine avec une charlotte rose, elle reconnaît Ruud, le médecin ORL. Surprise par la hauteur, elle s'immobilise un instant, prise d'une vague nausée, des picotements dans le creux poplité. Une porte claque. Bruits de pas pressés derrière elle dans l'escalier. Deux mains chaudes sur sa taille, le café déborde de son gobelet et lui brûle les jambes.

— Qu'est-ce qu'il y a ? dit-elle alors qu'elle se retourne, qu'elle sait parfaitement ce qu'il y a, qu'elle se rend compte qu'elle commet une grave erreur. Elle se blottit dans les bras d'Allard, pose sa tête sur ses épaules et sent les larmes couler. Arrête, pense-t-elle, arrache-toi, continue ton chemin, tais-toi. Allard l'embrasse, elle laisse faire. Un tout petit peu, pense-t-elle, juste un moment.

— Tu n'étais pas sérieuse, murmure Allard, tu ne peux pas me quitter. Il te fallait peut-être le dire mais tu ne le pensais pas. Je te tiens, tu ne peux pas disparaître de ma vie.

Les larmes roulent sur ses joues. Mon mascara est en train de couler, ça va se voir. Je ne suis pas bien, pourquoi est-ce que je pleure comme ça, qu'est-ce que je fais ici, tout à l'heure, une infirmière ou une autre va se mettre à grimper l'escalier quatre à quatre ou Ruud va lever la tête en jetant son mégot, un homme aussi joyeux a toujours le nez en l'air, et nous serons repérés, épinglés. Il faut arrêter ça. Puisqu'il ne le fait pas, c'est à moi de le faire. Elle se détache de lui.

— Bonjour tous les deux, dit une infirmière qui les dépasse. Ils grommellent une vague réponse. Allard est appuyé contre la paroi de verre. Elle voudrait le pousser à travers, pour qu'il s'écrase à côté du coin des fumeurs et qu'elle soit débarrassée à jamais de sa passion. Elle serait choquée, désespérée, mais elle aurait retrouvé sa sérénité. La violence aurait raison d'une situation à laquelle elle est incapable de mettre fin. Comme un patient de cent cinquante kilos qui combattrait sa dépendance en se mutilant, par une ablation de l'estomac. Ça ne peut pas être si grave, pense Suzanne, je travaille ici, personne ne me prend pour une folle. Je dois revenir à la réalité.

Elle efface consciencieusement les taches sur ses joues, à l'aveuglette. Allard complète le travail avec un doigt mouillé. Elle recule d'un pas.

— Je le pense vraiment, dit-elle. Nous sommes des collègues, rien de plus.

Elle voit qu'il veut dire quelque chose. Puis son visage se fige.

— Bon, c'est bon, nous sommes des collègues. Encore merci pour ton appréciation. Vereycken était impressionné. Maintenant, je suis officiellement engagé.

Suzanne hoche la tête. Tu ne dois pas mettre cela en péril. Le travail, c'est beaucoup trop important. Et ta formation.

— C'est bon, j'ai compris maintenant. On n'en parlera plus. Tu es une femme idéale qui dit des conneries. Qu'est-ce qu'on fait quand on est collègues ? Comment ça se passe ?

— Je te demande si tu viens ce soir à la réunion. Ce que tu penses de la suppression du seau à bonbons. Comme ça, donc.

— On va voter pour ou contre le seau à bonbons ce soir ? Je ne viendrai pas, je dois me rendre quelque part.

— Les internes viennent toujours. La problématique du seau à bonbons ne relève plus de la démocratie. Il va être supprimé. Un oukase de Taselaar. Qu'est-ce que tu vas faire cette semaine ?

— M'orienter. Je suis allé aux soins intensifs, pas très réjouissant. Et au centre antidouleur. Que des misères aussi, tu vas me dire, mais je trouve ça beau. Quelqu'un a mal quelque part, tu regardes quel nerf est implanté dans la région et tu le combats. Avec du poison, un bistouri, du chaud ou du froid. Le fameux Berend, il réfrigère les nerfs ! Avec une rapidité qui vous laisse pantois. Tu me manques tellement Suzanne.

— N'ajoute rien, s'il te plaît. D'ailleurs il faut que j'y aille. J'ai quelque chose à terminer aujourd'hui.

— Je vais dans les airs, dit Allard. Avec Luc Delvaux. Je suis en route pour l'aire d'atterrissage. Tu es déjà partie avec l'hélico ?

— Non. J'ai le vertige. Pas toi ?

— Tu vois bien, on ne sait encore rien l'un de l'autre. Tu ne peux pas décider que c'est fini. Je ne sais pas si j'ai le vertige. Jamais testé. Tu viens avec moi là-haut, juste pour jeter un œil ?

Je ne peux pas dire non à tout, pense-t-elle. Sa demande ne porte pas à conséquence. Je l'accompagne là-haut et après, je m'en vais.

Ensemble, ils montent l'escalier. Lorsque les portes s'ouvrent, il s'avère qu'il y a un vent très fort sur le toit, beaucoup plus fort qu'en bas. De près, l'hélicoptère du Samu est gigantesque, on dirait un énorme insecte qui les lorgne. Luc est en train de trimballer des trousses d'urgence et des cartons de solutés de perfusion. Il porte son imposant vêtement orange.

— Salut Suzanne ! crie-t-il contre le vent. Tu viens avec nous ?

Elle secoue la tête, le doigt pointé vers le bas. Des trucs à faire. Elle n'envisage d'ailleurs pas une seconde de monter dans cette grosse bête, d'entendre le bourdonnement assourdissant du moteur et de sentir qu'on se détache du sol, non, tout mais pas ça. Luc se dirige vers Allard, une blouse orange à la main. Il doit la mettre. Suzanne fait un petit signe aux deux hommes et disparaît dans le trou de l'escalier.

Elle est enfin devant son ordinateur. Elle n'a pas encore ouvert le fichier avec la liste de questions qu'elle entend les trépidations étourdissantes de l'hélico qui s'envole. Elle suit l'insecte jaune dans son trajet au-dessus de la ville, en route vers le lieu d'un quelconque accident où Luc et Allard sauteront de l'hélicoptère pour sauver des vies. S'ils y arrivent, l'ambulance ne tardera pas à se garer devant les urgences, sinon, il s'ensuivra un autre scénario. Qu'il s'écrase, pense-t-elle, que cette saleté jaune s'écrase pour que tout soit fini.

Tjalling passe sa tête par la porte entrouverte.

— Du café ? Il est déjà assis et regarde l'écran en même temps qu'elle.

— J'en ai encore. Aucun autre collègue ne peut se permettre ce type de privauté avec elle. Tjalling, c'est différent, il est si modeste, si timide, qu'elle ne ressent pas sa présence comme une violation de son territoire. Elle est contente qu'il soit là.

— Une belle liste, dit-il. Tout y est : la douleur, la paralysie, les bruits, les voix, les émotions ressenties. Tu imagines un peu l'horreur si ces choses-là arrivent en ta présence ?

— On peut les éviter, apparemment, si on en croit la littérature. Il faut être généreux avec les anesthésiques et parcimonieux avec le curare.

— On les rapproche de la mort, dit Tjalling d'un air grave. Plus profondément on les endort, plus le patient descend vers un état qu'on ne peut plus appeler la vie. C'est bien ça l'essentiel de notre profession, faire planer les gens aux frontières de la mort, là où on ne sent plus rien, où plus aucun stimulus ne pénètre. Et puis maintenir artificiellement les grandes fonctions de la personne qui nous est confiée. Pendant quelques heures, nous sommes une sorte de tronc cérébral externe. Quand tout est fini, nous ramenons le patient du royaume des morts. Tu as déjà été sous narcose, toi ?

Suzanne secoue la tête.

— Pas de péridurale non plus pendant l'accouchement ?

— Non, merci bien. Pas pour moi. Je ne voulais pas de piqûre dans mon épine dorsale, je trouvais ça trop risqué. Et toi ?

— Les amygdales, quand j'étais petit. Une expérience traumatisante, je n'ai toujours pas oublié l'odeur du masque en caoutchouc. On te tenait, on t'envoyait du gaz hilarant et dès que tu criais on te glissait la pince dans la gorge. C'est un scandale d'avoir considéré aussi longtemps cette torture comme quelque chose de normal.

Il se tait un instant et plisse les yeux.

— Plus tard, j'ai eu une anesthésie générale, pour une appendicite. Formidable ! Des couvertures chaudes, des mots gentils, partir, ne plus s'occuper de rien. J'ai adoré.

— Tu n'as pas eu peur ?

— De quoi ? De ne plus me réveiller ? Non, j'avais une entière confiance en l'anesthésiste. Ça m'a beaucoup appris. J'essaie de faire de même. Rassurer, faire sentir que tu prends tout en charge et surtout, être très gentil avec le patient. C'est essentiel. Il faut s'élever au-dessus de toute cette agitation, de cette tension qui règne dans la salle d'opération, ne jamais montrer que tu es inquiet ou irrité mais te concentrer entièrement sur le patient. Et ensuite, tu le laisses partir.

— Au royaume des morts, dit Suzanne en souriant.

On entend des bruits de pas dans le couloir. Quelqu'un crie. Suzanne et Tjalling se lèvent pour aller voir. C'est Ab Taselaar qui parle en élevant la voix dans son téléphone.

— Non ! Ne fais rien ! Reste là où tu es. Je te préviens dès qu'ils sont prêts. Garde ton téléphone à la main. Calme-toi. J'appelle la police. Je te rappelle ensuite. À tout de suite.

Taselaar appuie, l'air concentré, sur les touches de son téléphone. Sa houppette gris-blond se dresse au-dessus de son front. Il fait un signe à Suzanne et Tjalling, ils doivent attendre, ne pas faire de bruit.

— Taselaar, chef du bloc opératoire à l'appareil. Nous avons une urgence. Quelqu'un qui pourrait se jeter de la piste de l'hélico, sur le toit. Police et pompiers. Les prévenir immédiatement. Rappeler ce numéro ensuite. Faites vite !

— Qu'est-ce qu'il se passe ? demande Tjalling. Quelqu'un qui pourrait sauter ! Qu'est-ce que tu veux dire ? Qui ?

Ab se frotte le front.

— Assieds-toi, dit Suzanne. Il ne peut pas, il est trop inquiet. Il marche de long en large entre les murs du couloir tout en racontant. Luc s'est envolé avec un interne pour un accident dans le centre-ville. Ils se sont longtemps occupés de la victime dans la rue, en vain, il était trop tard, il perdait tout son sang, ils n'ont rien pu faire. Ils ont attendu les gars de la morgue, ils ont parlé avec la police, puis ils se sont envolés pour rentrer.

— Rien d'extraordinaire, a dit Luc, juste que la mort du type les avait démoralisés.

— Un interne, dit Suzanne. Quel interne ?

— Schuurman. C'était son premier vol. Tu le connais bien sûr, tu l'as supervisé. Schuurman, c'est lui donc. Après l'atterrissage, ils ont sauté de l'hélico et le garçon a couru jusqu'au bord du toit. Il y est encore. Luc a eu une peur bleue. Il lui a crié reviens ou quelque chose dans le genre, puis il s'est souvenu des instructions. Ne jamais parler à un suicidaire en situation de crise. On ne peut le faire que quand les pompiers sont prêts avec leur filet de sauvetage.

Le téléphone sonne. Ab écoute et hoche la tête.

— Entre cinq à huit minutes. Bien. Je ne sais pas si mon collègue là-haut peut voir ce qu'il se passe au rez-de-chaussée. Je m'y rends à l'instant. Appelez-moi dès qu'ils seront prêts.

Suzanne voit qu'elle tremble de tout son corps. Elle va dans l'espace cuisine et remplit un verre d'eau. Ses dents et le verre s'entrechoquent, elle arrive à peine à avaler. Ses sens sont aiguisés. Elle n'a pas de mal à suivre la conversation à voix basse de Tjalling et Ab.

— Il faut appeler un psychiatre, nous ne sommes pas formés pour ce genre de situation – appelle les urgences.

— Tu crois ? demande Ab. Tu as peut-être raison, c'est d'ailleurs inscrit dans un de nos protocoles. Mais il va falloir attendre longtemps avant qu'un de ces messieurs n'arrive.

Suzanne s'étrangle dans son verre d'eau. En toussant, elle se dirige vers les deux hommes. Tjalling lui donne quelques tapes entre les omoplates.

— La psychiatrie, ce n'est pas possible. Il était en formation là-bas, avant de venir chez nous. Et il était en conflit. Il connaît tout le monde.

— Ce serait une raison de plus pour sauter, c'est ce que tu veux dire ? Taselaar secoue la tête. Il faut pourtant bien faire quelque chose. Pas essayer nous-mêmes.

Le téléphone à nouveau. Ab écoute. Je transmets, dit-il.

— Deux minutes, j'appelle Luc. Il est impuissant là-haut.

Il dit à Luc que les pompiers sont arrivés.

— Les filets seront disposés dans cinq minutes. La police est aussi sur place. On essaie de joindre la psychiatrie. J'arrive. Hors de sa vue, oui. J'y veillerai.

— J'appelle Peter, dit Suzanne. Tjalling et Ab lui jettent un regard interrogateur.

— Mon mari. Il travaille en psychiatrie. Responsable de la formation en psychothérapie. Elle a déjà appuyé sur la touche "Favoris".

Les hommes montent l'escalier quatre à quatre. Suzanne les suit à pas lents, le téléphone collé aux oreilles. Décroche, pense-t-elle, décroche, vite

— Suzie, j'achète du poisson pour ce soir. Tu n'as pas besoin de…

— Écoute-moi. Allard Schuurman est sur le toit. Il va sauter. Ils veulent appeler la psychiatrie ici. Qu'est-ce que je dois faire ?

— Ne pas lui parler. Ne pas aller vers lui. Quelqu'un d'ici, ce n'est pas ce qu'il lui faut, il ressentirait cela comme un échec. Ou une menace. Drik ! Il était en analyse didactique avec Drik. Je l'appelle. Je te rappelle aussitôt après.

Ab et Tjalling sont sur le palier suivant, ils regardent en bas. La police a placé des rubans rouge et blanc autour de la place. Une foule se masse derrière. Les pompiers tendent des filets de sécurité le long de toute cette aile de l'hôpital. Trois voitures de pompiers sont garées n'importe comment sur les pavés. C'est pour de vrai, se dit Suzanne, ça arrive vraiment et c'est ma faute.

— Il va me rappeler, dit-elle à ses collègues.

— On attend encore ? demande Taselaar.

— Il ne faut pas l'approcher, il aurait peur et il sauterait. Il ne faut pas lui parler avant que tout soit en ordre. A dit Peter.

Le temps passe. Elle voit les gens regarder en l'air. Qu'est-ce qu'ils peuvent bien voir ? Dépêche-toi, bon Dieu, rappelle-moi, je t'en prie

— Il faudrait faire comme avec les tigres au zoo, dit Ab. Lui envoyer une flèche avec de la Succinylcholine.

Tjalling sursaute.

— Mais il risquerait de tomber du mauvais côté. Et il faudrait immédiatement lui sauter dessus pour l'intuber. Beaucoup trop risqué.

Taselaar hausse les épaules.

Téléphone. Suzanne se colle l'appareil comme une gifle contre l'oreille.

— Excuse-moi, dit Peter. J'ai mis du temps à le joindre, il était occupé. J'ai continué à appeler jusqu'à ce qu'il réponde. Ce qu'il a fini par faire, heureusement. Il est en chemin. Arrange-toi pour qu'on l'emmène là-haut au plus vite.

— D'accord, dit Suzanne. Elle coupe la communication et appelle le portier. Tjalling et Ab, impressionnés, l'écoutent donner ses instructions.

— Le docteur De Jong va arriver. C'est un psychiatre. Il faut l'emmener d'urgence sur le toit de l'hélico. Est-ce que le type de la sécurité est auprès de vous ? Il a bloqué l'ascenseur ? Bien. Informez la police et chargez-vous de garer sa voiture. Merci.

Elle s'écroule sur une marche de l'escalier. Taselaar lui pose une main sur l'épaule.

— Bon boulot, Suzanne. Tu nous accompagnes ?

Ils montent jusqu'au toit. Les portes sont ouvertes. Sans s'être consultés, ils s'arrêtent devant l'entrée. L'hélicoptère se dresse, menaçant, devant eux. Luc et le pilote se tiennent raides comme des piquets auprès de l'engin. Lentement, Suzanne s'oblige à regarder le rebord du toit où un corps recroquevillé hésite devant la profondeur du vide. Elle se sent soulevée par une vague de nausées.

Allard leur tourne le dos, ils ne voient pas son visage. Ses bras entourent ses genoux. Le vent souffle en rafales. Parfois, il semble se calmer, l'instant d'après, il se déchaîne.

On entend un bourdonnement dans la cage d'ascenseur. La porte de l'ascenseur s'ouvre. Un homme en sort, il est costaud, chauve, et porte un uniforme noir. Drik apparaît derrière lui, il fait un signe de tête en direction de Suzanne et ses collègues puis il tourne son regard vers Allard. Il est très pâle.

Drik avance sur le toit. Deux pas. Trois. Puis il s'assied sur le sol. Il attend que le vent soit moins fort puis, tout doucement, il prononce le nom d'Allard. Et une fois encore. Personne ne bronche.

Très lentement, Allard lève la tête. Il regarde par-dessus son épaule. Drik capte son regard.

— Allonge-toi, dit Drik. Roule sur toi-même jusqu'à moi.

Allard se laisse tomber sur le côté. Maintenant, il est allongé sur le ventre. Drik reproduit la manœuvre, lui aussi est maintenant allongé sur les graviers pointus. Il ne quitte pas le garçon des yeux.

— Viens, dit-il. Viens vers moi. Je suis venu te chercher.

Avec des mouvements raides, Allard commence à ramper sur le toit. Suzanne voit que Luc s'apprête à sauter sur le garçon. Elle lui fait signe de ne pas bouger.

Très lentement, Allard se rapproche de son thérapeute. Drik commence lui aussi à bouger, il se glisse en direction d'Allard. Trois mètres, deux – Drik saisit Allard par les poignets.

— Viens, c'est fini.

Avec un cri de bête, Allard se traîne jusqu'à Drik. Drik l'entoure de ses bras et le serre fort contre lui.

III

REPRISE

21

De nouveau, Drik attend Allard. Il appréhende la confrontation mais n'a pas la force de rassembler son courage. Il attend. Il repense à ce qui s'est passé sur le toit de l'hôpital et décide qu'il va commencer par observer tranquillement la tournure que prendra l'entretien. Si le garçon vient.

Allard s'était agrippé à Drik comme un gamin, tout le monde était resté quelques instants tétanisé, puis on avait assisté à un branle-bas général. Taselaar criait dans son téléphone que les pompiers pouvaient remballer, Luc et Tjalling couraient vers Allard tandis que Drik sentait le garçon s'affaisser. Il l'avait laissé glisser de tout son long sur le sol puis il avait posé ses doigts sur son cou. Pas de pulsation. Visage grisâtre, une tache d'urine sur les jambes du pantalon. Drik avait remercié le ciel d'être entouré d'anesthésistes. Tjalling s'était agenouillé et commençait à le réanimer, Ab était prêt à prendre la suite. Luc accourait avec le défibrillateur qu'il s'était dépêché d'aller chercher dans l'hélicoptère. Du coin de l'œil, Drik voyait Suzanne occupée avec un ballon et un obus d'oxygène.

Quelqu'un a demandé : Faut-il lui injecter de l'épinéphrine ?

— Non, défibriller d'abord, a répondu quelqu'un d'autre.

— J'ai un pouls, a dit Tjalling en haletant.

Ils avaient allongé Allard sur le brancard qu'on s'était, entre-temps, dépêché de monter. Suzanne a appuyé le masque sur son visage, elle pressait le ballon sous son bras pour lui donner de l'oxygène. Ils s'étaient tous précipités dans l'ascenseur, vers la cardiologie.

L'électrocardiogramme n'avait montré aucune anomalie. Taselaar était allé remercier la police et les pompiers et Luc était reparti après l'annonce d'un nouvel accident. Tjalling avait saisi Allard par les épaules et l'avait secoué en prononçant son nom.

— Qu'est-ce qu'il se passe ? avait demandé le garçon.

— Tu t'es évanoui quelques instants. On a dû te réanimer. Comment te sens-tu ?

— Bizarre. Fatigué.

Vingt-quatre heures au moniteur, avait pensé Tjalling. On ne prend pas de risques.

— Tachycardie paroxystique, c'est possible, lors d'une grosse frayeur. Les émotions et patati. On pourrait commencer avec des bêtabloquants. D'abord voir ce que dit le cardiologue.

Finalement Suzanne et Drik étaient restés tous les deux au chevet d'Allard, de chaque côté du lit. Allard promenait son regard de l'un à l'autre.

— Qu'est-ce que vous vous ressemblez, a-t-il dit. Les mêmes yeux, la même forme de visage. J'ai jamais vu ça. Puis il s'était endormi.

Qu'est-ce que je dois faire ? avait pensé Drik. Il avait un mal de tête carabiné et un mal fou à suivre les événements. Suzanne, debout dans le petit bureau, serrait les bras contre son corps comme pour se réchauffer. Elle l'avait regardé, mais il s'était adressé à l'infirmier en chef. Il avait marmonné quelque chose sur les circonstances encore inconnues de l'incident et donné son numéro de téléphone pour le cas où Allard le demanderait ou si le service avait quelque chose à lui communiquer ou des questions à lui poser.

— Et vous êtes ?

— De Jong. Psychiatre. L'homme avait griffonné quelque chose dans le dossier et hoché la tête.

— J'attends ici, en cardiologie, avait dit Suzanne quand ils s'étaient retrouvés dans le couloir. Il faut bien que quelqu'un fasse une sorte de transmission.

Elle a un air juvénile, pas comme à la maison, avait pensé Drik. Mais qu'elle se taise maintenant, j'ai eu ma dose.

— C'est ma faute. Je l'ai laissé tomber. Je ne savais pas qu'il réagirait aussi violemment. Elle était devenue toute rouge.

— Attendons de voir ce qu'il en dira lui-même, avait répondu Drik. Tu n'es pas le centre de l'univers, alors, garde tes hypothèses pour toi. Il y a déjà assez de dégâts comme ça.

Elle avait détourné le visage comme s'il l'avait giflée. Ça ne lui avait fait ni chaud ni froid. Il était parti sans se retourner.

Il faut que je téléphone à ma patiente, avait-il pensé, la femme qui était chez moi quand Peter a appelé. Drik débranche le téléphone dans son cabinet quand il a un patient, mais on entend faiblement la sonnerie dans la cuisine. Elle n'avait pas arrêté de sonner, pendant de longues minutes.

— Apparemment, c'est important, s'était-il excusé. Ensuite, il avait dû renvoyer la femme. Quand il s'était précipité hors de la maison, elle était encore en train de détacher l'antivol de son vélo.

Il avait laissé sa voiture juste en face de l'entrée de l'hôpital, avait jeté ses clés au portier et était monté dans l'ascenseur avec le type de la sécurité. Il lui avait suffi d'un regard sur le toit et il avait su ce qu'il se passait. Su ? Non, senti. Un suicidaire sérieux se tient debout devant le vide, s'il en a le courage ; s'il n'ose pas, il s'allonge contre le bord du toit pour se laisser rouler dans le vide, les yeux fermés. Ce qu'il voyait là, c'était un gosse mort de peur. À un endroit extrêmement dangereux. Calme, avait-il pensé. Ne pas l'effrayer. Le rassurer et l'attirer vers moi, c'est le message que je dois essayer de faire passer.

Maintenant qu'il repense à ce garçon désespéré, les larmes lui montent aux yeux. Cela l'irrite, il se reprend, il ne veut pas savoir d'où lui vient cet attendrissement. Tout à l'heure, quand ils seront l'un en face de l'autre, ils devront parler de choses concrètes. De ce qui s'est passé exactement, de comment éviter que cela ne se reproduise, de cette thérapie, de sa raison d'être, si elle en a encore une.

La sonnette. Drik se traîne jusqu'à la porte. Ses genoux se ressentent encore du contact avec le revêtement très dur du toit.

Allard se glisse dans le couloir sans regarder Drik. Il doit avoir honte, pense Drik. Il doit me repousser après cette proximité extrême sur le toit. Il marche derrière Allard en soupirant. S'il m'engueule, je le renvoie illico presto, je ne supporte plus. N'importe quoi, on ne met pas quelqu'un qui vient de vivre un tel traumatisme dehors. Courage. Commencer par voir venir.

— Merci, dit Allard. Quand j'étais en réanimation, j'ai oublié de te remercier. Tu m'as sauvé du toit.

Me tutoyer. Me dire quelque chose de gentil. Incroyable !

— Tu peux me dire comment tu t'es retrouvé là-bas ?

— Bêtement. Immédiatement après l'atterrissage, j'ai sauté de l'hélicoptère. J'ai été effrayé par l'hélice, les pales tournaient à grande vitesse juste au-dessus de moi, j'ai cru que j'allais être décapité. J'ai couru, pour m'éloigner, et je me suis retrouvé au bord du toit. Je crois qu'à ce moment-là, je me suis écroulé, j'aurais très bien pu tomber dans le vide. Luc a crié, j'étais figé, incapable de faire un mouvement. Plus rien. Parler non plus. Je voulais retourner vers l'hélico en rampant mais ça aussi, ça semblait impossible. J'étais paralysé. Mon rythme cardiaque devait approcher des deux cents. J'étais mort de peur.

— Tes collègues pensaient que tu avais l'intention de sauter du toit.

Allard secoue la tête.

— Je n'oserais jamais. Et je n'en avais pas du tout l'intention. Je n'avais pas de plan. J'ai fait une manœuvre stupide et j'ai paniqué une fois au bord du toit.

— Qu'est-ce qui s'était passé auparavant ?

— On s'est envolé vers un accident de la route. On a perdu le patient, la victime. C'était un sale coup.

— Vous vous êtes dit quelque chose, sur le chemin du retour ?

— Luc jurait. Il disait que, parfois, il détestait ce travail. Qu'on est confronté avec des horreurs. Qu'on est souvent impuissant et qu'on n'arrive pas à prendre ses distances. Qu'il en faisait des cauchemars. Il n'avait pas l'air d'être dans son assiette. Moi, je ne disais pas grand-chose.

— Et avant, avant que vous ne partiez.

— Avant, j'ai parlé avec Suzanne. Dans la cage d'escalier. Elle m'a demandé si j'avais le vertige. Oui, clairement. Mais à ce moment-là, je ne le savais pas encore.

— Vous avez encore discuté d'autre chose, tous les deux ?

— Oui.

Drik laisse le silence se prolonger. Allard se cale dans son fauteuil. Il se gratte la tête.

— Qu'elle me manque, je lui ai dit. Je l'ai enlacée. Elle m'a laissé faire.

— Mais encore ?

— Elle ne voulait pas qu'on parle de ça. Elle trouve qu'il faut qu'on arrête. Selon moi, elle n'en pense pas un mot, je suis sûr qu'elle me reviendra. On ne pouvait pas parler tranquillement dans l'escalier. Mais ça viendra. Si tu penses que j'ai voulu en finir parce qu'elle me repousse, tu te trompes. Ce n'est pas le cas.

J'écoute, pense Drik, j'enregistre ce qu'il dit mais je ne le crois qu'à moitié. Laissons ça pour le moment.

— Tu peux me dire comment tu te sentais, là-haut, au bord du toit.

— Tout s'était arrêté. Je ne pensais à rien. Ce n'est que lorsque tu m'as appelé que j'ai pu à nouveau bouger. Mais même à ce moment-là, je ne pensais à rien, ça s'est fait tout seul, machinalement. Une forme de soulagement, ça oui, quelqu'un qui me disait quoi faire. Quelqu'un qui me montrait comment faire. Si j'avais réfléchi, je n'aurais jamais osé ramper jusqu'à toi.

— Comment ça ?

— J'aurais eu honte. Ou j'aurais pensé que tu n'étais pas sincère.

— Mais sans penser, tu arrivais à me faire confiance ?

Maintenant, Allard se redresse sur son siège.

— Mais oui. Tu as raison. Tu étais mon père. Qui revenait. Pour me chercher. C'est ce que tu as dit, d'ailleurs : je viens te chercher. La mise en scène d'un traumatisme de jeunesse. Avec une fin heureuse cette fois. C'est formidable ! Je suis guéri maintenant ?

Drik décide d'ignorer le ton sarcastique.

— Je ne sais pas. J'ai quand même l'impression que tu as sauvé ta vie en abandonnant un instant ta révolte contre ton père, ou ceux qui figurent le père. Tu m'as laissé t'aider. Pour la première fois.

— Tu en es sûrement très content. Le bon thérapeute qui sauve la vie de son patient. Ça doit flatter ton ego, ça.

— Que tu ne te sois pas écrasé par terre, c'est à toi que tu le dois. Je t'ai aidé uniquement en étant là. Flatter mon ego, je ne dirais pas ça. J'étais très inquiet, et plus tard, une fois le danger passé, j'ai été touché par ce moment de proximité entre nous. Toi aussi peut-être ?

— Mon cœur s'en est arrêté de battre, dit Allard, moqueur.

— C'est ce qu'ont pensé les spécialistes sur le toit, en effet. Moi aussi. Je ne sentais plus ton pouls. Il y a eu incontinence d'urine aussi.

— De peur, l'enfant pisse dans sa culotte. C'est arrivé avant, quand je me suis retrouvé au bord du gouffre.

— Qu'a dit le cardiologue ?

— Il n'a rien trouvé, et pourtant, il a fait de son mieux. J'ai dû rester toute la nuit sous scope. Et chez moi, j'ai dû me balader vingt-quatre heures encore avec un holter. Ça n'a rien donné. Finalement, il a conclu que c'était un malentendu ; que je me suis évanoui de peur. Ils ont cru que c'était un arrêt cardiaque, mais ça n'en était pas un.

— C'est possible. Dans la panique, j'ai pu rater la pulsation. Et les anesthésistes t'ont immédiatement sauté dessus pour te faire une compression du thorax, il y a eu moins d'une demi-minute entre les deux.

— C'est notre métier, dit Allard. Dès que quelqu'un n'a plus de pouls, on réanime et on intube. Je serais revenu à moi tout seul s'ils avaient eu la patience d'attendre. C'est d'ailleurs ce que Vereycken a dit lui aussi. Il n'était pas là la semaine dernière, congrès ou quelque chose dans le genre, Taselaar le remplaçait. Ce matin seulement, il a entendu toute l'histoire. Il voulait qu'on en parle pendant la réunion de cet après-midi. J'en sors.

Dans des moments pareils, Drik est infiniment heureux de son statut de libéral. Il n'a pas à se justifier auprès de ses confrères, il n'est pas la proie des sales coups de collègues rancuniers, il n'a pas à se soumettre à des ordres hiérarchiques. Il l'imagine, la réunion d'Allard – un large cercle de séniors et d'internes, espérant un compliment ou craignant d'être moqués. Faire de la lèche ou enfoncer les autres. C'est une vision très déformée, probablement. Quand Suzanne parle de ces réunions, ça a l'air plutôt sympa et elle aime bien y aller. Pour s'asseoir à côté de ce garçon sûrement ! Les pensées de Drik partent dans tous les sens. Il s'effraie de les découvrir aussi violentes et incontrôlées. Il fait de gros efforts pour ignorer sa fatigue. Écouter. Être attentif. La réunion.

— J'ai trouvé ça terrible, je m'en faisais une montagne. Il y avait foule, tout le monde voulait savoir ce qui s'était vraiment passé. Luc Delvaux avait l'air particulièrement énervé. J'ai pris cette tenue orange en grippe, je ne la mettrai plus jamais. Suzanne s'est assise auprès de Taselaar et non pas à côté de moi.

Vereycken a une façon tellement solennelle de s'exprimer, très correcte mais si sérieuse qu'on a toujours l'impression qu'il est arrivé une catastrophe. J'étais un peu au fond, à côté de Winston. Je n'osais pas prendre mon gobelet de café. De peur qu'on ne remarque à quel point je tremblais. M. le professeur a ouvert la réunion en disant qu'aujourd'hui, on n'allait pas parler de complications chez un patient mais d'un incident concernant un interne. Moi donc. J'étais terriblement angoissé. Luc a dû raconter notre mission d'urgence, ce qu'il a fait. Alors qu'il s'apprêtait à décrire l'atterrissage sur le toit, Vereycken l'a interrompu. Il trouvait préférable que je le fasse moi-même. C'est tout juste si j'arrivais à respirer. Une vraie cata ! Ils n'ont rien compris quand j'ai commencé à parler, j'ai dû me lever. Bon, je leur ai raconté l'incident comme je te l'ai raconté tout à l'heure. Ça a déclenché un beau chahut, ils se sont mis à parler tous en même temps de protocoles de suicide et de police. Apparemment, ils avaient déjà eu des discussions sur les risques de suicide chez les anesthésistes avant mon arrivée dans le service, depuis ils se surveillent les uns les autres et ils n'ont pas douté un instant, ils étaient persuadés que je voulais sauter.

— Il fallait s'y attendre, a dit Kees, le type de la cardio, l'observation objective en souffre, nous soupçonnons tout le monde de vouloir se suicider.

Vereycken a demandé ce que chacun avait fait. Taselaar a dit qu'il avait contacté la police et Suzanne a raconté comment tu t'es retrouvé sur la scène. Apparemment, elle avait compris que ce n'était pas une bonne idée de m'envoyer un de mes anciens collègues alors que j'étais en pleine crise. J'ai trouvé ça sympa de sa part. Quelqu'un, dans cet hôpital psychiatrique, avait découvert que tu avais été mon analyste. Ça n'en finissait pas. À chaque étape, ils devaient réfléchir à ce qu'ils auraient pu faire d'autre. Quand il s'est avéré qu'en fait, je n'avais rien, Taselaar s'est fait critiquer. Il n'aurait pas dû réanimer aussi vite.

— Vous avez tous paniqué, a dit Vereycken. Écoutez bien ce jeune collègue. Il ne voulait pas mettre fin à ses jours, il a eu une sérieuse crise de panique. Vous ne l'avez pas détectée, vous avez paniqué vous-mêmes.

Luc a dit qu'il était désolé, il aurait tout simplement dû me demander ce qu'il y avait et ce qu'il pouvait faire. Mais un de ses amis s'est suicidé, il me l'a raconté. On a alors eu droit à "la leçon du jour" : en situation de panique, on a tendance à faire trop vite le lien avec un incident passé. Du coup, on n'a plus une vision très nette et on réfléchit mal.

Drik est si fatigué qu'il n'est lui-même plus en état de réfléchir. Trop d'histoires, elles le submergent et l'empêchent de voir l'essentiel. Quel est l'essentiel ? Quelque chose qui se rapporte au père, à la confiance. Une année entière d'analyse et il n'a toujours pas réussi à parler de l'impact de la désertion du père sur Allard. Chaque fois qu'il essaie de mettre ça sur le tapis, il a droit à une pirouette railleuse. Et maintenant ? Écoute un peu son histoire : Il se sent soutenu par le grand professeur, il ose se lever et avouer sa panique. Il s'est agrippé à moi, il m'a fait confiance. Il m'a même remercié. C'est peut-être une avancée dans la thérapie, ma patience est récompensée. À présent, je dois continuer, si je m'y prends bien, je vais pouvoir amener l'analyse à un niveau supérieur. Je suis trop fatigué. Je n'en ai plus la force.

Dans la soirée, il consulte la liste des membres de l'Association internationale de psychanalyse à la recherche du numéro de téléphone d'une collègue suédoise avec laquelle il dîne depuis des années chaque fois qu'ils assistent tous deux au même congrès. Ils ne se contactent jamais entre deux congrès mais chaque fois qu'ils se voient, c'est toujours dans la confiance et la bonne humeur. Elle a le même âge que lui, elle travaille à l'université et elle sait bien écouter.

Drik téléphone. Elle est chez elle. Elle a le temps. Elle l'écoute. Tu peux essayer toutes les constructions théoriques possibles et imaginables, dit-elle, mais là n'est pas la priorité. Il a réussi à te mettre dans une situation comparable à la sienne : abandonné de ta famille, isolé des personnes dont tu aurais besoin. Qu'il le fasse consciemment ou pas n'a pas d'importance. L'important, c'est la situation présente.

— Qu'est-ce que je dois faire ? demande Drik. Dis-moi ce qu'il faut que je fasse.

— Tu dois arrêter. Immédiatement. Parfois, on ne peut pas aider les gens parce qu'ils remuent une vieille blessure. On serre les dents, on essaie de se protéger mais ça prend toute notre énergie. Et nous ne sommes plus disponibles pour le patient. Tu ne peux rien pour cet homme. Ce n'est pas grave, tu n'as pas à en avoir honte – tu dois seulement le reconnaître. Et agir en conséquence.

— Qu'est-ce que tu dirais, toi ?

— La vérité. Que tu arrêtes l'analyse parce que tu n'es pas en mesure de continuer. Pour des raisons personnelles. Ce n'est pas bien de le laisser dans l'illusion que tu pourrais l'aider.

Il se sent léger comme une plume. Toute sa fatigue disparaît d'un coup. Tout en prenant congé de sa lointaine collègue, il se sert un verre de whisky. Il la remercie une fois encore, puis éclate en sanglots.

22

— Un défi, dit Suzanne à l'infirmier anesthésiste. Une chance unique pour toi. On va le faire avec le double de personnel et une équipe de perfusion, deux chirurgiens vasculaires et un chirurgien thoracique. Rien que l'installation et la pose des cathéters, ça va prendre au moins une heure. C'est bien que tu fasses partie de l'équipe.

Au programme, il y a un pontage chez une femme qui a un énorme anévrisme de l'aorte thoracique, un état éminemment dangereux, une bombe à retardement qui remplit l'équipe traitante de nervosité et de curiosité. En attendant qu'une des plus grandes salles d'opération se libère, Suzanne note pour elle-même quelques questions prioritaires sur un bout de papier. Sjoerd va chercher du café.

Rudolf Kronenburg entre dans la salle de détente. Il regarde autour de lui d'un air indifférent et va s'asseoir auprès de Suzanne. Ils ont appris, pendant les transmissions, auxquelles il n'était pas présent, qu'il a commis un impair hier : en posant une ligne centrale juste en dessous de la clavicule, il a, par inadvertance, piqué dans l'apex du poumon. Cela peut arriver. Qu'il n'ait, ensuite, ni contrôlé le cathéter, ni remarqué le pneumothorax, est entièrement sa faute.

— Pas de chance, le pneumo, dit-elle. C'est pour cela que tu n'as pas eu envie de venir à la transmission ?

— Mon trajet d'amélioration m'amène sur des crêtes de plus en plus élevées, dit Rudolf. Je dois bien dormir pour tenir le coup. Les cardio-chirurgiens ont fait savoir à Vereycken qu'ils se passeraient désormais de ma présence pendant leurs opérations.

— Mince alors, c'est embêtant ça, Rudolf.

— Ça m'a donné une idée lumineuse. Il retire une lettre de la poche de sa veste et il la tient en l'air. Une liste des opérateurs avec lesquels je ne souhaite plus travailler ! Je vais la remettre tout à l'heure à notre inestimable Livia.

— Est-ce bien raisonnable maintenant que tu es dans ce trajet ?

— S'ils en tiennent compte, cela reviendra à un progrès considérable, je peux te l'assurer. Pour mes conditions de travail en tout cas.

— Pourquoi est-ce que tu ne pars pas ? Recommencer ailleurs ?

Kronenburg pousse un soupir et s'affaisse.

— Je devrais acheter le droit de faire partie d'une association, à mon âge ? Qui voudrait de moi ? Sincèrement Suzanne, ça serait Goes ou un autre bled perdu. Ce n'est pas une option, Suzanne, tu le sais bien. Je dois mordre la poussière. Ici.

— Tu gagnerais beaucoup plus en province.

— L'argent n'est pas un problème, dit Kronenburg qui s'est redressé de toute sa hauteur. C'est la misère des relations sociales dans un hôpital de province qui me fait peur. Ça serait un suicide. Est-ce que tu sais que cette pauvre Bibi doit m'accompagner dans mes efforts vers l'amélioration ? Le pneumothorax l'a énormément déçue. Heureusement, ça n'a pas été fatal pour le patient, il lui restait encore un poumon. Elle me donnait des instructions, presque parallèlement à la clavicule, a-t-elle dit, si tu fais bien attention, tout se passera bien. Comme si j'étais un interne débutant. Je n'ai pas fait attention évidemment, je ne l'ai même pas regardée. J'ai ma fierté moi aussi. Je sais que je suis un peu fougueux. Et peut-être que je me mets trop vite en colère. Elle ne se met jamais en colère. Donc ces séances d'amélioration, elles avancent en faisant des méandres et ne mènent nulle part. C'est dur à supporter. Et ça a toutes les chances d'échouer.

Suzanne voit Allard entrer. Il est immédiatement accaparé par Taselaar qui fait un signe dans sa direction. Merde ! Il va travailler avec elle aujourd'hui. C'est bien pour lui, évidemment, une telle prouesse anesthésiologique. Ce qu'il a l'air mal en point, il a maigri, il a les yeux creux. Pourquoi ne peut-on pas simplement travailler sans nous surveiller les uns les autres ? Ça me prend la tête, tout ce cirque. Kronenburg continue à parler tranquillement.

— Plutôt naïf, non, comme idée, de vouloir me changer ? Comme s'il était Dieu tout-puissant en personne, notre cher professeur. J'ai toujours été colérique, ce n'est pas une gentille petite femme comme Bibi qui va changer ça.

— Tu sais ce que tu dois faire, Rudolf, si tu veux garder ton job, dit Suzanne en se levant. Tu dois faire une thérapie. Dernière planche de salut. Elle ramasse ses papiers et se dirige vers la porte.

— Super-idée, claironne Rudolf. Une bonne initiative, de mon plein gré, voilà qui va faire passer mon trajet d'amélioration à la vitesse supérieure. Quelle suggestion ! Merci beaucoup ! Vraiment !

Elle enregistre le ton sarcastique de ses paroles au moment où elle sort. Elle n'a plus la patience de réagir, elle veut se mettre au travail.

Dans la salle d'opération qui leur a été attribuée, Harinxma vient juste de descendre de son marchepied.

— À toi de fermer, dit-il à son assistante intimidée. Et proprement, s'il te plaît. Pas trop serré sinon ça va pourrir.

Il raconte à Suzanne que le patient a été opéré hier et qu'il a dû être opéré à nouveau ce matin. Il a retiré deux kilos de caillots du thorax. Ils reposent comme des tubercules rouge foncé au fond d'un récipient. Le pont aux betteraves, pense Suzanne, l'entreprise sans espoir, le chemin funeste.

Elle délibère avec Kees, assis patiemment sur un tabouret au chevet du patient.

— Encore vingt minutes, dit-il, et on pourra commencer. Il a dit dix, mais c'est impossible évidemment. J'ai prévenu la banque du sang. Ça va durer jusqu'à minuit, j'en ai bien peur. C'est de la folie de commencer aussi tard. Tu veux te faire remplacer ce soir ? Je reste.

— Moi aussi, dit Suzanne. Plutôt ici qu'à la maison, plutôt occupée que désœuvrée.

Au bout d'une bonne demi-heure, ils peuvent enfin commencer à installer les appareils et à distribuer les tâches. Un agent de propreté passe la serpillière pour enlever le sang et les perfusionnistes pénètrent dans la salle avec leurs appareils. Suzanne, appuyée contre le mur, s'étonne de l'humeur joyeuse des hommes, de leurs blagues bruyantes, de leur relation décontractée avec la chirurgienne cardiovasculaire qui vient d'entrer. On dirait qu'on est en train d'armer un navire de guerre, pense-t-elle, c'est à peu près le genre d'agitation qui règne ici. Nous nous préparons pour un combat crucial dont l'issue est incertaine et les canonniers s'apprêtent à charger les canons. La table d'opération est entourée d'une forêt de pieds à perfusion. Même les traverses entre deux potences sont pourvues de crochets pour les poches et les paquets. Il va y avoir des rideaux de tuyaux. Sjoerd a transbahuté les paquets de solutés, des caisses entières qu'il dépose contre le mur.

— Prévoir, c'est la moitié du boulot !

Suzanne rit. La tête baissée vers le sol, Allard se faufile dans la salle d'opération et va s'occuper de la médication. Il remplit les seringues les unes après les autres, puis il les range soigneusement sur un plateau. Ses cheveux frisent dans son cou sous le calot. Suzanne a du mal à détacher son regard de lui. Elle est contente que Kees les appelle à se rassembler autour de lui.

— Cette dame a déjà été opérée il y a dix ans, elle a tout un passé de problèmes cardiaques. Aujourd'hui, on va remplacer son aorte. Tout à l'heure, on va la positionner – tu iras la chercher, Suzanne ? – et poser les cathéters. On va lui mettre deux voies veineuses et une ligne centrale. Trois lignes artérielles, dont une dans l'aine. Je mettrai le drain rachidien moi-même. Le bas du corps sera sous perfusion, le haut sera ventilé. Il regarde les perfusionnistes ; ceux-ci lèvent le pouce.

— Nous allons récupérer les globules sanguins avec le Cell Saver. En vue d'une réutilisation. Sjoerd, tu t'occupes des fluides. Entrées et sorties. Sjoerd hoche la tête.

— Ce n'est pas rien, vous savez. Pour peu qu'on ait la poisse, on devra perfuser une centaine de litres de sang. Pendant l'opération, je m'occupe, en principe, de la coordination et Suzanne du bilan liquidien et de la médication. Assistée par Allard, c'est bien ça?

Allard acquiesce d'un hochement de tête. Il est un peu à l'arrière, une seringue à la main. Il évite mon regard, pense Suzanne, il n'a pas envie d'être ici, pas avec moi. Bêtise, on doit travailler, ce qui s'est passé, on ne peut pas l'effacer mais on peut l'oublier. Tourner la page, comme on dit, un nouveau départ, peu importe. Pas de reproches, pas de jérémiades, pas de problèmes.

Elle s'apprête à aller chercher la patiente et demande à Sjoerd de l'accompagner.

— Tu es nerveuse? demande-t-il.

— Tendue, dit Suzanne. Ça va être un bain de sang, donc un vrai défi pour nous de bien compenser les pertes. Il va falloir tout surveiller en même temps. Les électrolytes, les facteurs de coagulation. Quand ils vont clamper l'aorte, l'irrigation de la moelle épinière sera mise en danger et on risque une interruption médullaire. J'ai confiance en Kees. Pour une opération aussi invasive, il faut avoir une bonne équipe et quelqu'un qui supervise sans paniquer. Il en est capable. Donc, je ne suis pas nerveuse.

Dans le lit, une femme d'une cinquantaine d'années attend tranquillement. Elle regarde Suzanne et Sjoerd en souriant.

— Ça a pris un peu de temps, dit Suzanne. Nous sommes en train de préparer tout ce dont nous aurons besoin. Ne vous effrayez pas tout à l'heure, la salle est pleine à craquer.

Tout en contrôlant le bracelet, elle demande si la femme sait ce qu'on va lui faire et si elle appréhende l'intervention.

— Non, pas du tout. Au contraire. J'en ai marre de vivre comme une invalide, je suis tellement contente à l'idée de pouvoir travailler à nouveau. Garde forestière, répond-elle à Sjoerd qui s'informe de son métier. Ça fait très viril, mais ces dernières années, j'étais plus souvent qu'à mon tour derrière un bureau. Pas assez d'air, vous voyez. J'espère que je pourrai bientôt retravailler à l'extérieur. Donc, vous pouvez y aller.

Une fois dans la salle d'opération, Kees se présente à la patiente ; puis il se penche vers son dos pour y placer le drain. Pendant tout ce temps, Suzanne regarde la femme, elle a posé une main sur son épaule. Consciemment, elle ne regarde personne d'autre, ni le chirurgien vasculaire qui est en train d'essayer ses lunettes loupes, ni le technicien qui s'est approché de la table avec un appareil d'échographie, ni Allard, qui s'occupe des opiacés.

— Nous allons vous endormir, dit-elle. Je reste auprès de vous et je vous réveille quand tout sera fini.

Comment est-ce que je peux dire ça, pense-t-elle. C'est de la forfanterie. Tout peut aller de travers. Je l'induis en erreur. Elle caresse la joue de la femme et voit, du coin de l'œil, que Sjoerd a déjà la sonde à intuber en main.

— Dormez bien, pensez aux forêts, À tout à l'heure, dit-elle.

L'anévrisme a une largeur de douze centimètres. Les médecins crient d'excitation devant l'écho, il est rare de voir une chose pareille. Suzanne et Kees préparent énergiquement les voies d'abord ; le poumon droit est ventilé et le gauche a été affaissé pour que le chirurgien ait la place de faire son travail. Allard a réglé la pompe à Propofol et injecte l'analgésique. Dernier élément de la préparation, la femme est positionnée au mieux sur la table. Les bras écartés sur les appuie-bras, le torse dénudé pour recevoir le bistouri. On ne peut pas être plus désarmé, pense Suzanne. Elle contrôle pour la énième fois si les petites gélatines sont bien en place et protègent les talons, les coudes et le coccyx contre les escarres. Puis elle fait un signe de tête au chirurgien.

— Nous sommes prêts.

Il la coupe en son milieu. Il l'ouvre. D'un coup de bistouri oblique sur tout le corps. Les côtes doivent y passer. La violence des os écartés. Une boucherie, pense Suzanne, non, plutôt un dessin anatomique montrant clairement tous les organes. On peut les toucher, on peut les soulever puis les reposer.

Le cœur s'affole. Elle regarde Allard.

— Je viens de lui donner du Fentanyl, dit-il.

— Ajoutes-en encore un peu, elle ne réagit pas assez au produit.

Entre-temps, la femme refroidit, on dirait que de la vapeur monte de l'énorme blessure. La chirurgienne vasculaire, de l'autre côté de la table, demande à Suzanne d'abaisser les loupes de ses lunettes. Ensuite, elle se penche fort en avant sur le thorax.

— Je veux plus de lumière, dit-elle.

Kees fixe une sorte de gros lacet, un cordon sanguinolent à la peau et aux tissus au-dessus du thorax ouvert. Il grimpe sur un tabouret, fixe le cordon à la traverse à laquelle les poches de perfusion sont suspendues et il le tend.

— À partir de maintenant, on n'abaisse plus la table, prévient-il, sinon on la déchire.

Entre-temps, les chirurgiens continuent à travailler, détruisant tout ce qu'ils rencontrent, il le faut bien : aux anesthésistes de réparer les dégâts et de remplacer les pertes de sang et autres. Suzanne suspend des poches d'électrolytes à la traverse pour compenser la carence en sel, le Cell Saver est constamment en train de centrifuger, le résidu de pâte rouge sera réutilisé et le fluide s'écoule par un tuyau dans un grand seau noir. De Prisunic, pense-t-elle, quelle étrange combinaison de prouesses technologiques et d'art du camping primitif. Sjoerd sort de temps à autre de la pièce pour aller vider le seau.

— Je peux aussi mettre le sac d'urine là-dedans ? demande-t-il.

— Mesurer d'abord. Elle pisse comme une vache.

Suzanne se penche pour lire le nombre de litres et elle tape le chiffre sur l'écran. Sjoerd vide la poche d'urine dans le seau de Prisunic.

— Inondation ! crie le chirurgien. Le thorax est tout à coup rempli de sang. Il commence à dégouliner par vagues le long de la table jusqu'au sol. Jurer, pincer, aspirer. Quelqu'un pose des couvertures molletonnées sur le sol pour absorber le sang. Sjoerd, impassible, continue à suspendre de nouvelles poches de solutés.

Le calme se rétablit, mais la patiente réagit par une augmentation du rythme cardiaque.

— On dirait que la morphine n'a pas beaucoup d'effets sur elle, dit Suzanne. Donne-lui-en encore un peu.

Le coffret aux opiacés est par terre dans un coin de la salle, à moitié caché derrière l'armoire à médicaments. Allard est accroupi et trifouille dans le coffret. Il se relève et tend le coffret ouvert à Suzanne.

Dans la mousse synthétique grise où les ampoules ont leur place, il y a une tache de liquide foncée.

— Cassée, je pense, dit-il. C'est tout mouillé. Est-ce que ça s'évapore ou est-ce qu'on va tous planer ?

— Va en demander dans une autre salle d'opération. Il nous faut du Fentanyl immédiatement.

Elle est sèche, impatiente, mal à l'aise. Il s'absente longtemps ; elle lui arrache l'ampoule des mains dès qu'il est de retour.

La prothèse attend dans un récipient : un bon demi-mètre de tuyau cannelé, orange vif à cause de l'antibiotique dans lequel il baigne. Tous les vaisseaux sanguins doivent être cousus un par un au tuyau avec de tout petits points. Ça prend des heures. Kees ne se lasse pas de raconter des blagues au perfusionniste. Puis il vient se placer près de Suzanne et regarde l'écran.

— Le cœur est apaisé à présent. Va donc manger un morceau.

Elle entend Allard marcher derrière elle. Elle se sent très fatiguée. Elle n'a aucune envie d'aller dans la soi-disant chaleureuse salle de détente et d'entendre les sempiternelles histoires d'interventions héroïques. D'avoir fendu en deux cette brave garde forestière qui était de si bonne humeur lui donne un sentiment d'étrangeté qu'elle n'arrive pas à refouler. Que fait-on ici, en fait ? Qu'est-ce qui nous fait croire que cette femme vivra quand nous aurons cousu cette épaisse vuvuzela dans sa poitrine ? Est-ce qu'elle a ressenti de la souffrance quand son rythme cardiaque a augmenté ? Est-ce qu'elle va se réveiller ?

— Tu sais qu'il y a un chien qui se balade en cancérologie ? dit Allard. Il peut diagnostiquer des mélanomes. il y a aussi des chiens qui peuvent prévoir une crise d'épilepsie chez les patients.

Pas de doute, pense Suzanne, on est dans une maison de fous. Un film d'horreur. Je rêve.

Allard ouvre une porte et l'entraîne à l'intérieur d'une pièce étroite.

— On peut les dresser à détecter des bactéries rares et vicieuses, continue-t-il. Bien sûr, ils apportent aussi des tas de saloperies dans le service. Sans parler des aboiements – pas facile, comme décision, me semble-t-il.

Chaque unité a une sorte de réduit qui n'a pas de fonction propre et que tout le monde oublie. On y trouve des cartons remplis d'articles que plus personne ne prend la peine de lire, des tapis enroulés, des ordinateurs obsolètes, des claviers orphelins, une boîte de ciseaux à pansements, un fauteuil roulant sans marchepied. Allard s'y laisse tomber, le fauteuil glisse vers l'arrière et heurte un pied à perfusion tordu.

Il attire Suzanne sur ses genoux. Elle se cogne contre le bras du fauteuil, elle sent sa cuisse chaude sous le léger pantalon d'opération. La lumière s'est allumée automatiquement quand ils sont entrés, elle dessine des ombres tranchantes sur le visage d'Allard. Il retire son masque antiseptique – elle entend les élastiques péter – et le jette par-dessus son épaule. Elle est si fatiguée, ses muscles sont si lourds, si désobéissants qu'elle ne se défend pas quand il défait le nœud de son pantalon et pose la main sur son ventre nu. Elle voit ses pieds largement écartés sur le sol. Il porte des chaussettes ridiculement épaisses dans ses sabots de bloc. Entre-temps, il continue à jacasser, comme s'il voulait l'empêcher de parler. Pas nécessaire, pense-t-elle, je suis trop fatiguée, je n'aurais pas la force de trouver les mots.

— Ça ne veut rien dire, ne crains rien, dit-il. Juste s'asseoir un peu ensemble. On va partir dans un instant. Juste sentir ton ventre. Tu sais que j'ai une copine à présent, une adorable enfant, je vais me consacrer entièrement à elle maintenant, pour de vrai. Mais je veux d'abord rester un peu avec toi, tu sens si bon, ton odeur m'est si familière. Si j'étais un de ces chiens de cancérologie, je te reniflerais toute la journée.

Alors qu'il embrasse son ventre, qu'elle sent sa langue autour de son nombril et s'étonne d'être excitée malgré elle, la porte s'ouvre en grand et elle regarde droit dans les yeux de Rudolf Kronenburg.

— Tout le monde s'amuse ici comme il peut, dit-il. Loin de moi l'idée de vous critiquer. Ce serait malvenu, étant donné mon statut de sujet à améliorer. Mais je ne nierai pas que je suis légèrement étonné. À propos, on te cherche, Suzanne, ta fille est au téléphone. Je me retire discrètement. Bon après-midi.

Maintenant seulement, Allard relève la tête. Suzanne s'extrait de son étreinte et rattache son pantalon.

— Chopés, ricane Allard. Quel clown pompeux, entre nous. Il va parler, tu crois ?

— J'ai perdu mon bipeur, dit Suzanne. C'est pour ça qu'on ne pouvait pas me joindre. Il faut que j'appelle Rose, ma fille. On doit retourner au bloc.

— Rose ? Ma copine s'appelle Rose elle aussi. Très joli nom. Personne ne croira ce bouffon, s'il parle. Nier tout. Il radote. Il est rancunier, voilà tout.

Suzanne est devenue toute pâle. Elle marche vers la porte sans regarder Allard.

— Tu es fâchée ? demande-t-il. Dis quelque chose, je t'en prie, il est affalé, les bras écartés, dans le fauteuil roulant.

— Kronenburg a bien des défauts, mais il n'est pas rancunier. Donc ne t'en fais pas. Nier tout, c'est une bonne idée. Devant tout le monde. Tu entends ? Tout le monde. Donc aussi en dehors de l'hôpital. Tu le feras ?

Il la regarde, abattu.

— Il ne s'est jamais rien passé entre nous, dit Suzanne. Jamais.

Elle sort dans le couloir et ferme la porte derrière elle.

23

Drik entame son second whisky quand le téléphone sonne. Il envisage de ne pas répondre. Qui cela peut-il bien être ? Peter, Suzanne, un patient qui veut déplacer un rendez-vous ? En tout cas, personne avec qui il aurait envie de parler en ce moment. Il traîne les pieds jusqu'à la cuisine pour aller remplir son verre. C'est peut-être sa collègue suédoise, elle doit se demander s'il a suivi son conseil, elle est sûrement curieuse de savoir comment ça s'est passé. Il l'appellera lui-même. D'abord s'asseoir un peu. Le garçon vient de sortir. Il veut rassembler ses esprits, réfléchir à cette dernière et singulière entrevue. Il boit.

Allard est arrivé en retard, presque d'un quart d'heure. Drik commençait à penser qu'il ne viendrait plus et se demandait s'il pouvait d'ores et déjà se verser un petit verre. Il avait décidé que non, l'heure, même non utilisée, appartient au patient. Il devait rester clair dans sa tête.

Heureusement d'ailleurs, car Allard avait débarqué. Il semblait agité et avait raconté, en arpentant la pièce qu'il était parti pendant une intervention compliquée, les autres étaient restés mais il était parti à cause de sa thérapie. Il avait bâillé et regardé Drik avec des yeux exorbités.

Maintenant, s'était dit Drik, maintenant, me lancer, c'est le moment. Allard était en train de se frotter le mollet, comme s'il avait une crampe.

— La thérapie, avait dit Drik s'adressant à la tête penchée, c'est de cela que je veux parler avec toi. La thérapie est terminée après cette séance. On arrête.

Le garçon avait continué à se gratter et se masser comme s'il n'avait pas entendu. Finalement, il avait relevé la tête. Son front était moite, Drik avait vu de fines gouttes de sueur couvrir sa peau.

— Nous avons essayé pendant un an. Ça ne marche pas. Nous devons être réalistes et cesser de prolonger inutilement l'analyse. Tu profiterais peut-être mieux d'une autre approche ou tu pourrais essayer quelque temps sans thérapie. Nous, en tout cas, nous allons nous arrêter là.

Comment ai-je pu réussir à dire ça, pense Drik, quelle ignoble façon de s'exprimer. C'est ce sentiment d'impuissance. Je n'ai jamais autant eu l'impression d'être un charlatan. C'est répugnant.

— Nous ? avait dit Allard. On ne m'a pas demandé mon avis. C'est entièrement ta décision.

Il s'était tu, comme si quelque chose détournait son attention. Drik s'était tu lui aussi. Il ne savait pas quoi dire.

— Je croyais que je m'en tirais bien. Je travaille. J'ai une copine. Ma relation avec Suzanne est terminée. Je viens ici toutes les semaines. J'écoute ce que tu dis. Qu'est-ce que je fais mal ?

Dois-je lui dire qu'il ne me laisse pas la moindre chance de faire émerger, ne serait-ce qu'une toute petite parcelle de ses conflits ? Que jamais je n'ai rencontré un mécanisme de défense aussi tenace, aussi colossal ? Dois-je lui dire que c'est perdu d'avance ?

De la morve coulait du nez d'Allard. Drik lui avait tendu la boîte à kleenex. Il se méprisait. Je l'abandonne, avait-il pensé, et il ne peut expliquer ma décision qu'en se dénigrant, en se disant qu'il n'est bon à rien. Je ne fais que reproduire son traumatisme. Il est là comme un jeune moineau, il tremble comme s'il avait froid. Je suis le bourreau.

— Tu as raison. C'est moi qui arrête, pas nous. Ce n'est pas ta faute. Je dois prendre cette décision parce que je ne suis plus en mesure de mener à bien cette thérapie. Je n'en suis pas capable. C'est aussi simple que cela.

Et ne pas parler du père maintenant, avait-il pensé, pas de commentaires de dernière minute sur les raisons qui ont pu pousser cet homme à abandonner sa famille. Je dois me débarrasser de ce garçon, il sème partout la zizanie, malgré son air candide.

Allard avait éclaté de rire. Narquois, triomphant ? Un rire qui avait mis Drik mal à l'aise, il ne savait pas quoi en penser. Il était désarmé maintenant qu'il n'était plus dans son rôle d'analyste. Comment devait-il se comporter, s'il n'était plus le thérapeute ? Qu'est-ce qu'il était alors ? Un vieux con dans un costume crade, un homme fatigué qui avait failli, qui avait eu besoin d'aide pour régler son problème. Un type qui avait envie d'un verre d'alcool.

— Tu n'en es pas capable, avait répété Allard. Bon. Au moins, c'est honnête. Ça me soulage, en fait, d'apprendre que, toi non plus, tu n'es pas parfait. On peut dire que tu fous la pagaille. Comme si tu arrachais tous les tuyaux de la perf d'un seul coup. Au patient de se débrouiller pour survivre. Si je faisais ça à un de mes patients, il porterait plainte contre moi. J'aurais droit à une mise à pied ! Et pour peu que le patient meure, à un procès pour homicide. Je ne comprends pas comment tu oses. Comment peux-tu te permettre de m'emmêler les pinceaux pendant un an et puis de m'envoyer bouler brusquement. Parce que tu n'es pas capable ! Où est-ce que je peux porter plainte ?

— Auprès du Conseil de l'Ordre, avait répondu Drik aussitôt. Ou auprès de l'ARS, l'agence régionale de la santé. Tu es libre de le faire, à toi de voir.

— On se reverra si ma plainte est entendue ?

Il est fou, avait pensé Drik, fou à lier. Je dois tenir bon. Il faut qu'il sorte de chez moi, c'est la seule chose qui doit me préoccuper.

— Je ne sais pas à quoi ressemblent ces procédures. Peut-être. Ou peut-être pas.

Il s'était tu parce qu'il ne savait pas comment continuer. Allard le fixait, un vague sourire aux lèvres. Maintenant, avait pensé Drik, en terminer maintenant. Ne plus tergiverser.

— C'est l'heure, avait-il dit. Il s'était levé. Si tu ne t'en sors pas tout seul, demande à ton médecin de t'adresser à quelqu'un d'autre. Je prends congé de toi maintenant.

Allard s'était levé lui aussi. Il avait l'air de vaciller sur ses jambes et il secouait la tête d'un air incrédule. Toujours ce rire bizarre et la morve au nez. Est-ce qu'il pleurait ?

Drik avait attrapé quelques kleenex dans la boîte et les avait fourrés dans la main du garçon. Il lui avait ouvert une première porte, puis la porte suivante. Allard avait avancé d'un pas hésitant dans le couloir. Drik marchait juste derrière lui, il s'était penché en avant pour ouvrir la porte d'entrée à Allard et il attendait que le garçon soit sur le trottoir.

Que dire ? Bonne chance ? À bientôt ? Porte-toi bien ? Cela aurait été ridicule et déplacé. Allard avait marché comme un zombie dans l'allée, jusqu'à la grille. Drik avait fermé la porte.

Maintenant qu'il vient de s'enfiler son troisième whisky, le téléphone sonne à nouveau. Il décroche, machinalement, et regrette son geste avant même d'avoir porté le combiné à son oreille.

— Oncle Drik ?

— Rose, dit-il, pourquoi appelles-tu ?

— Il faut que tu passes chez Leida. Elle est sur ma boîte vocale. Il y a un problème avec grand-père, dit-elle. Et elle n'arrive à joindre personne. Je ne l'ai pas rappelée moi-même, j'ai de la visite.

— Allard, pense Drik. Il est allé directement chez Rose. Il se fait consoler. Ça reste dans la famille.

— Je vais l'appeler, lui promet-il. Au revoir Rose.

Leida décroche dès la première sonnerie.

— J'attendais votre coup de téléphone, dit-elle. Hendrik est décédé. Quelqu'un de la maison de retraite m'a appelée, une femme avec une voix désagréable. Elle était en colère parce qu'elle n'arrivait pas à vous joindre, Suzanne et toi.

— Oh ! dit Drik. Mon père est mort, il ne manquait plus que cela. Action. Je suis l'aîné. Mais trop saoul pour conduire. Je les appelle et après, je viens chez toi. À tout de suite.

Ça prend un moment avant qu'il ne retrouve le numéro de la maison de retraite dans son agenda. Il a beaucoup de difficultés à se faire comprendre d'un portier pas très dégourdi qui finit quand même par lui passer l'infirmerie.

— Il a attrapé une pneumonie par-dessus sa grippe, dit l'infirmière. Il était alité depuis des semaines, c'est le risque. Nous n'avons pas voulu vous alarmer, nous n'avons pas pensé que cela irait jusque-là. Le docteur Gaarland a prescrit des antibiotiques, mais la cure n'a eu aucun effet. Il nous a quittés cet après-midi. Nous ne nous y attendions pas, il était si solide.

Elle lui fait ses condoléances. Drik s'efforce de refouler sa colère. Pourquoi ce Gaarland ne les a-t-il pas contactés ? Incroyable ce que cet homme peut être incompétent. Je devrais porter plainte contre lui. Le traîner devant l'Ordre des médecins. On se calme à présent. L'infirmière est OK. Je ne dois pas tout mélanger. Il se reprend et demande des détails sur les circonstances du décès.

— Je n'étais pas sur les lieux, mon service commence à sept heures. Ma collègue a dit que ça s'est passé paisiblement. Votre père avait été toute la journée dans le coma. Il est parti tout doucement, on peut le dire comme ça. Sans lutte.

Drik opine de la tête, même si son interlocutrice ne peut pas le voir. Des larmes lui sont montées aux yeux ; un sentimentalisme imbibé d'alcool, pense-t-il, à l'idée qu'Hendrik a accepté la mort, qu'il l'a peut-être accueillie les bras ouverts, comme une juste punition pour un crime qu'il a commis ou pas. Hendrik préférait rejoindre la mort que de s'intéresser à ses enfants ou petits-enfants. Il sait que c'est la vie. Les vieilles personnes ne s'intéressent plus à grand-chose, elles renoncent, elles n'ont plus la force de faire autrement. Il le ressent comme une insulte, un rejet.

Hendrik est dans la chambre froide. La morgue de la maison de retraite fonctionne extrêmement bien. Il convient avec l'infirmière qu'il passera faire ses adieux demain dans l'après-midi, avec sa sœur, probablement.

— Voulez-vous que je fasse venir l'entrepreneur des pompes funèbres ? On pourra alors tout régler en même temps, vous n'aurez pas à faire plusieurs fois l'aller-retour.

Une femme charmante, pense Drik, et un esprit pratique. Lui aussi a envie de se bouger tout à coup, voir, tout à l'heure, s'il y a un testament, s'il veut être enterré ou incinéré, demander si Leida le sait. Il s'est déjà levé de sa chaise quand il prend congé de l'infirmière.

Ce besoin apparent d'agir cache une sombre fatigue. Il fait des efforts pour écarter les images de sa femme moribonde, les discussions avec l'employé des pompes funèbres, un vieillard, un fonctionnaire qui parlait lentement et avait posé un classeur avec trente sortes différentes de cercueil sur la table. Pas à nouveau, pense-t-il, pourquoi faut-il que je revive ça à nouveau. Mais il a déjà enfilé sa veste et détaché l'antivol de son vélo.

Leida le reçoit, ferme, impassible.

— Il fallait s'y attendre, dit-elle. J'ai l'intention de ranger ses affaires, autrement vous ne saurez pas quoi en faire quand je ne serai plus là. Tout le bazar qu'il avait dans cette maison de retraite, vous pouvez le jeter. Je t'ai fait du thé.

Drik prend son téléphone et essaie de joindre Suzanne. Il a Peter au bout du fil et il lui fait un résumé de la situation.

— Suzanne est encore à l'hôpital, une opération qui s'éternise. Je le lui dirai. Elle n'a qu'à se libérer demain. Tu es chez Leida en ce moment ? Elle tient le coup ?

— Leida a été la première à apprendre la nouvelle. Elle a appelé Rose parce que Suzanne et moi ne répondions pas. Mais elle ne lui a rien dit, n'est-ce pas Leida?

Leida, les lèvres serrées, secoue la tête en signe de dénégation.

— Je vais le faire, dit Peter. Est-ce que tu as pensé à décommander tes patients pour demain? Je vous rappelle plus tard, quand j'aurai parlé à Suzie et à Rose.

Drik sort la liste des numéros de téléphone de ses patients. Avec qui a-t-il rendez-vous demain? Il pose la liste à côté de son agenda sur la table. Concentré, il compose les numéros, remet le rendez-vous à plus tard ou laisse un message sur la boîte vocale. Après chaque appel, il met une croix en face des initiales dans son agenda. Je suis un peu éméché, se dit-il, mais si je fais attention, je vais y arriver.

Puis ils sont assis l'un en face de l'autre, la sœur jumelle et le fils.

— Il veut être incinéré, dit Leida. Fenny a été incinérée. Puis éparpillée. C'est ce qu'il veut lui aussi. Comme ça, tu n'as pas à t'occuper d'une tombe.

Nos parents s'en vont, portés par le vent, pense Drik, ils contaminent un terrain de football, coulent au fond d'un ruisseau, un automobiliste agacé les efface en lavant son capot.

— Tu n'as peut-être pas envie de rester seule. Tu veux dormir cette nuit chez moi?

Qu'est-ce que je fais si elle dit oui? Je l'emmène avec moi sur mon porte-bagage?

— Ça fait des années que je vis seule et ça me convient très bien. C'est gentil de le proposer mais ce n'est pas la peine.

L'entretien est terminé, je peux partir. Il se lève, il a du plomb dans les jambes.

— Je te fais savoir demain ce que nous avons décidé. Au fait, tu veux le voir une dernière fois? Lui dire adieu?

— Zieuter un cadavre d'un air contrit, non merci, très peu pour moi. Il n'y a plus personne de qui prendre congé. Il y a belle lurette qu'Hendrik est parti. Allez, rentre chez toi.

Il devrait la toucher, lui donner un baiser. Un frisson lui parcourt l'échine, soudain, il revoit Allard, se faufilant sans rien dire dans l'allée du jardin. C'était il y a deux heures à peine. Mais qu'est-ce qu'il se passe? il perd son patient, il perd son père, lui-même est perdu. C'est pas bientôt fini, ce sentimentalisme larmoyant? Allez, dehors, dans le froid.

Chez Peter, il boit encore un verre, qu'importe, demain, il ne travaille pas. Suzanne est rentrée. Ils conviennent de l'heure à laquelle ils partiront le lendemain. Ils rédigent un texte pour l'annonce, qui ne sera publiée qu'après l'enterrement. En guise de faire-part. Ils sont d'accord sur tout. Comme si on avait honte de lui, pense Drik. Nous mettons sa vie et sa mort en sourdine. C'est probablement un phénomène de contre-transfert mais il n'a pas envie d'y réfléchir pour l'instant.

Chez lui, il tombe dans un profond sommeil. Il se réveille comme d'habitude à sept heures, comme s'il ne s'était rien passé. Une belle journée claire et sèche. On sent la gelée dans l'air.

Il roule avec Suzanne vers la maison de retraite. Une fois là-bas, il s'étonne de ce que tout se déroule en souplesse. C'est comme une machine bien huilée, c'est la routine dans ce mouroir où chacun connaît bien son rôle.

Ils s'arrangent pour éviter la directrice à la voix perçante. Suzanne choisit un costume et une chemise dans l'armoire d'Hendrik, Drik une cravate. Puis, ils retirent Hendrik de sa chambre froide, cela fait un bruit saccadé et ils restent debout, maladroits, près du grand tiroir dans lequel leur père est allongé. Pendant que Suzanne et la gentille infirmière revêtent Hendrik, Drik sort de la pièce. Aussi simple que possible, pense-t-il, juste quelques mots, Leida voudra probablement dire quelque chose, de la musique, il faut que je regarde dans sa collection de disques, Schubert peut-être, un quatuor à cordes, quelque chose de court en tout cas, il ne faut pas que ça dure plus d'un quart d'heure, vingt minutes tout au plus, et puis dans le four. Un déjeuner tous les cinq dans un de ces restos de bourges au milieu des bois, on n'y échappera pas. De l'alcool.

L'entrepreneur des pompes funèbres attend dans le bureau de la directrice. Drik a renvoyé celle-ci de façon expéditive. Suzanne les rejoint, les manches retroussées. En une demi-heure, tout est réglé : l'annonce, le cercueil, le jour et l'heure de la cérémonie.

Nous avons un champ pour disperser les cendres derrière le funérarium, dit le monsieur des pompes funèbres, si vous n'avez pas d'endroit particulier en tête, ça peut se faire là-bas.

Drik aimerait le jeter dans le vent sur la côte escarpée du pays de Galles, il voit les mouettes prendre peur et virer de côté pour contourner le nuage gris. Il ne le dit pas. Le champ derrière le funérarium fera l'affaire.

— Est-ce que tu ressens quelque chose, demande-t-il à Suzanne sur le chemin du retour. Ça serait normal, notre père est mort. Nous sommes orphelins à présent. Moi, je ne sens rien. Un peu de soulagement, que ce soit fini. De l'irritation, à cause de tout ce qu'il faut régler. Pas de chagrin, pas de regret. Toi ?

— Je me demande à quoi ressemblait sa vie, dit Suzanne en réfléchissant. Ces dernières années, il était à côté de la plaque, bien sûr, il vivait dans un monde illusoire, ou quel que soit le nom que l'on donne à cela. Mais avant ? Je n'ai pas souvenir d'un seul instant de bonheur, qu'il ait été heureux de nous avoir. La vie était un devoir, une tâche qu'il fallait remplir jusqu'au bout. Après l'accident, il n'a plus pris plaisir à rien, je pense. Il était incapable de s'attacher à quelqu'un. À nous par exemple. Une vie tronquée.

Drik jette un regard étonné vers Suzanne. Ce qu'elle dit a l'air si acceptable, si dépourvu de rancune. Lui-même peut à peine contenir sa colère et ses reproches quand il lui arrive de réfléchir à ce qu'elle vient d'évoquer, à ce que cela implique. De simples bouffées fugitives cependant, qui partent comme elles sont venues et qui le laissent dans un état de vide cotonneux.

Quelques jours plus tard, ils sont réunis dans le funérarium du petit cimetière. Rose est venue avec ses parents. Leida est dans la voiture de Drik. Elle est assise à côté de lui, droite comme un piquet dans un tailleur noir. Elle ne dit pas un mot.

La forêt est enneigée. Sur la route et sur les trottoirs, la neige n'est plus qu'une boue sale. Prudemment, il pilote Leida jusqu'à l'entrée.

Ils sont assis tous les cinq au premier rang. Quelques infirmières viennent se ranger derrière eux. Suzanne se retourne et serre la main de la femme qui l'a aidée à vêtir Hendrik. Au dernier moment, deux femmes entrent en poussant un déambulateur à roulettes. Un chauffeur pousse un vieux monsieur en fauteuil roulant vers l'avant et va s'asseoir à côté de lui.

L'entrepreneur des pompes funèbres adresse quelques mots de bienvenue à l'assistance, puis Drik fait un petit résumé mensonger de la vie de son père et remercie le personnel de la maison de retraite. Musique. Drik a trouvé un enregistrement des quatuors à cordes de Mozart par le Quatuor Amadeus dans la collection de disques d'Hendrik. Il a choisi la partie lente des *Dissonances*. L'installation n'est pas bien réglée, Drik regarde l'entrepreneur des pompes funèbres et fait le signe de tourner le bouton volume. La musique se répand alors dans la salle et témoigne sans parole de la triste vie d'Hendrik de Jong. Drik remarque qu'il hoche presque la tête comme pour confirmer.

Leida sort un papier de sa poche et se lève. Devant le microphone, elle se ravise et remet le papier dans sa poche.

— Je voulais faire un petit discours, dit-elle, mais cela n'a pas de sens. Mon frère jumeau est mort. Jusqu'à ce qu'il aille à la maison de retraite, je me suis occupée de lui. Et maintenant, c'est fini.

Elle retourne s'asseoir près de Drik. Rose a pleuré pendant le quatuor. Elle pose des fleurs sur le cercueil. Sur les indications de l'entrepreneur des pompes funèbres, les personnes présentes font le tour du cercueil puis l'abandonnent à son sort. Peter et Suzanne encadrent Leida. Drik prend Rose par la taille.

— Tout à l'heure, ils vont le mettre dans le four, dit-elle. Je trouve ça horrible. L'enterrement d'Hanna, c'était beau. Triste, mais beau. Mais la musique que tu as choisie était super, elle m'a fait pleurer.

Drik la presse contre lui. Ils sont dehors, sur le trottoir boueux, tout le monde se serre la main. Suzanne discute avec la gentille infirmière, prendre rendez-vous, pense Drik, pour récupérer les affaires et régler les dernières formalités.

— Ça se passe beaucoup mieux avec mon copain, dit Rose.

Drik sursaute et se rend compte qu'il n'a pas pensé à Allard depuis une bonne heure.

— Je suis tes conseils. Je lui demande tout ce que je veux savoir sur lui. Tu as bien raison, c'est la seule façon d'apprendre à connaître quelqu'un. Et je vais arrêter de faire des cachotteries. Je vais l'amener à la maison un de ces jours. Comme ça, ils verront avec qui je suis. Je vais le faire, un point c'est tout.

Au restaurant, avec vue sur la forêt enneigée, Drik commande le meilleur vin blanc de la carte. En face de lui, Rose chuchote à l'oreille de sa mère, assurément elle lui raconte toutes sortes de détails intimes sur sa relation avec Allard. Il observe le visage de Suzanne avec attention. Elle semble complètement anesthésiée et ne montre aucune réaction.

Le vin a été servi. Drik lève son verre mais ne sait soudain plus à quoi. À la famille ? À l'avenir ? Cela n'a pas de sens, ça peut disparaître du jour au lendemain. À la mort, voudrait-il dire, à l'anesthésie. Les autres le regardent et attendent.

— À grand-père, dit Rose.

24

Simone et Berend sont assis l'un à côté de l'autre devant l'écran de l'ordinateur. Ça sent le café dans la petite pièce. Suzanne se laisse tomber sur une chaise basse devant le bureau, elle étend les jambes.

— Toute la journée en hôpital de jour, dit-elle. Et tout à l'heure, discussion sur les complications. Vous venez aussi, n'est-ce pas ?

Berend lui tend un gobelet de café.

— Bien sûr, répond-il. J'ai discuté avec Vereycken ce matin de ce drame avec le robot. Il veut qu'on en parle.

Suzanne le regarde, étonné.

— De quoi ?

— Tu n'étais pas là, tu étais en train d'enterrer ton père, dit Simone. Un horrible accident pendant une opération de chirurgie robotique. Tout s'était bien passé, mais au dernier moment l'aorte s'est déchirée, une perforation due à un crochet que la chirurgienne a tiré le long de l'aorte. Il paraît qu'on voyait le thorax se remplir de sang sur l'écran.

Inciser, clamper. Suzanne s'y voit, elle aime ces situations imprévues, urgentes, où l'on donne des ordres brefs, où l'anesthésiste balance les emballages des produits qu'il injecte sur un drap dans un coin parce que le temps manque pour tout noter.

— Ils n'ont pas réussi à enlever l'appareil. Le type est mort d'une hémorragie. Ça s'est passé sous leurs yeux.

— Manque de pratique, dit Berend. Ils se sont exercés à installer l'appareil. Pas à le retirer en urgence. C'est très très dur pour les collègues impliqués.

— J'espère qu'il y aura encore assez de temps pour moi, je voulais expliquer quelque chose à propos de ma prétendue recherche. Et demander aux collègues de collaborer. Le psychologue appelle ça une étude-pilote. Pendant une semaine, poser quelques questions à tous les patients qui ont été anesthésiés deux ou trois heures après l'opération. Le formulaire est prêt. Ça demande un peu de travail supplémentaire, évidemment.

— Et qu'est-ce que tu veux savoir ? Berend semble intéressé.

— S'ils se souviennent de quelque chose qui se serait passé pendant qu'ils étaient endormis. Des bruits, des voix. Ou s'ils ont senti quelque chose. Ou s'ils ont rêvé. L'anesthésiste doit noter si ce qu'ils disent est plausible, c'est pour cela qu'il doit le faire lui-même, il faut avoir été sur place. Beaucoup de travail quand même.

— Tout pour la science, dit Berend. Allez, on y va.

En chemin vers la salle de réunion, Simone demande comment elle se sent.

— Je ne sais pas, dit Suzanne, je ne sais vraiment pas.

Simone lui presse la main. Berend est déjà dans la salle.

Ils s'asseyent les uns à côté des autres. Suzanne jette furtivement un regard circulaire dans la salle. Allard n'est pas là. Il est à nouveau de service, entend-elle quelqu'un dire. Il prend beaucoup de gardes ces derniers temps, toujours prêt à faire un remplacement. Rudolf Kronenburg s'est fait porter malade, dit Vereycken, dommage, il était présent lors de l'intervention fatale, il avait peut-être des choses intéressantes à dire.

Vereycken doit intervenir à maintes reprises pour calmer les esprits pendant la discussion. Finalement, Bram Veenstra se lève et propose un plan pour s'exercer à la manipulation du robot dans la salle de simulation, avec l'équipe chirurgicale. Ainsi, la catastrophe aura quand même servi à quelque chose.

C'est ça, pense Suzanne, vive l'incendie de forêt qui nous donne des terres fertiles ! En attendant, on a tout perdu. D'où lui vient cette attitude positive, d'où sort-il cet inébranlable optimisme ? Si tout s'écroule ici, il se réjouira des nouvelles perspectives qu'offre le désastre ?

Elle ne se mêle pas à la conversation et salue seulement Simone en partant.

Elle a à peine ouvert la porte que Peter dégringole l'escalier. Son visage sévère l'alarme.

— Qu'est-ce qu'il se passe ? Elle était sur le point de retirer son manteau mais décide de s'asseoir telle quelle sur une des chaises de la cuisine.

— Qu'est-ce qu'il se passe ? hurle Peter. Il se passe que je viens d'apprendre que tu baises dans tous les coins et recoins de ton unité avec le jeune Schuurman. J'ai raté quelque chose ? Pas assez bien écouté quand tu parlais de ton travail ?

Nier, pense-t-elle. Effrontément.

— D'où tu sors ça ?

— Je l'ai appris par un témoin oculaire. Il y a une heure. J'attends donc tes explications avec impatience.

— Je ne vais sûrement pas réagir aux ragots. Qui colporte un truc pareil ?

— Un de tes collègues. Kronenburg. Un monsieur très bien.

Oh merde ! pense-t-elle. Comment vais-je me sortir de là ? Et pourquoi ?

— Tu ne vas quand même pas croire tout ce que ce type raconte. Il est fou. Qu'est-ce qui l'a amené jusqu'à toi ?

— Il a téléphoné à l'hôpital pour prendre rendez-vous. Des problèmes au boulot. On lui a conseillé de s'informer sur les entretiens avec un coach. Alors ? Schuurman et toi ?

— Bon. J'ai été son superviseur. Un peu préoccupée par lui, surtout après cet incident sur le toit. Pour le reste, je n'ai pas grand-chose à voir avec lui.

Est-ce que je peux enlever mon manteau ? Regarder dans le frigo ? Considérer que la conversation est terminée ? Non, il est encore furieux.

— Il vous a surpris dans le placard à balais. Il avait sa main dans ta culotte. Qu'est-ce que tu réponds à ça ?

Peter a la voix qui tremble.

— On n'a même pas de placard à balais dans l'unité. Il nous a peut-être vus assis l'un à côté de l'autre dans la salle de détente, qu'est-ce que j'en sais ? Ce Kronenburg est au bout du rouleau, Vereycken veut s'en débarrasser et il lui impose un trajet d'amélioration. Comme anesthésiste, il est médiocre et comme collègue, impossible. Il est fou, Peter.

Ne pas trop parler. Rester calme. Attendre.

— Oui, c'est possible. Quand je suis allé le chercher dans la salle d'attente, la secrétaire lui a couru après. Il avait garé sa voiture à l'emplacement du service d'urgence. Une Porsche. Madame, c'est urgent et je suis de service, a-t-il répondu. À elle de se débrouiller avec ça. Il a dit que tout le personnel soignant faisait des gorges chaudes de ta relation avec cet Allard. Tu peux me dire d'où il sort ça ?

Suzanne hausse les épaules.

— Qu'est-ce que j'en sais ?

— Il a tout de suite mis les pieds dans le plat. "Lagrouw, a-t-il dit, j'ai une petite collègue qui s'appelle aussi Lagrouw." Et là, il a tout déballé. Je me suis fâché, bien sûr. Je lui ai dit que je ne voyais pas ce que les problèmes de sa collègue venaient faire là ; que j'avais compris qu'il venait pour parler de ses propres problèmes. Alors ce n'est pas vrai ?

— Évidemment que ce n'est pas vrai. Il radote.

— Mais Suzie, il doit bien y avoir une raison ?

Peter s'est enfin assis. Suzanne déboutonne son manteau. Une raison. Donner une explication. Est-ce que Rudolf est jaloux parce qu'elle est très appréciée dans le service ? Est-ce qu'elle l'a offensé ? Est-ce qu'il est furieux contre elle ?

— Il me faisait parfois des confidences. Me parlait de ses problèmes. Ça devait rester entre nous. Ça ne me dérangeait pas, ce n'est pas marrant non plus pour lui, il ne trouvera de travail nulle part, avec une réputation pareille. La semaine dernière, il me fait à nouveau ses confidences, je n'écoutais pas bien, j'avais une opération compliquée à préparer. Je lui ai tourné le dos. Comme il continuait à râler, je lui ai dit : "Arrête de te plaindre et va en thérapie." C'était une blague, mais apparemment, ce n'est pas comme ça qu'il l'a pris. Maintenant, il se venge. Je ne vois pas d'autre explication.

Peter hoche la tête. Suzanne sent que les battements de son cœur s'apaisent. Elle se lève et va accrocher son manteau dans le couloir.

— Tu ne devrais pas me raconter cela, dit-elle. Tu es tenu au secret professionnel.

Peter a servi du vin. C'est bon signe, pense-t-elle, ça va passer, je l'ai rassuré.

— C'est possible, dit Peter. Mais quand un patient essaie de me faire sortir de mes gonds et de m'entuber, je ne peux pas travailler. Il faut que j'en ai le cœur net, c'est ma priorité. Je me sens libre de contrôler. Sinon, où va-t-on ? Mais tu as raison, je ne devrais pas, mais je le fais quand même. Et tu n'es pas tout le monde. Tu ne vas pas aller chanter sur tous les toits que ce type vient me voir. Du moins, je le suppose.

— Il va revenir te voir, tu crois ? Tu vas continuer à le recevoir ?

— Il a pris un nouveau rendez-vous. Mais je pense qu'il va se décommander. Ou qu'il ne viendra pas. Cet homme est un bastion de narcissisme. Rien à en sortir, du point de vue thérapeutique. C'est le type même du patient qu'on envoie en thérapie. Son patron exige qu'il fasse un travail sur lui-même mais lui n'en voit pas l'intérêt et donc, ça le met en boule. Non, je pense que ça ne donnera rien.

Ils mangent. Peter va dans son bureau préparer un cours. Suzanne est assise sur le canapé, elle ne fait rien. Surprenant de remarquer que les autres se mêlent de ce que je fais, pense-t-elle. Irritant aussi. Je vais me dépêcher de refermer les volets. Il est préférable que je sois seule avec moi-même. C'est déjà assez compliqué comme ça. Il faut qu'on me fiche la paix.

Le temps passe pendant qu'elle reste, immobile, à regarder dans le vide. J'attends, pense-t-elle. J'attends qu'il soit l'heure d'aller se coucher et après, j'attends qu'il soit l'heure d'aller travailler. C'est ainsi.

La sonnette. Ça doit être Drik. Aussi tard ? La sonnerie résonne dans toute la maison, quelqu'un a mis son doigt sur la sonnette et ne la lâche plus. Suzanne secoue la tête et les épaules, comme un chien qui sort de l'eau. Elle se dirige vers la porte.

— Tu n'as même pas de manteau ! Entre, dépêche-toi !

Elle tend les bras vers Rose qui reste les jambes écartées sur le trottoir et qui la fusille du regard.

— Ne me touche pas. Où est papa ?

Suzanne a un choc, elle fait un pas de côté. Rose se précipite dans le couloir et appelle son père à tue-tête. Peter dégringole l'escalier et prend sa fille dans ses bras.

— Du calme, dit-il, la bouche enfouie dans ses cheveux en désordre, du calme, tu es à la maison maintenant, tout va bien.

— Non ! Ça ne va pas bien, c'est horrible !

Elle s'arrache à son étreinte et pointe le doigt vers Suzanne.

— Elle, elle… Rose se plie en deux, terrassée par une crise de sanglots. Des filets de morve lui pendent de la bouche et elle enfonce ses poings dans ses orbites. Puis elle se redresse et regarde Suzanne.

— Tu as baisé avec mon copain. Il m'a tout raconté. Le réduit. Les nuits de garde. Tout. Tu as eu une relation avec lui, tu l'as séduit. Tu me dégoûtes. Mon copain !

Peter se fige.

— Nom de Dieu, Suzanne, qu'est-ce que ça veut dire ? C'était donc vrai ? Tu m'as menti ? Mais qu'est-ce que tu as dans la tête ? Réponds !

Suzanne s'appuie contre le mur. Elle fixe le mur d'en face par-dessus les têtes de Peter et de Rose. Elle se tait.

— Tu es ma mère, tu te souviens ? dit Rose, sarcastique. Que Peter la soutienne lui fait du bien, apparemment.

— Les mères ne sont pas supposées piquer les petits copains de leurs filles. Elles sont beaucoup trop vieilles pour ça. Mais ça ne t'a pas frappée, évidemment. Tu ne penses qu'à toi.

Peter se tient immobile auprès de sa fille. Ses bras tombent mollement le long de son corps. Il regarde Suzanne. Son visage n'exprime aucun sentiment.

Rose est secouée de sanglots.

— Le connard, dit-elle. Le menteur. Il partait, à regret, oh comme c'était dommage qu'il doive aller travailler, comme il aurait préféré rester avec moi – et il s'en allait. Vers toi !

À présent, Peter entre en action. Il caresse le dos de Rose.

— Va te rincer le visage, Rose. Après, nous partirons.

Elle monte l'escalier en trébuchant, en direction de la salle de bains. Bruit d'eau dans les tuyaux. Peter se tourne vers Suzanne.

— Que tu aies une relation avec un collègue, c'est une chose. Cela peut arriver. Que ce collègue soit un de tes étudiants n'est pas à ton honneur, mais jusqu'à un certain point, ça peut se comprendre. Même moi, j'aurais pu comprendre si tu m'avais dit que tu t'efforçais d'y mettre fin, que tu allais reprendre tes esprits, que tu allais rompre.

Mais que tu me mentes effrontément quand je te confronte à ton infidélité, c'est autre chose. Je ne peux pas l'accepter. Nous avons toujours été des camarades, des amis. Je ne veux pas que tu me prennes pour un con. C'est la limite. Tu l'as franchie.

Suzanne entend ses mots, mais leur signification lui échappe. Elle regarde le visage altéré de Peter, elle voit ses épaules rehaussées.

— Ce que tu as fait à Rose, pour moi, c'est la fin de tout. Rivaliser avec ta fille, accepter que ta propre enfant démarre aussi mal dans la vie, que tu l'humilies à ce point. Je ne peux pas vivre sous le même toit avec quelqu'un qui fait ça.

Il veut ajouter quelque chose, mais la porte de la salle de bains claque et Rose descend l'escalier.

Peter arrache son manteau de la patère. Rose ouvre la porte, un courant d'air froid s'engouffre dans le couloir.

Où vont-ils ? pense Suzanne. Est-ce que Peter va aller dormir chez Drik sur la banquette ? Non, ce n'est pas possible. Drik sait tout, il a entendu les histoires d'Allard pendant toute une année. Et il n'a rien dit. Semaine après semaine, il a écouté, il a su qu'Allard cocufiait son meilleur ami. Que je trompais Peter. Et maintenant, Peter le sait aussi. Drik s'est laissé bâillonner par son secret professionnel. Apparemment plus important pour lui que l'amitié. Bizarre ! Pourquoi Drik a-t-il voulu jouer au saint ? Il aurait pu me demander des explications, dès qu'Allard est tombé amoureux de moi ! Tout se serait alors passé autrement.

Elle ferme la porte à clé pour la nuit. Elle éteint les lumières. Drik aurait dû me protéger, pense-t-elle. À présent, j'ai rendu Peter furieux et j'ai blessé Rose.

J'ai perdu toute ma famille d'un seul coup. Drik aurait dû s'occuper de moi. C'est trop compliqué, je n'y vois pas clair. Mon frère choisit quelque chose en dehors de moi, il me quitte pour un monde qui est plus important pour lui. Je vais dormir. Arrêter de penser. Peut-être dois-je tout mettre sur le dos d'Allard. C'est lui qui a commencé, à l'époque, sous la table d'opération. Est-ce qu'il draguait déjà Rose à ce moment-là ?

Les pensées de Suzanne partent dans tous les sens et se heurtent partout à la colère ou à un sentiment de culpabilité. Dans la salle de bains, elle ouvre l'armoire à médicaments. Dormir est la seule échappatoire. Il doit encore y avoir un pot avec des capsules de Nembutal quelque part, un barbiturique, vieux médicament qu'on n'utilise plus de nos jours, elle ne devrait pas en prendre, mais pour cette fois, ça pourrait aider. Elle pousse pots et flacons pour regarder au fond sur l'étagère. Rien. Elle ne se souvient pas d'avoir jeté les capsules, mais elle a dû le faire, elles n'y sont plus.

Est-ce que je voulais les prendre toutes, pense Suzanne, allongée dans son lit, est-ce je voulais en finir une fois pour toutes ? Avant d'avoir pu formuler une réponse, elle s'enfonce dans un profond sommeil.

Les transmissions matinales se déroulent de façon assez bordélique. Winston parle du service de nuit mais les bavardages des collègues ne s'estompent pas complètement pour autant. Vereycken n'est pas là et Taselaar est en train de consulter le programme opératoire. Personne ne les rappelle à l'ordre.

Hettie est assise à côté de Suzanne.

— Je travaille avec toi aujourd'hui, dit-elle. Chouette.

Elles ne restent pas traîner à la fin de la réunion. ORL, pense Suzanne. Avec Ruud. Des enfants. Les mettre en confiance et être vigilant. Des parents à rassurer. Le boulot. Je suis de retour. Hettie a, entre-temps, presque un an d'expérience. Suzanne la laisse prendre l'initiative et voit qu'elle s'en tire bien. Quand le premier enfant est endormi, elle abandonne Hettie et va elle-même chercher le petit patient pour l'autre salle d'opération.

Il y a une forte agitation dans le couloir. Luc est devant la porte d'un débarras. Il est tout pâle et tremble. Kees est auprès de lui. Bram Veenstra vient d'arriver. Suzanne s'arrête elle aussi.

— C'était bien ça, finalement, dit Luc. Je ne m'étais pas trompé. Sur le toit. Qu'il avait un problème !

Kees a pris son téléphone.

— Livia ? Le patron est arrivé ? Très bien, tu me le passes. Il vient d'arriver, dit Kees à ses collègues. Puis il se remet à parler au téléphone. Vereycken doit venir. Immédiatement. Quelque chose de grave, impossible d'attendre.

— Qu'est-ce qu'il se passe ? demande Suzanne.

La main de Luc est sur la poignée de la porte, comme pour en protéger l'entrée.

— Ici, dit-il, à l'intérieur. Il est – ne prends pas peur. C'est horrible !

Les passants – agents de propreté, chirurgiens – jettent un regard étonné sur le petit groupe devant la porte.

— Je propose que nous entrions, dit Kees. Nous attirons l'attention, nous n'avons pas besoin de ça.

Bram se propose pour attendre Vereycken dans le couloir. Luc, Kees et Suzanne entrent dans la pièce étroite.

La lumière crue se met automatiquement en marche et éclaire Allard, renversé dans le fauteuil roulant détérioré. Il a la peau jaunâtre comme les statues de cire. Sa tête pend en arrière, elle forme un angle étrange avec le dos du fauteuil. Le bras gauche est détendu sur la cuisse, le droit a glissé.

Ils regardent tous les trois, intensément, concentrés.

— Je cherchais des ciseaux à pansements, dit Luc à voix basse. Il tousse et se racle la gorge. J'ai d'abord pensé qu'il faisait un somme. Je me suis encore excusé de le réveiller.

— Et puis ? demande Kees. Tu l'as examiné ?

Luc acquiesce d'un signe de tête.

— Pas de pouls. Pupilles dilatées. Il a commencé à se refroidir.

— Une mort suspecte. Ce qui signifie qu'on ne peut pas y toucher avant que le médecin légiste ne soit passé. Et la police. Fermer la pièce. Faire un rapport. Toute une histoire ! C'est à Vereycken de s'en occuper. Qu'est-ce qu'il fout ?

Luc marmonne dans sa barbe sans regarder Kees.

— Intoxication. Il faut faire des examens pour contrôle. Un jeune homme en pleine forme ne meurt pas sans raison. Pas de traumatisme visible.

Kees suggère une possible embolie, une rupture d'anévrisme, un infarctus fatal. Pendant que les hommes passent les diverses causes qui auraient pu provoquer sa mort en revue, Vereycken se faufile dans la pièce. Suzanne lui fait de la place. Il regarde.

— Ah ! mon garçon, dit-il. Fallait-il vraiment que cela se termine comme ça ? C'était vraiment si grave ?

Suzanne lui donne un coup de coude et désigne le pied d'Allard. La chaussette abaissée. Un pansement couleur chair est visible sous la cheville. Vereycken s'agenouille et rabaisse encore un peu plus la chaussette. Suzanne voit l'extrémité du cathéter. Elle voit le bouchon en plastique vert, soigneusement fermé. En s'appuyant sur elle, Vereycken se penche encore plus en avant. Il attrape un objet qui a roulé sous le fauteuil. Une ampoule en verre. Fentanyl.

Lucide et calme, Suzanne se remémore des patients qui, malgré l'injection de sédatifs, continuaient à avoir une tension élevée et des pulsations cardiaques inquiétantes. Toujours au cours d'opérations où Allard remplissait les seringues. La moitié de la dose, pense-t-elle, le reste disparaissait dans la poche de son pantalon. Pendant les gardes de nuit, qui avaient sa préférence ces derniers temps, il pouvait prendre ce qu'il voulait. Il portait ces drôles de chaussettes épaisses. Il maigrissait. Il était agité. Ou trop tranquille. J'étais aveugle. Je voyais tout, je ne comprenais rien. Et maintenant, c'est trop tard.

Elle se sent extrêmement fatiguée tout à coup. Elle n'arrive plus à tenir debout et, le dos contre le mur, elle se laisse glisser vers le sol.

Les trois hommes arpentent la pièce, à la recherche d'autres objets significatifs ; ils parlent de choc, de surdose, d'arrêt respiratoire.

Suzanne est assise sur le sol, les mains repliées, elle fixe le cathéter sur le pied dénudé de son amant. Jusque-là, pense-t-elle, voilà jusqu'où nous mène l'amour des opiacés. Ceci est la délivrance, la sortie de secours, la paix.

IV

CODA

25

La rivière qui borde la ferme se nourrit de la pluie. En ce printemps étrange, qu'on confondrait aisément avec un automne tempétueux, l'eau rampe chaque jour un peu plus haut vers les berges. En plissant les yeux, Drik voit une étendue d'eau luisante s'infiltrer entre les touffes d'herbe du pré. Dans le jardin à l'abandon, les flaques se multiplient, des jets d'eau brunâtre dégoulinent du toit de chaume.

À l'intérieur, l'air est humide et froid. Impossible de chauffer correctement la cuisine. Drik, emmitouflé dans son manteau, est assis sur une chaise pliante. Bottes en caoutchouc aux pieds, bouteille de whisky par terre. La pièce sombre et exiguë, au sol tellement sale qu'on le croirait en terre battue, est le seul endroit de la ferme où il se sent un peu chez lui. Il ne met jamais les pieds dans le séjour, qui offre une vue magnifique sur la rivière ; il ne se traîne jusqu'à la chambre où son lit à l'odeur aigre l'attend que lorsqu'il est suffisamment assommé par l'alcool.

Le produit de la vente de sa maison et l'héritage d'Hendrik lui ont permis d'acquérir cette ferme avec prés, granges et terrains boisés. Il vit retiré au milieu de l'immense domaine dont il est à présent le propriétaire. Il voudrait le voir entouré d'un grand mur.

Les changements sont survenus à un rythme effréné. Il s'en est à peine remis, il a constamment l'impression de reprendre son souffle sur sa chaise pliante, un verre de whisky à la main. Le carton et ses bouteilles, douze au total, acheté chez le caviste du village, à vingt-cinq kilomètres de chez lui, attend sur l'évier.

Après la mort d'Allard, Drik s'est retrouvé dans un no man's land. Peter et Rose refusaient de lui parler. Suzanne et lui s'étaient vus de façon formelle et guindée pour régler les questions d'héritage. Ensuite, silence radio. Un inspecteur de police l'avait interrogé sur l'état mental d'Allard et lui avait communiqué le taux d'opiacés et de somnifères trouvé dans son sang. Le jeune homme s'était lui-même administré le Fentanyl, c'était clair. S'était-il également drogué aux barbituriques ? La question restait entière. Quelqu'un avait pu mettre des pilules dans son café. Le médecin légiste avait écrit "overdose" dans son rapport et la police avait classé l'affaire. Somme toute, la mère d'Allard était une collègue et toute cette histoire était déjà assez pénible comme ça.

Pour Drik, c'était un suicide. Un coup terrible porté à la confiance qu'il avait en ses compétences professionnelles. Retraite anticipée, avait-il pensé, finies les thérapies, ne plus jamais amener quelqu'un à sa perte. Je me retire, je vais vivre à l'autre bout du pays, le plus loin possible des autres. Il avait à nouveau fermé son cabinet, définitivement cette fois-ci. Il s'était débarrassé de ses patients dans une phase de dépersonnalisation. La plupart d'entre eux avaient pensé qu'il souffrait d'une maladie incurable, il ne les avait pas détrompés.

Il avait reçu la mère d'Allard. Elle se tordait les mains dans le fauteuil où son fils s'était assis chaque semaine pendant toute une année, une femme frêle et tendue, aux yeux d'une familiarité alarmante. Drik s'était retranché derrière le secret professionnel. Il lui avait proposé de l'adresser à un confrère. Elle avait refusé, naturellement, avait pensé Drik, elle devait détester tout ce qui touchait à la psychiatrie, tel fils, telle mère. Il s'était débarrassé d'elle en moins d'une demi-heure.

— J'ai fait de mon mieux pour bien l'éduquer, avait-elle encore ajouté. C'est ma faute s'il est devenu aussi fragile ?

Drik avait marmonné quelque chose sur la dépendance aux substances toxiques, l'empire qu'elles prenaient sur vous, on ne pouvait pas lutter contre ça ; le facteur génétique pouvait jouer aussi. La présence de ces substances sur le lieu de travail avait été une circonstance malheureuse, tragique. Alors qu'il raccompagnait la femme, il avait éprouvé le besoin de dire du bien d'Allard – qu'il avait été un étudiant remarquable et qu'il jouait si bien du violoncelle. Il s'était abstenu.

Le soir, après avoir ingurgité une bonne dose d'alcool, il avait téléphoné à sa collègue suédoise.

— J'ai suivi tes sages conseils. Le patient s'est suicidé.

Il y avait eu un long silence. Il avait entendu une chaise bouger, un soupir, de la friture sur la ligne. Eh oui, avait-il pensé, il lui faut digérer la nouvelle.

— C'est bien triste, avait-elle fini par dire, affreux. Il n'en reste pas moins que tu ne pouvais plus rien pour lui. Tu n'as pas à avoir de remords. C'est à mettre sur le compte de l'incompatibilité entre le patient et la méthode.

— J'aurais pu le constater un peu plus tôt, non ? Le garçon était constamment dans l'agir, il grimpait sur mes genoux ou partait en claquant les portes. Et impossible d'aborder le sujet, de prendre un peu de distance et d'entamer une réflexion là-dessus. Et cela durant toute une année. Jusqu'où peut aller l'entêtement, chez un thérapeute ?

— C'est malheureux quand même, avait dit la collègue, cette manie de culpabiliser quand la cure est un échec. Les réussites, c'est grâce à la méthode et les échecs, c'est à cause de nous. Cogite un peu là-dessus. C'est du masochisme, ni plus ni moins. N'y cède pas.

Pendant toute la conversation, Drik n'avait pas cessé de boire, déglutissant sans bruit et jonglant habilement avec le verre, la bouteille et le téléphone. Il avait dit qu'il allait mettre un terme à sa vie professionnelle et se retirer à la campagne.

— Tu fais un transfert, avait-elle répondu. Tu commets un suicide partiel. Tu t'identifies à ton patient. Ce n'est pas cela qui effacera l'échec. Cela ne te rendra pas ton patient. Va voir quelqu'un, demande une supervision, ne reste pas comme ça !

Il avait abruptement mis fin à la conversation. L'alcool l'empêchait de réfléchir sérieusement aux paroles de sa collègue. Affalé sur sa chaise, grisé par le whisky, il s'était brièvement senti proche d'Allard, un court instant, il avait éprouvé le pouvoir consolateur des anesthésiants. Je le cherche dans ces brumes, avait-il pensé. Il me manque.

La pluie frappe les carreaux. Demain, pense Drik, demain je m'attaque à la clôture. Les poteaux ont été livrés, le gros maillet en bois est dans l'étable, c'est quand je veux. Il va jusqu'à la fenêtre en traînant les pieds sur le sol poisseux et regarde les cinq cents poteaux en bois blancs, de forme ronde, qu'un camion a déversés en vrac sur le pré quelques jours auparavant. À grands coups de maillet bien placés, il les enfoncera un par un dans le sol spongieux. Le soir, il aura des courbatures mais il sera satisfait de l'avancement des travaux destinés à protéger son territoire. Et il aura bien mérité son whisky.

Ça représente quand même un sacré boulot, pense-t-il, ça va prendre du temps. Les poteaux risquent de pourrir sous la pluie. Il faudrait les recouvrir. Une bâche. Une échelle. Des vêtements imperméables. Allez, on se bouge. Maintenant.

L'étable est une cathédrale obscure. Une lampe accrochée tout en haut du plafond dispense une faible lumière. Le mobilier provenant de la maison de Drik remplit tout l'espace – la bibliothèque que Rose a choisie, le fauteuil de thérapeute presque neuf, des lits, des cartons pleins de vaisselle. Derrière ces amoncellements, des objets laissés par l'ancien propriétaire : tondeuse à gazon, seaux, une brouette. Drik attend que ses yeux s'habituent à la pénombre. Du plastique agricole, pense-t-il, noir, brillant, il doit y en avoir, les paysans s'en servent tout le temps. Il prend une lampe de poche qui pend à un clou enfoncé dans le mur, elle répand une lumière vive qui le surprend. Il promène son faisceau lumineux sur les rayonnages qui couvrent le mur du fond et tombe sur une masse sombre qu'il arrive tout juste à atteindre une fois grimpé tout en haut d'une échelle. Tirant et secouant, il réussit à faire tomber le paquet sur le sol. Il descend de l'échelle en se marmonnant des paroles d'encouragement. Enfiler l'imperméable, ouvrir les énormes portes de l'étable à l'aide d'une godille et tirer le plastique vers l'extérieur. La pluie, glaciale, le pique au visage. Il traîne son butin jusqu'à la montagne de poteaux qu'éclairent les rayons de lumière qui traversent la fenêtre de la cuisine.

Se mettre dans le sens du vent, pense-t-il, le morceau de plastique se placera de lui-même sur le tas de poteaux. Ne pas gaspiller ses forces, agir avec discernement. Fixer le plastique au pied du tas. Il faut un point de départ. Des pierres. Est-ce qu'il y a des pierres dans le coin. À la lisière du bois ? Il s'y rend de son pas traînant, les pierres qu'il trouve en chemin sont impossibles à soulever, il s'éclabousse en marchant dans une flaque. Bon, on va commencer par déplier le plastique. Il lutte contre le vent. Le morceau de plastique se soulève et se plaque violemment sur son visage, il est surpris par cet aveuglement subit et tombe à la renverse, contre les poteaux.

Les poteaux, la voilà la solution, je vais fixer le truc avec des poteaux. Il extrait un poteau du tas, puis un autre. Ils sont plus lourds qu'il ne le pensait et plus difficiles à manipuler. Il les bascule sur une des extrémités du plastique, et se tient debout, la partie encore pliée du plastique dans les bras. Il essaie, en vain, de balancer la masse noire par-dessus la montagne de poteaux, d'abord en ne bougeant que les bras, puis en faisant des bonds. Il grimpe sur le tas en jurant des bon Dieu et en tirant le grand morceau de plastique récalcitrant vers le haut. Le vent lui hurle aux oreilles. Un de ses pieds se coince entre des poteaux, il a la vision furtive de sa jambe dans un dispositif de traction, d'une broche de chirurgien qu'on lui enfonce dans le genou – alors il se laisse tomber et atterrit au pied du tas de poteaux. Au-dessus de lui, le plastique claque et se tord dans la tempête.

Il presse son visage contre le bois. Une odeur chimique. Traités, pense-t-il, résistants au vent et à la pluie, bientôt ils seront à découvert sur le terrain, je me démène pour rien, décidément, je ne suis bon à rien. Sur ses joues, il sent nettement la différence entre les gouttes de pluie glacées et le sillon brûlant de ses larmes.

*

— Tu devrais manger un peu, dit Simone. Tu aimes bien ça, non ? Tu maigris à vue d'œil, ce n'est pas bon signe.

Elles sont assises près de l'aquarium aux homards dans leur restaurant habituel. Suzanne pique discrètement sa fourchette dans son loup de mer et ne se décide pas à la porter à sa bouche.

— Tu ne m'as jamais raconté comment se sont passées les obsèques, dit-elle. Celles d'Allard, je veux dire.

— Berend est allé à l'enterrement, répond Simone. Allard avait fait un stage au centre antidouleur la semaine précédente, il se sentait donc obligé d'y aller. Il y avait beaucoup d'internes. Hettie, Jeroen. Winston et… comment s'appelle-t-elle déjà ? Birgit. Moins de séniors, par contre. Vereycken s'était fait représenter par Taselaar. Livia y était elle aussi, elle avait commandé une couronne monstrueuse au nom de tous les membres du service. Argent du pot commun. Berend a trouvé la cérémonie émouvante, surtout la musique, c'étaient les musiciens de l'orchestre dans lequel Allard jouait.

— Est-ce que l'un d'entre nous a fait un petit discours ?

— Luc. Il a dit qu'Allard aimait beaucoup son travail. Et il a parlé des risques inhérents à la profession.

Berend a trouvé le tableau un peu sombre, comme si c'était le métier qui voulait cela, comme si la mort exigeait inévitablement son tribut d'anesthésistes. Il était passablement ému, Luc.

Le loup de Suzanne est complètement disséqué à présent. Elle se tient droite, les mains sur les genoux, derrière le cadavre. Simone la regarde.

— Et toi, comment vas-tu ? Tu as des nouvelles de Peter ?

— Tanzanie, dit Suzanne. Il va travailler pendant un an dans une clinique là-bas. Un projet de l'hôpital psychiatrique. Il y est allé souvent, toujours pour une semaine ou deux, pour assurer des cours. Maintenant il va réorganiser la clinique et former des thérapeutes. Il envoie un courriel de temps à autre, pour régler des formalités. Peter, Drik et Rose sont furieux contre moi. Peter en veut beaucoup à Drik aussi. Il faut laisser du temps au temps, je suppose.

— Et Rose ?

Suzanne soupire.

— Elle a rompu tout contact. Je l'ai profondément blessée.

— Mais enfin, tu ne savais pas qu'Allard était son copain !

— Justement. J'aurais dû le savoir. Si j'avais été plus attentive. Si j'avais osé parler avec elle. Si j'avais été une meilleure mère.

— Arrête de te faire constamment des reproches. Mange. Peter sait comment elle va ?

— Ils se téléphonent une fois par semaine. Ce qu'ils se racontent, je n'en sais rien, Peter ne m'en parle pas dans ses courriels. Il me dit seulement de ne pas m'inquiéter. C'est un homme tellement gentil, dans le fond. Je suis catastrophée de l'avoir chassé.

Ce poisson est complètement froid maintenant. Je n'en veux plus.

Suzanne revoit soudain sa fille trépignant de rage dans le couloir, la dernière fois qu'elle l'a vue. Rose aurait-elle pillé la boîte à pharmacie, sournoisement empoisonné Allard avec le Nembutal ? À moitié drogué, il se serait accidentellement injecté une trop grande dose de morphine. C'est possible. Peter aurait pu le faire lui aussi, il savait où était le flacon. Est-ce qu'il est passé dans la salle de bains pour prendre sa brosse à dents avant qu'ils ne fuient la maison ? Je ne me rappelle pas. Qu'importe. S'accrocher. Attendre.

— J'ai rencontré Rudolf Kronenburg, dit Simone. Chez un fleuriste hyperchic. Je me suis cachée derrière les giroflées, mais il m'a vue.

Ce salaud m'a trahie, pense Suzanne. S'il avait fermé sa grande gueule, rien ne serait arrivé. Pourquoi est-ce que je ne lui en veux pas ? J'ai même eu pitié de lui quand Vereycken l'a licencié.

— Il ne pourra probablement plus jamais travailler nulle part, celui-là, dit-elle. Qu'est-ce qu'il t'a raconté ?

— Il travaille, dit Simone en riant. Dans une clinique privée, une usine à botox, tu vois le genre ? Ils font des implants mammaires, des réductions des grandes lèvres et des liposuccions, il en parlait plutôt crûment. Des seaux pleins de graisse et de sang. La réceptionniste enfile un tablier et vient lui tendre les tuyaux. Il dit qu'il n'a jamais rien vu d'aussi efficace en chirurgie. Pas de discussion préopératoire, pas de trajets d'amélioration, et on s'en met plein les poches. Quel connard !

Je suis avec ma copine, pense Suzanne. Je suis en sécurité. Elle ne me reproche rien, elle me reste fidèle, quoi que je fasse. Je suis tendue comme un ressort, tous mes muscles sont contractés. J'attends quoi, au juste ?

— On y va, dit Simone. Demain, à sept heures et demie, il faudra être opérationnelles. Au dodo maintenant.

J'attends Drik, pense Suzanne. J'attends mon frère.

*

Le chemin forestier croise le fossé inondé qui marque la frontière du domaine. Drik marche d'un bon pas sous les sapins. Une promenade tous les jours, pense-t-il, et puis au boulot avec le maillet et les poteaux et ensuite seulement, l'alcool. Hier, il a commencé à placer le grillage et il a enfoncé trois poteaux dans le sol. Ils ne sont pas à la même hauteur et l'un d'eux est planté de travers. Manque de pratique, pense-t-il. Mais je vais faire des progrès. Les muscles de ses épaules se ressentent du travail avec le maillet et du transport des poteaux. Pas grave, c'est ça la vie à la campagne.

Le chemin monte en traversant la lande où ne poussent que quelques genévriers. Dans la poche intérieure de sa veste, son téléphone émet deux signaux courts.

"Vous avez un message sur votre boîte vocale", lit-il. Ici, le réseau de la téléphonie mobile est si défectueux que les messages ne lui parviennent que sporadiquement, en général quand il est sur une hauteur. Il dépend de son téléphone fixe, un gros truc à cadran en bakélite noire accroché au mur de la cuisine. Il compose le numéro de la boîte vocale et entend la voix de Leida.

— Je ne comprends pas pourquoi tu ne réponds pas au téléphone. Sauf avis contraire, je serai à la gare jeudi, à treize heures trente.

Seigneur ! Jeudi ! Ce n'est pas aujourd'hui ? Il est quelle heure ? Drik fait demi-tour et se dépêche de rentrer à la ferme. Il monte dans la voiture sans attendre, hors d'haleine, pas douché, pas rasé. C'est un hold-up, une intrusion dans son isolement volontaire. Qu'est-ce qu'il lui prend ? Il est une heure et quart, j'ai tout juste le temps. Excellente voiture, la nouvelle jeep, on est si haut placé qu'on a une vue panoramique et ses énormes pneus ont une bonne prise sur la boue.

Leida attend, son sac à la main, devant la petite gare. Elle porte un imperméable démodé et un suroît ridicule. Drik arrête la jeep en faisant grincer les freins juste devant Leida. Elle ne bouge pas d'un poil.

Elle examine sa barbe naissante. Son regard descend vers ses bottes en caoutchouc, elle lui tend la joue et se laisse embrasser.

— J'ai cru comprendre que tu étais brouillé avec ta famille, dit-elle après s'être hissée avec difficulté dans la jeep. J'ai donc décidé de me déplacer moi-même pour voir comment tu vas. Tu te négliges, on dirait.

Il ne détecte aucune expression sur son visage lorsqu'ils s'engagent sur les terres qui entourent la ferme et qu'apparaît le tas de poteaux en vrac. Le plastique noir posé à côté. Drik l'aide à descendre de la jeep et ils pénètrent dans la ferme. Sa présence lui fait prendre conscience de la puanteur qui règne dans la maison.

— Tu ne fermes pas les portes à clé quand tu pars ?

— Non, dit-il fermement. Ici, les portes restent ouvertes jour et nuit. C'est la coutume, entre paysans. Désolé pour le bazar. J'étais en train de travailler dehors et je n'ai pas encore eu le temps de ranger ici. Tu veux du café ?

Leida s'installe sur une chaise pliante. Elle garde son manteau. Elle a posé le suroît sur la table. Elle regarde autour d'elle. L'évier rempli de vaisselle sale, les bouteilles de whisky vides et pleines. Les cartons de déménagement contenant des livres humides. La fenêtre nue.

— Tu n'as pas de rideaux ?

— Pour le moment, je clôture mon domaine. D'après le tracé du cadastre. Les promeneurs foulent mon terrain avec leur GPS et leurs cartes d'état-major. Je veux m'en débarrasser au plus vite.

— Dommage, trouve Leida. Tu romps l'unité des prés et des champs. Ça ne devrait pas être permis. Ils n'ont pas de commission régionale du patrimoine ici ? Tu as demandé l'autorisation ?

— Je mets un poteau tous les trois mètres. Je les relie avec du fil barbelé. C'est mon terrain. Je n'ai plus de lait. Tu devras boire ton café noir.

Leida craint que les chevreuils ne se déchirent le ventre, et comment veux-tu bien tendre ton fil de fer barbelé alors que tes poteaux sont plantés tout de travers dans le sol ? Drik se tait et ouvre le frigidaire. Il a de quoi lui faire cuire un œuf. Le pain commence à moisir. Si je rassemble les bouteilles vides, je pourrai en cacher une pleine au milieu et boire une goulée dans le couloir.

Il pose le sac avec les bouteilles à emporter au bac à verre dans le couloir et la bouteille entamée dans le placard du compteur électrique, il s'essuie les lèvres du revers de la main et retourne dans la cuisine.

Pendant que Leida mange, il lui demande des nouvelles de Rose. Leida pose son couteau et sa fourchette à côté de son assiette et le regarde.

— Je ne sais pas ce qui s'est passé. J'ai l'impression qu'elle se sent trahie par toi, mais elle ne m'a rien dit. Elle ne veut absolument plus voir sa mère, ça, elle me l'a dit, je ne m'en mêle pas, c'est une affaire entre Suzanne et elle. Rose a laissé tomber ses études, tu le savais ? Elle avait pris du retard et elle n'a pas eu le courage de s'y remettre. Pour le moment, elle est caissière chez Aldi, en attendant d'y voir plus clair. Elle habite chez moi, dans la chambre d'Hendrik. Elle déprimait trop dans son appartement.

Le vent s'est levé, il fait claquer le plastique agricole. Parfois, les rayons du soleil pointent à travers les nuages. La rivière scintille alors comme un ruban d'argent.

— Tu as des problèmes de vessie ? Tu vas bien souvent aux toilettes. Hendrik avait le même problème. Une maladie de vieux.

La bouteille, dans le placard du compteur électrique, est à moitié vide à présent. Qu'elle parte, pense Drik, avant que je ne l'étrangle.

— C'est bien que tu t'occupes de Rose, dit-il. En ce qui me concerne, j'ai besoin d'être seul un bon bout de temps pour réfléchir. Il y a un train à cinq heures moins le quart. On l'aura facilement.

— Tu aurais dû demander qu'on mette les poteaux en petits tas tout le long de ton terrain, dit Leida quand ils sont dehors. Maintenant, il faut que tu les traînes sur des centaines de mètres.

Drik est content d'avoir pu boire un peu. Ça l'aide à se taire. Il ouvre lentement la portière. Il place son épaule sous la hanche pointue de sa tante et la pousse à l'intérieur.

— C'est pour Suzanne que je me fais du souci, dit Leida alors qu'ils roulent à travers les bois. Vos histoires me rappellent l'époque où tu es parti étudier. Elle a changé ces années-là. Elle est devenue taciturne. Elle avait l'impression que tu l'avais abandonnée à son sort. Évidemment, elle pensait que c'était sa faute. Mais c'était la tienne. Tu ne supportais plus l'atmosphère de la maison. Il fallait que tu partes. Loin. Comme maintenant. Tu la laisses tomber pour la seconde fois.

— J'ai mes raisons, marmonne Drik. Il serre le volant si fort entre ses doigts que leurs jointures en deviennent blanches. De quoi se mêle-t-elle ? Des projections tout ça ! Elle a perdu son frère et elle s'identifie à Suzanne. Ça ne me concerne pas.

— Je ne sais pas ce qui s'est passé entre vous et je ne veux pas le savoir. Mais c'est ta sœur, elle était là quand tu avais besoin d'elle, il y a un lien fort entre vous. J'espère que tu t'en souviendras quand tu reprendras tes esprits. C'est ce que je voulais dire. C'est pour cela que je suis venue te voir dans ce taudis où tu t'es retranché.

Leida n'attend pas que Drik ait coupé le moteur pour sauter de la voiture et atterrir solidement sur ses deux pieds. Imperturbable, elle se dirige à grands pas vers l'entrée de la gare. Drik la suit lentement.

*

Il n'est pas encore sept heures quand Suzanne pédale vers l'hôpital. Un halo vert pomme flotte au-dessus des saules du côté de l'étang James Cook. Deux cygnes glissent doucement sur l'eau. Paisibles, se dit-elle, innocents. Je ne sais pas ce que c'est, j'ai toujours eu l'impression qu'on me jugeait. Je ne peux pas faire un pas sans m'observer d'un œil critique. Je ne me suis jamais sentie innocente.

Elle rencontre Hettie devant les ascenseurs. Ensemble, elles s'envolent vers le bloc opératoire. Neurologie, aujourd'hui. Hier, elles ont toutes deux parlé au patient, elles lui ont expliqué en détail ce qu'on allait lui faire tout à l'heure.

— Il a du cran cet homme, d'accepter qu'on le réveille en pleine opération alors que son crâne est ouvert.

— On n'a pas le choix, dit Suzanne. Le chirurgien doit savoir s'il ne détruit pas des régions essentielles et, pour cela, il faut que le patient parle. Qu'il décrive des images, qu'il réponde aux questions. Ce n'est possible que s'il est conscient.

— Mais qu'est-ce qu'on fait s'il panique ?

— On reste calme. On lui parle, on lui donne du Valium. Au pire, on le rendort. On lui évite l'angoisse, nous sommes des anesthésistes, nous endormons. Cela te fait peur ?

Hettie opine. Elle ouvre la porte du vestiaire avec sa carte magnétique et laisse Suzanne la précéder. Birgit et Carla sont en pleine conversation. Elles se taisent en apercevant Suzanne. Celle-ci les salue d'un signe de tête puis, tout comme Hettie, elle prend une blouse et un pantalon avec un petit liseré rouge, la plus petite taille, dans le conteneur aux tenues stériles.

Elles s'assoient l'une à côté de l'autre sur un banc pour enlever leurs chaussures.

— Tu en es où de ta recherche ? demande Hettie.

— J'ai terminé. C'est une recherche préliminaire. À quelqu'un d'autre de continuer maintenant.

— Tu as trouvé quelque chose ?

— En fait, non. Quelques patients ont dit avoir des souvenirs de l'opération, mais après vérification auprès des anesthésistes, il s'est avéré que ce dont ils se souvenaient – paroles prononcées au bloc, bruits de la table d'instruments qu'on pousse en salle d'opération – s'était invariablement produit avant la narcose.

— De faux souvenirs, donc, dit Hettie.

— Un homme a fait un rêve. À propos d'une cascade. C'est possible, d'après Kees. Un sac d'urine qui se déverse à grand bruit dans un seau. C'est tout ce que j'ai pu découvrir.

Suzanne noue la ceinture de son pantalon et prend une charlotte sur une patère murale. Dans le miroir, à côté, elle contrôle qu'aucun cheveu ne dépasse. Elle observe son visage ainsi dégagé. Dans sa veste, qui est restée sur le banc, son téléphone sonne.

— Tu peux y aller, dit-elle à Hettie, j'arrive dans un instant.

Elle prend son téléphone et regarde l'écran. Un numéro inconnu.

— Allô ?

Il faut que j'aille aux transmissions, pense-t-elle, puis que j'aille chercher l'homme qu'on va opérer du cerveau. Où sont mes sabots ? Ranger mon sac, on se fait tout piquer ici, tasser ma veste dans mon casier, mes vêtements par-dessus, voilà. Fermer.

— Allô ! dit-elle encore une fois. Elle entend de la friture. Quelqu'un qui prend une grande inspiration.

— Suzie, c'est toi ?

La voix de Drik. Rauque, incertaine. La ligne est mauvaise, en plus. Elle veut parler mais aucun son ne sort de sa gorge.

— Tu m'entends, Suzanne ?

— Je t'entends, dit-elle dans un murmure. Elle sent ses jambes faiblir, elle se laisse vite glisser sur le banc.

— Je suis encore là, entend-elle dire à l'autre bout du fil, je ne suis pas parti. Je m'y suis mal pris. J'ai commis des erreurs. Tu en as fait les frais. Autrefois aussi. C'est pour ça que je t'appelle. Il faut qu'on s'y prenne autrement, tous les deux. J'ai un peu bu, mais je pense ce que je dis. Suzie ?

— C'est bien Drik. Va dormir un peu. On s'appelle ce soir.

— Suzie, ma petite Suzie. À tout à l'heure alors.

— Oui Drik, à ce soir.

Elle met le téléphone dans la poche de son pantalon, sort la tête haute du vestiaire et rejoint ses collègues pour les transmissions. Elle s'assied près d'Hettie, un sourire aux lèvres. Sous peu, elle endormira un homme, si profondément qu'il ne sentira pas que le neurochirurgien lui scie la boîte crânienne. Elle fera en sorte qu'il ne souffre pas, mais au moment le plus critique de l'intervention, elle coupera l'arrivée des narcotiques et, lentement, elle réanimera le patient. Il remontera alors petit à petit des profondeurs de son sommeil analgésique et surnagera dans un monde inconcevable et effrayant.

POUR CONCLURE

Au printemps 2010, Arko Oderwald, responsable des activités du département littérature et médecine du VUMC, le centre hospitalier de l'Université libre d'Amsterdam, m'a demandé si j'avais envie de participer au projet "Un écrivain dans le service". Je pourrais suivre la vie d'un des services de l'hôpital, le but étant d'écrire un livre sur le sujet. Bert Keizer l'avait fait avant moi, ce qui lui avait permis d'écrire *Onverklaarbaar bewoond* (Inexplicablement habité) un livre qui rend compte de son passage dans le service neurochirurgie.

Sans hésiter, j'ai choisi l'anesthésiologie. Dans ma profession, la psychanalyse, nous partons du principe que, dans la plupart des cas, le patient gagne à savoir ce qui se passe en lui, que cela lui est salutaire. Pour cela, il faut lever les mécanismes de défense et faire apparaître le refoulé. Quand le refoulé peut s'exprimer, on accède au symbolique, le refoulé s'apaise et les symptômes disparaissent. L'anesthésiste, lui, épargne les sensations douloureuses à son patient, il considère qu'il a bien fait son travail si le patient n'est absolument pas conscient de la souffrance qu'on lui a infligée pendant l'intervention. Ce contraste me fascinait depuis des années déjà, je n'ai donc pas eu à réfléchir longtemps avant d'accepter l'invitation du VUMC. C'était l'occasion rêvée de réaliser un projet latent.

Dans le courant de l'automne 2010 et de l'hiver 2011, j'ai suivi les anesthésistes plusieurs jours par semaine. J'ai eu l'occasion d'interviewer des séniors, des internes et autres membres du personnel soignant, j'ai passé des journées entières au bloc, j'ai assisté à des entraînements à la simulation, aux transmissions et j'ai pu me déplacer librement dans différents services. J'ai pu me familiariser avec divers aspects de la profession grâce à une bienveillance et à une ouverture d'esprit que j'ai beaucoup appréciées.

Je suis extrêmement rcconnaissante au VUMC de m'avoir permis de mieux connaître une formidable branche de la médecine, beaucoup plus importante et intéressante que la plupart des gens ne le pensent.

Je remercie Stefan Loer, chef du département, professeur d'université et responsable de formation de la confiance qu'il m'a accordée (et pour la littérature sur l'*awareness*, la mémorisation peropératoire).

Je remercie les séniors et les internes qui m'ont entraînée dans leur sillage et n'ont jamais rechigné à répondre à mes questions.

Je remercie les opérateurs qui m'ont permis de les observer pendant leur travail.

Je remercie les infirmiers et infirmières anesthésistes et autres, le personnel de la salle de déchoquage ainsi que celui de la salle de réveil qui n'ont pas seulement supporté ma présence mais qui ont aussi pris la peine de m'expliquer et de me montrer les choses. Ils m'ont beaucoup appris.

Jenny et Jildou, qui m'ont accompagnée pendant les services de jour comme de nuit, ont continué à me donner des nouvelles du service anesthésiologie et à répondre gentiment aux questions que j'ai pu me poser au cours du processus d'écriture. Leur enthousiasme pour toute l'entreprise m'a été d'un grand soutien.

Et pour finir, je remercie Bart Rademaker, qui a relu le manuscrit pour faire la chasse aux erreurs qui auraient pu se glisser dans les passages concernant l'anesthésie.

Le résultat de cette expérience est un roman. Les procédures décrites sont conformes aux opérations qui m'ont été données de voir mais les histoires et les intrigues tissées autour sont de mon invention. J'ai changé les noms des personnes impliquées. Il m'est arrivé parfois d'emprunter des traits de caractère de personnes existantes pour étoffer un nouveau personnage inventé. Les personnages de ce livre ne vivent que dans la réalité fictive du roman.

ANNA ENQUIST,
Amsterdam, 2011.

TABLE

OUVRAGE RÉALISÉ
PAR L'ATELIER GRAPHIQUE ACTES SUD
ACHEVÉ D'IMPRIMER
SUR ROTO-PAGE
EN DÉCEMBRE 2013
PAR L'IMPRIMERIE FLOCH
À MAYENNE
POUR LE COMPTE DES ÉDITIONS
ACTES SUD
LE MÉJAN
PLACE NINA-BERBEROVA
13200 ARLES

DÉPÔT LÉGAL
1re ÉDITION : JANVIER 2014
N° impr. : 86012
(Imprimé en France)